상
해
임
시
정
부

상해임시정부

大韓民國臨時政府

정명섭 장편소설

고즈넉
이엔티!

상해임시정부

초판 5쇄 발행 2022년 7월 29일

지은이 정명섭
펴낸이 배선아
펴낸곳 (주)고즈넉이엔티

출판등록 2017년 3월 13일 제2021-000008호
주소 서울특별시 중구 청계천로 40, 1203호
대표전화 02-6269-8166 **팩스** 02-6166-9199
이메일 gozknockent@gozknock.com
홈페이지 www.gozknock.com
블로그 blog.naver.com/gozknock
페이스북 www.facebook.com/gozknock
인스타그램 www.instagram.com/gozknock

ⓒ 정명섭, 2022
ISBN 979-11-6316-028-1   03810

"상해임시정부의 임시헌장 임시헌법을 보면, 당시로는 서구의 어느 나라에 갖다 놔도 손색이 없을 정도로 급진적이에요. 예를 들어 민주공화국이다, 여성에게 참정권을 부여한다, 거주 이전의 자유, 언론의 자유를 보장한다. 마지막에는 광복 후 1년 뒤 총선거를 실시한다고 되어 있거든요. 그 얘기는 본인들의 역할이 어디까지인지를 알고 있었다는 거예요. 아주 선진적이고 민주적인 거죠.

조선은 1910년 강제 병합될 때까지 군주정 국가였어요. 비록 나라를 잃긴 했지만 9년 만에 민주공화국을 선포할 정도로 굉장히 급진적인 변화를 가져온 거죠. 단순히 빼앗긴 나라를 되찾는다는 걸 넘어 나를 되찾은 다음 새롭게 태어난 대한민국을 어떻게, 어떤 식으로 끌고 갈 것이냐를 두고 깊이 고민했다는 거예요. 왕실을 복원하자는 세력들이 많았지만 헌법 제1조 민주공화정이라고 정치체계에 못을 박았다는 것은 단순히 선언에서 그치는 게 아니라 혁명적인 변화를 하려고 했던 거죠."

「고발뉴스닷컴」 정명섭 작가 인터뷰 중에서

차례

유구한 역사와 전통에 빛나는 우리 대한민국은

3·1운동으로 건립된 대한민국임시정부의 법통과

불의에 항거한 4·19민주이념을 계승하고……

대한민국 헌법 전문 중에서

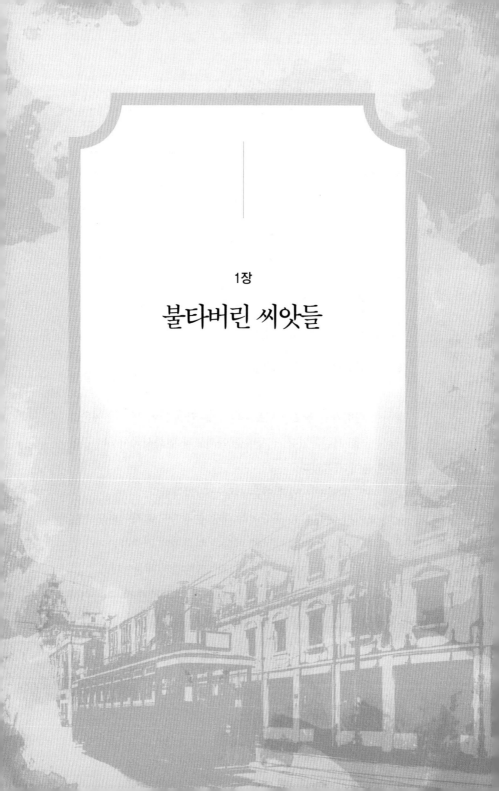

1장

불타버린 씨앗들

1918년 11월 28일, 중국 상하이

상하이 번화가인 황포구 닝보루의 칼튼 카페 앞에 도착한 여운형은 잠시 숨을 가다듬었다. 전차비를 아끼느라 협화서국서부터 걸어온 탓에 숨이 거칠었다.

호텔 파티가 열리는 카페 안은 사람들로 가득했다.

끝이 보이지 않는 넓은 공간이라 대충 눈짐작으로 세어봐도 천여 명은 족히 넘을 것 같았다. 절반 이상은 상하이에 거주하는 서양인들이었는데, 파티를 주최한 측이 외교관 협회였기 때문이다.

심호흡을 한 여운형은 입구에 선 보이에게 모자와 스틱을 건넸다. 멜빵바지에 녹색 모자를 쓴 보이가 번호가 적힌 작은 열쇠를 줬다. 주머니에 열쇠를 쑤셔 넣은 그는 안으로 들어갔다. 다행히 입구 쪽에서 아는 사람을 만났다.

"어서 와."

짙은 콧수염에 까무잡잡한 피부를 한 터키 청년 악메드 베이가 활짝 웃으며 악수를 청했다.

비록 나라는 다르지만 외세의 지배와 침략에 시달린다는 공통점이 있어 가깝게 지냈다. 양장 차림의 중국 여성과 얘기를 나누던 터키 청년당 소속의 악메드 베이가 상대방에게 여운형을 소개했다.

"이쪽은 협화서국의 위탁판매부 주임 여운형입니다. 난징의 금릉대학에서 공부를 했지요."

소개를 받은 중국 여인이 가만히 고개를 끄덕거렸다.

"중국인이나 일본인은 아닌 것 같고, 조선 사람인가요?"

"맞습니다. 하지만 제 뿌리는 중국이기도 합니다."

여성이 흥미를 보이자 여운형은 씩 웃었다.

"먼 조상이 당나라 희종 때 한림학사를 지낸 여어매입니다. 그러니까 중국인이라고도 할 수 있죠."

"말이 되네요."

"그리고 비밀인데, 사실 더 앞선 조상이 바로 관운장을 죽인 오나라 장수 여몽입니다. 처음 여기에 와서 멋도 모르고 여몽 얘기를 하니까 다들 얼굴이 굳어지더군요."

"여어매만 얘기하는 게 좋겠네요."

대개 중국인과 얘기를 나눌 때 이런 식으로 뿌리를 강조했다. 조선이 일본의 식민지가 된 이후 앞잡이 노릇을 한다고 믿은 중국인들이 많았기 때문이다.

악메드가 다른 사람과 인사를 나누려 자리를 뜨면서 자연스럽게 둘만 남게 되었다.

"저는 쩡슈메이라고 해요. 법학을 전공했죠."

여운형의 한쪽 눈썹이 꿈틀거렸다.

어떤 배경을 가지고 있기에 젊은 여자가 법학을 전공할 수 있었는지 궁금했다. 아무리 신해혁명이 터지고 세상이 바뀌었다 해도 중국에서 여성의 지위는 한없이 낮았기 때문이다. 그런 여운형의 속마음을 눈치챘는지 그녀가 덧붙였다.

"쉽진 않았어요."

더 얘기를 나누고 싶었지만, 찰스 크레인의 연설이 시작되었다.

박수를 받으며 연단에 오른 찰스 크레인은 회색 양복에 검정색 넥타이를 맨 차림이었다. 귀밑에는 흰 머리가 있었지만 정정하고 건강해 보였다.

찰스 크레인은 현 미국 대통령 윌슨의 가장 강력한 후원자이며, 선거자금의 대부분을 책임진 재력가였다. 비록 직책은 없었지만 그런 배경 덕분에 그의 행적은 사람들의 큰 관심사였고, 강연회에도 천여 명에 달하는 사람들이 몰려온 것이다.

가볍게 헛기침을 하면서 목을 가다듬은 그가 입을 열자 카페 안은 쥐 죽은 듯 조용해졌다.

"따뜻한 곳에 오니까 살 것 같군요. 블라디보스토크에 갔더니 너무 추워서 담배 연기가 얼어붙더군요. 그래서 담배가 떨어졌을 때 따뜻한 곳으로 가지고 들어와 녹인 다음에 냄새를 맡았답니다."

가벼운 농담에 카페 안은 왁자지껄한 웃음이 터졌다. 찰스 크레인의 농담이 계속 이어졌다.

"하지만 그곳에서 가여운 베트남 사람들을 보고는 참기로 했습니다. 세상에, 프랑스인들은 그 추운 블라디보스토크에 파견한 간섭군으로 더운 나라에 사는 베트남 병사들을 보냈지 뭡니까?"

청중들 사이에서 잔잔한 웃음소리가 번졌다.

세계대전이 끝날 즈음 러시아에서는 공산주의 혁명이 일어났다. 그러면서 이를 지지하는 적군과 반대하는 백군으로 나뉘어져 내전이 벌어졌다. 미국을 비롯한 연합국은 적군의 세력을 막기 위해 블라디보스토크에 상륙했는데 프랑스군도 거기에 가담했었다.

적백 내전은 거의 끝나가는 와중이라 베트남 사람들도 이제 고향으로 돌아갈 날이 멀지 않았다고 여운형은 속으로 생각했다. 찰스크레인의 농담은 계속 이어졌다.

"아! 그리고 이곳에 오기 전에 조선에도 들렀습니다. 누가 저한테 조선 사람들은 과묵하고 재미가 없다고 했는데, 정반대더군요. 유머 감각이 대단히 뛰어난 사람들이었습니다. 듣다가 너무 웃겨서 스테이크가 목에 걸릴 뻔했지 뭡니까."

가벼운 농담으로 청중을 사로잡은 찰스 크레인이 진지한 표정으로 돌아가 얘기를 이어갔다.

"지난 4년간의 참혹한 세계대전이 막을 내렸습니다. 내년에 파리에서는 만국강화회의가 열릴 것입니다. 저는 그 회의가 더 이상의 전쟁과 비극을 없애는 데 큰 역할을 할 것이라고 믿습니다."

묵직한 목소리로 말한 그는 잠시 뜸을 들였다가 할 말을 이어갔다.

"잘 아시다시피 윌슨 대통령은 작년 1월에 의회에서 14개조 평화원칙을 발표했습니다. 그것은 앞으로 이런 참혹한 전쟁을 피할 수 있는 최선의 방안을 제시한 것입니다. 그 중 가장 눈여겨봐야 할 것이 바로 민족자결주의입니다."

여운형은 찰스 크레인이 얘기한 14개조를 신문에서 봤던 기억을 떠올렸다. 그 중 다섯 번째 조항에서 식민지 문제의 해결을 언급했었다.

그는 찰스 크레인의 이어지는 이야기에 귀를 기울였다.

"이번 세계대전은 제국주의 간의 충돌이었습니다. 더 많은 식민지를 얻기 위해 경쟁을 벌이면서 벌어진 비극이라고 볼 수 있습니다. 이제 각 민족은 다른 세력의 지배와 간섭을 받지 않고 스스로 자립해야 합니다. 그러기 위해서는 아무리 약소한 민족이라도 스스로 공평하고 자유롭게 그리고 동등한 위치에 서서 스스로의 운명을 결정짓도록 해야만 합니다."

찰스 크레인의 얘기를 들은 중국인 참석자들이 웅성거렸다.

중국은 독일에 선전포고를 했기 때문에 형식상 승전국이었다. 하지만 실제 전쟁에 참전하지는 않아 제대로 승전국 대접을 받지 못했다. 거기다 산둥반도에 있던 독일 조차지를 공격해 점령한 일본은 중국에 21개조[1]의 특권을 요구한 상태였다.

중국은 열강들이 일본의 요구를 막아줄 것으로 기대했다. 하지만 열강들은 오히려 중국에게 일본이 요구한 21개조를 받아들이라고 했다. 중국은 큰 좌절감에 빠진 상태였다. 중국 내부의 혼란도 계속 이어졌는데, 위안스카이가 황제가 되려고 시도하다 세상을 떠나면서 군벌들의 세상이 되고 말았다.

신해혁명을 일으킨 쑨원은 다시 망명을 떠났다 돌아왔지만 남쪽 광둥에 겨우 자리를 잡은 형편이었다. 따라서 찰스 크레인의 얘기는 중국인들에게 승전국과 동등한 대우를 받을지도 모른다는 희망을 안

---

1) 제1차 세계대전 중인 1915년 1월 18일 산둥성을 점령한 일본이 중국 대총통 위안스카이에게 강압적으로 이권을 요구한 조건. 모두 5호, 21개조에 달한다.

겨줬다. 그리고 여운형으로 하여금 일본의 지배를 받고 있는 조선 역시 마찬가지로 혜택을 받을지 모른다는 희망을 품게 만들었다.

연설은 계속되었다.

"민족자결주의는 미국 독립과 프랑스혁명의 정신을 이어받는 것입니다. 아울러 피압박 민족의 해방을 통해 세계에 영구적인 평화를 가져올 것이라 믿습니다. 따라서 중국 역시 파리 만국강화회의에 대표를 파견해 현재의 어려움을 벗어나야 합니다. 미국이 기꺼이 돕겠습니다."

연설을 듣던 중국인들이 박수를 치며 환호했다.

여운형은 크레인이 방금 한 말에서 중국 대신 조선이라는 상상을 해봤다. 식민지가 된 조선에서 중국으로 건너 온 이후 매일 꿈꿨던 해방이라는 답이 나왔다.

크레인의 얘기는 그 후에도 이어졌지만 여운형의 귀에는 들어오지 않았다. 오직 만국강화회의와 해방이라는 것만 떠올랐다.

그가 다시 정신을 차린 것은 연설이 끝났음을 알리는 박수소리가 터져 나올 때였다.

인사를 마친 그가 연단 뒤로 사라지자 마음이 급해진 여운형의 눈길이 연단 뒤쪽에 머물렀다. 그런 여운형에게 방금 만난 쩡슈메이가 말을 건넸다.

"찰스 크레인과 만나려고요?"

"그래 보고 싶지만……."

만나보고 싶은 마음은 굴뚝같았지만 사실상 포기한 상태였다. 미국 대통령의 측근인 찰스 크레인이 한낱 조선의 이름 없는 청년을 만날 리가 없었기 때문이다.

쩡슈메이가 모호한 웃음을 지으며 말했다.

"따라오세요. 중국 대표단이 그를 만나기로 했으니까, 끝나고 소개해드리죠."

생각지도 못한 호의에 여운형은 반색했지만 진짜인지 의구심이 들었다.

"저도 중국 대표단의 일원이라 소개해드리는 건 어렵지 않아요."

"고맙습니다. 그런데 초면에 호의를 베푸는 이유가……."

여운형의 물음에 그녀가 대답했다.

"이웃끼리 서로 돕고 지내야죠. 특히 일본이라는 사나운 이웃이 있는 와중이잖아요."

쩡슈메이가 따라오라는 손짓을 하고는 앞장섰다.

좁고 어두운 복도 끝에 문이 보였는데, 앞에는 카메라를 든 서양인 기자부터 중국인들이 잔뜩 진을 치고 있었다. 그들 중 한 명과 중국어로 얘기를 나눈 쩡슈메이가 여운형에게 말했다.

"우리가 들어가고 10분 후에 노크하고 들어오세요. 제가 소개해드릴게요."

쩡슈메이가 다른 중국인들과 안으로 들어가고 홀로 남은 여운형은 조끼 주머니에서 회중시계를 꺼내 시간을 확인했다.

10시간 같은 10분이 지나자 그는 심호흡을 하고 문을 두드렸다.

안에서 들어오라는 목소리가 들리자 그는 문을 열었다.

커튼이 쳐진 창문을 뒤로 한 채 의자에 앉은 찰스 크레인이 여송연을 피우고 있는 게 보였다. 주변에 쩡슈메이를 비롯한 중국인들이 얘기를 나누는 중이었다.

여운형과 눈이 마주친 쩡슈메이가 찰스 크레인에게 말했다.

"이쪽은 조선에서 온 여운형 씨입니다. 크레인 씨의 연설을 듣고 감동해서 꼭 인사를 하고 싶다고 하네요."

소개를 마친 쩡슈메이가 여운형에게 잘해보라는 눈빛을 던지고는 밖으로 나갔다.

여송연을 입에 문 크레인이 고저 없는 말투로 입을 열었다.

"조선에서 온 젊은이로군."

마른침을 삼킨 여운형은 그의 질문에 영어로 대답했다. 목소리가 떨려서 나왔다.

"그렇습니다. 아까 연설을 듣고 감동을 받아 직접 인사를 드리려고 찾아왔습니다."

크레인이 성의없이 고개를 끄덕거렸다.

"흥미로웠다니 고맙네."

"제 조국은 십여 년 전에 일본에게 국권을 빼앗기고 억압과 수탈을 당하고 있습니다."

"이곳에 오기 전에 조선에 들렀지. 일본은 모든 것이 좋아졌다고 하지만 전반적으로 압제가 심하다는 느낌을 받았네. 파티에서 나에게 조크를 던졌던 조선인도 그런 뉘앙스를 풍겼지."

"우리 조국에게는 아주 불행한 일이기 때문에 어떻게든 해결방안을 찾고 있습니다."

"쉽지 않겠지만 꼭 해결되기를 바라겠네."

크레인의 덕담을 들은 여운형은 아까부터 생각하고 있던 것을 털어놨다.

"내년에 파리에서 열리는 만국강화회의에 우리 조선도 대표를 파견할 수 있겠습니까? 거기에서 일본의 지배에 대한 부당함을 토로 하고 여론을 모아 해방을 쟁취하고 싶습니다."

크레인이 여송연을 입에 물고 생각에 잠겼다. 그리고는 가볍게 어깨를 으쓱거렸다.

"뭐, 안 될 건 없지."

여운형은 시원한 답변에 뛸 듯이 기뻤다.

"정말입니까?"

"만국강화회의는 말 그대로 모든 민족들이 모여 평화를 얻는 회의일세. 조선 민족에게도 아마 문이 열릴 거야."

"저희도 어떻게든 대표를 파견할 테니, 도와주십시오."

"힘닿는 대로 도와주도록 하지. 그러니 대표를 파견해 충분히 의견을 개진하게."

얘기를 마친 크레인이 여송연을 끄고 옷걸이에 걸린 코트를 입었다.

행운을 빈다는 말을 하고 떠나려는 그에게 긴장이 풀린 여운형이 물었다.

"궁금한 게 있습니다. 조선 사람이 들려준 유머라는 게 뭡니까?"

걸음을 멈추고 잠시 생각에 잠겼던 크레인이 대답했다.

"어느 고을의 관리가 남자들을 모아놓고 아내가 무서운 사람은 오른쪽 깃발 아래 모이고 그렇지 않으면 왼쪽 깃발 아래 모이라고 했다지. 그러자 다들 오른쪽 깃발 아래 모였는데 딱 한 명만 왼쪽 깃발 아래 섰다네. 그래서 관리가 대단한 용기를 가졌다고 칭찬을 했지. 그러자 그 남자가 뭐라고 했는지 아나?"

모르겠다는 여운형의 반응에 찰스 크레인이 빙그레 웃었다.

"아내가 사람들이 많이 몰려 있는 곳에는 가지 말라고 했다더군."

그다지 재미있는 농담은 아니었지만 여운형은 최대한 웃어줬다.

제가 한 농담에 시원하게 웃고는 크레인이 문을 열고 밖으로 나갔다.

혼자 남은 여운형이 책상에 기댄 채 한숨을 쉬었다. 조선을 떠난 이후 난징을 거쳐 상하이로 오면서 내내 생각했던 조선의 해방이 어쩌면 가까이 있을지 모른다는 희망 때문이었다.

밖으로 나온 크레인은 기다리던 쩡슈메이와 만났다.

"여운형이라는 청년은 어떻던가요?"

크레인은 어깨를 으쓱거렸다.

"파리 강화회의에 상당히 기대를 거는 것 같더군요. 하지만 쉽지는 않을 겁니다."

"잘 말씀해주셨나요?"

"꿈을 꾸고 있는데 억지로 깨울 필요가 있을까요? 정식 대표 자리를 얻기도 어려울 거고, 일본이 승전국에 속해 있으니, 귀를 기울일 나라도 없을 겁니다."

크레인은 조선에서 온 청년이 남아 있는 방을 힐끔 보면서 덧붙였다.

"저 청년에게는 많은 행운이 필요할 겁니다."

그의 얘기에 쩡슈메이의 눈썹이 저절로 움츠러들었다.

1918년 11월 29일, 중국 상하이

그가 일하는 협화서국은 상하이 YMCA 1층에 있었다. 그리고 2, 3층은 예배를 볼 수 있는 예배실과 사무실이 있었는데, 매주 토요일 오후 조선인 젊은이들이 모이는 곳이기도 했다.

상하이의 조선인들은 수백 명 수준에 불과해 다들 친하게 지냈고, 특히 발이 넓고 사교성이 좋은 여운형 주변에는 젊은 유학생이나 지식인들이 모여들었다.

집에서 나와 직장이자 모임 장소로 쓰는 YMCA로 향하는 내내 여운형의 머리는 복잡했다. 상하이는 서양식 건물이 곳곳에 자리 잡고 있는 화려하고 이국적인 풍경을 자랑했다. 그래서 중국인들은 화양잡처라 불렀고, 동양의 파리라는 별명으로 불렸다. 하지만 머나먼 조선에서 온 그에게는 온통 낯설고 불안한 곳이었다.

미리 도착해 서성거리던 여운형은 문을 여는 소리에 고개를 돌렸다. 제일 먼저 도착한 건 황해도 재령 출신의 25살 청년 장덕수였다.

"형님, 일찍 나오셨습니다."

"자네가 먼저 올 줄 알았어."

짧은 머리에 수염을 기르고 풍채가 좋아 마음씨 좋은 청년처럼 보이지만, 속은 전혀 달랐다. 어린 시절 부모를 잃고 고생하다 일본인 집안의 양자로 들어가 지내며 진남포 이사청에서 일을 했다. 그리고 일본 와세다 대학으로 유학을 떠났다.

상하이로 오게 된 건 미국으로 유학을 가기 위해서였다.

당시 일본은 조선인들이 하와이나 미국 본토로 넘어가 독립운동하는 것을 막기 위해 출국 허가를 내주지 않았다. 그래서 상하이로 건너와 중국 국적을 취득한 후 미국으로 가곤 했다.

여운형은 상하이를 통해 미국으로 가려는 조선인들을 돕는 역할을 했다. 장덕수 역시 그런 이유로 여운형을 만났다.

여운형은 일본어를 능숙하게 하고 연설에도 능한 그의 재능을 몹시 아꼈다. 장덕수는 조선의 해방을 쟁취할 수 있는 방법을 묻는 여운형에게 딱 잘라 말했었다.

"조선은 지금 상황으로는 독립하는 것이 불가능합니다. 하루 이틀에 될 일도 아니고, 한두 번의 승리로 쟁취될 것도 아닙니다. 그러니 일단 독립을 목표로 하는 단체를 설립해 민족의 힘을 하나로 모으고 실력을 기른 다음 결정적인 순간에 떨쳐 일어나야만 가능할 겁니다."

여운형은 자신에게 없는 신중함과 집요함을 가진 장덕수를 대견해했다. 그래서 장덕수가 미국 유학을 포기하고 상하이에 남겠다고 했을 때 누구보다 기뻐했다.

장덕수를 시작으로 청년들이 하나둘씩 나타나 자리를 잡았다.

장덕수가 오른쪽 제일 가까운 자리에 앉았고, 김철과 선우혁이 나란히 그 옆으로 앉았다. 맞은편에 조동화와 서병호, 한진교가 자리를 잡았다.

가장 나이 많은 선우혁이 36살, 장덕수와 마찬가지로 조동호는 20대였다. 모두 기독교를 믿었고, 중국과 일본에 유학하거나 살아봤던 지식인들이었다. 여운형은 이런저런 이유로 상하이로 모여든 그들의 구심점 역할을 했다.

덕분에 협화서국에서 받은 월급의 상당 부분이 사라졌지만, 그들에게 얻은 희망에 비하면 아주 작은 희생이었다. 이날이 오기만을 기다렸던 여운형의 표정은 많이 상기되었다. 눈치 빠른 장덕수가 먼저 입을 열었다.

"한참 일찍 오신 것도 그렇고, 뭔가 하실 말씀이 있으신 겁니까?"

"며칠 전에 칼튼 카페에서 찰스 크레인의 연설을 들었어."

"찰스 크레인이라면 미국 대통령 윌슨의 특사 아닙니까? 조만간 주중대사로 임명될지 모른다는 얘기가 있던데요."

"맞아. 그런데 그 찰스 크레인이 파리에서 열리는 만국강화회의에서 피압박 민족에 대한 지원이 있을 것이라더군."

"지원이라면…… 설마."

장덕수는 말을 잊지 못했고, 다른 참석자들도 마찬가지였다.

여운형과 함께 금릉대학에서 공부했고, 나이가 많은 축인 선우혁이 침착한 표정으로 물었다.

"지원이라는 게 구체적으로 뭔가?"

"대표를 보내 독립을 청원하는 게 가능하다고 했습니다."

"그게 가능하다고?"

여전히 미심쩍어 하는 선우혁의 물음에 여운형이 고개를 끄덕거렸다.

"연설이 끝나고 찰스 크레인을 따로 만나 우리도 대표를 파견할 수 있냐고 물었습니다."

"뭐라던가?"

"대표 파견이 가능하고 힘닿는 대로 도와주겠다고 약속했습니다."

선우혁 다음으로 나이가 많은 서병호가 입을 열었다.

"이거야말로 하늘이 내린 기회 아닌가! 대표를 보내 청원한다면 독립의 길이 보일 거야."

장덕수와 연배가 같은 조동호가 나섰다.

"왜놈들이 고작 그런 회의에서 나온 결정 가지고 조선을 토해내겠습니까?"

"그냥 회의가 아니라 만국평화회의야. 열강들이 모여 결정을 내린다면 일본이라도 버틸 재간이 없을 테지."

"그게 생각처럼 쉬울 리는……."

얘기가 길어질 기미가 보이자 여운형이 나섰다.

"물론 회의에 대표를 보낸다고 일이 생각처럼 풀릴 거라고는 생각하지 않아. 하지만 지금 뭐라도 해야 할 때니까. 국내는 안악사건과 105인 사건으로 독립운동이 사실상 불가능해졌어. 만주로 망명 온 독립운동가들 역시 황실 복원을 주장하는 복벽주의자들부터 온갖 이념을 가지고 서로 나눠진 상태고. 이렇게 시간이 흐른다면 해방의 길은 더욱 멀어질 뿐이야."

조동호가 동조한다는 듯 한숨을 쉬었다.

"저도 잘 압니다. 하지만 파리로 간다고 독립이 된다는 보장도 없지 않습니까?"

"모든 일에는 빛과 어둠이 있는 법이야. 이번 일은 빛을 따라가 보자고. 우리가 만주에서 총을 들고 싸울 수는 없지 않은가."

서병호가 여운형의 얘기를 재치 있게 받아쳤다.

"우리 같은 먹물들이 가면 당장 쫓겨날걸. 그러니까 우리 방식대로 싸워봐야지."

대략 분위기가 원하는 방향으로 흘러가자 안도의 한숨을 쉰 여운형이 두 손으로 책상을 짚은 채 일어났다.

"파리 만국강화회의에 대표를 파견하는 걸로 하고, 뭘 해야 할지를 논의해봅시다."

잠자코 있던 김철이 입을 열었다.

"일단 우리의 뜻을 전할 수 있는 청원서를 만들어야 합니다. 그리고 그 청원서를 전달할 대표를 파견해야죠."

당연한 얘기였지만 동시에 막막한 얘기이기도 했다. 지구 반대편 파리까지 사람을 보낸다는 것이 간단한 문제가 아니었다.

고민에 잠긴 여운형에게 선우혁이 말했다.

"누구 명의로 제출할지도 생각해봐야 하네."

생각지도 못한 문제를 지적하자, 여운형의 얼굴이 찡그려졌다.

선우혁이 그를 비롯한 다른 사람들을 향해 얘기했다.

"우리가 사람을 뽑아 보낸다고 해도 대표성이 없으면 독립을 청원할 명분이 없어지네. 만약 독립을 청원하는 것이 누구의 뜻이냐고 묻는다면, 여기 있는 사람들 이름만 얘기할 건가?"

"그럼 단체를 만들고, 청원서를 작성한 다음에 누구를 보낼지 결정하면 되겠군요."

"한 가지 더 필요해."

중간에 끼어든 서병호의 말을 받아 여운형이 대신 대답했다.

"돈."

짧았지만 강렬한 대답에 다들 입을 다물었다.

서병호가 말을 이어갔다.

"대표를 파리로 보내는 여비뿐만 아니라 회의 기간 동안 사용할 사무실과 활동비도 필요하고."

지금 얘기는 참석자들을 순식간에 침묵에 빠지게 만들었다. 리더 격인 여운형은 물론이고 참석자 모두 돈에 쪼들리는 형편이었다. 침울한 분위기가 이어지자 여운형이 나섰다.

"자, 나머지는 일단 나중에 생각하고, 돈이 안 드는 것부터 결정합시다."

"그게 뭔가?"

서병호의 물음에 여운형이 콧수염을 만지작거리면서 웃었다.

"단체 이름을 정하는 거."

"생각해둔 게 있나?"

여운형은 대답 대신 돌아서서 벽에 세워진 칠판에 분필로 글씨를 썼다.

한글로 먼저 적고, 아래쪽에는 영어로 적었다.

그러자 장덕수가 또박또박 읽었다.

"신한청년당, New Korea Youth Party."

"대한애국당 같은 걸 할 줄 알았는데?"

서병호가 고개를 갸웃거리자 여운형이 분필을 내려놓으며 대답했다.

"그럴까도 생각해봤는데, 터키 청년당처럼 젊은 청년들로 구성된 단체라는 의미를 넣고 싶었습니다."

가장 나이가 많은 서병호도 30대 후반이고, 모임을 주도하는 여운형이 30대 초반, 그의 책사 노릇을 하는 장덕수는 이제 20대 중반이었다.

여운형의 시선과 눈을 마주친 참석자들이 쑥스러운 표정을 지었다.

"그럼 신한청년당으로 조직의 이름을 정하겠습니다."

여운형이 법관처럼 주먹으로 책상을 쿵쿵 치자 다들 박수를 쳤다.

도로 의자에 앉은 여운형이 장덕수를 바라봤다.

"독립청원서는 자네가 써."

"제가 어떻게 그런 중요한 걸 씁니까?"

장덕수가 손사래를 치자 여운형이 말했다.

"여기 모인 사람들 중 자네만큼 글 잘 쓰는 사람이 있나? 거기다

웅변도 잘 하는 털보 선생이잖아."

자신의 별명이 나오자 장덕수는 난감한 표정을 지었다.

와세다 대학 다니던 시절 장덕수는 일본어 웅변대회에서 일본인 참가자들을 제치고 우승을 차지할 정도로 말솜씨가 뛰어났다. 어린 시절 일본인 가정에서 일을 하면서 지냈고, 이사청에서 일한 덕분에 일본어가 능숙했기 때문이다.

그 탓에 일본 유학을 갔을 때 유학생들 사이에서 정체를 의심받기도 했다. 결국 장덕수가 승낙을 했다.

"형님이 도와주셔야 합니다."

"아무렴."

둘이 얘기를 주고받는 사이 생각에 잠겨 있던 서병호가 입을 열었다.

"파리로 보낼 대표도 미리 생각해둬야 할 것 같은데……."

"그게 가장 중요한 문제라고 생각합니다."

여운형뿐만 아니라 참석자들 모두 동의하는 눈빛을 주고받았다.

비용 문제야 어떻게든 해결할 여지가 있지만 대표를 뽑는 문제는 신중을 기할 수밖에 없었다.

선우혁이 팔짱을 끼면서 한숨을 쉬었다.

"사람이 문제군. 영어와 불어를 잘하는 건 물론이고, 연설이나 인터뷰도 잘해야 하는 사람을 보내야 하는데 말이야."

다들 생각에 잠겨 있는 가운데 서병호가 중얼거리듯 말문을 열었다.

"내 생각에는 김규식이 적임자일 것 같은데."

"김규식이면 형님이 잘 안다고 하지 않았습니까?"

언젠가 서병호가 지나가는 말처럼 얘기했던 것을 기억해낸 여운형이 반문하자 그가 고개를 끄덕거렸다.

"내 안사람 집안과 잘 아는 사이지. 아마 조선 사람 중에 영어를 우사(尤史)[2]만큼 잘하는 사람은 없을걸. 그뿐 아니라 불어와 아라사어, 독어에 몽골어까지 능수능란하고. 거기다 선교사 집안에서 자라 서양인들의 예절도 잘 아니까."

"선교사 집안이라면?"

"사연이 좀 길어. 아버지가 동래부 관리였는데 상소를 잘못 올리는 바람에 집안이 풍비박산 나버렸지. 그래서 선교사 언더우드가 운영하는 고아원에 보냈는데 큰 병에 걸렸지 뭔가. 결국 언더우드가 집 안에서 길렀는데, 그런 계기로 영어를 배웠다더군."

"전화위복인 셈이군요."

"영어 신동으로 이름을 떨치면서 궁궐에도 드나들었지. 그리고 미국으로 유학 가 대학교에서 공부를 했는데 천재라고 소문났던 모양이야. 공부를 마치고 귀국하니까 여러 회사들이 다퉈서 고용하겠다는 걸 모두 거절하고, 자신을 거둬준 언더우드 목사의 조수가 되었다더군."

"지금도 조선에 있습니까?"

여운형이 근황을 묻자 서병호는 고개를 저었다.

"그 친구도 105인 사건으로 곤욕을 치르고 망명했지. 몽골로 가서 무관학교를 세우려고 했는데 뜻대로 되지 않아 만주로 왔어. 무역회사인 앤더슨 마이어에 들어가 일하는 중이고. 아마 만주와 몽고를 다니면서 물건을 팔고 있을걸."

---

2) 김규식의 호

"그럼 연락이 안 될 수도 있겠네요."

"텐진에 그 회사 사무소가 있어. 거기로 연락하라고 하더군."

"전보를 보내야겠군요. 가급적 빨리 상하이로 와줬으면 좋겠다고."

"그렇게 하지."

서병호가 대답하자 듣고 있던 조동호가 물었다.

"우리가 부른다고 오겠습니까?"

여운형도 같은 생각이었는지 서병호를 빤히 바라봤다. 서병호는 단호하게 대답했다.

"반드시 올 거야."

아주 무거운 침묵이 흘렀다. 확신은 공허했고, 현실은 텅 비어 있었다.

갑작스럽게 기회가 찾아왔지만, 아무것도 없는 바탕에서 해야 할 일들이 너무나 많았고, 넘어야 할 고비도 만만치 않았다. 칠판 앞에 선 여운형이 참석자들에게 말했다.

"우리가 할 일을 하고 결과는 하늘에 맡깁시다."

장덕수를 시작으로 한 명씩 고개를 끄덕거렸다. 여운형이 서병호에게 말했다.

"형님이 텐진으로 전보를 보내 김규식을 이곳으로 불러주십시오. 그사이 저는 덕수와 독립청원서를 작성하겠습니다."

여운형이 다시 참석자들을 죽 둘러봤다.

"다들 관련 정보들을 최대한 모으면서, 비밀을 잘 유지해주시고요. 밀정이 눈치를 채면 시작도 못 할 수 있으니까."

선우혁이 확인하겠다는 듯 나섰다.

"지금 우리 중에 밀정이 있다는 건 아닐 테고."

"우리가 지금 무슨 일을 하는지 알면 상하이 일본 영사관 전체가 나설 겁니다. 수단 방법을 가리지 않고 우리를 막으려 들겠죠. 돌다리도 두드려보고 건너고 싶습니다."

여운형은 참석자들 사이에 흐르는 묘한 긴장감을 느꼈다.

상하이의 교민이나 유학생 중 일본 영사관과 직간접적으로 연결되지 않는 경우는 드물었다. 일본 영사관에서는 그렇게 걸려드는 유학생을 상대로 돈과 여자를 안겨주고 교민들의 동태를 파악하려고 했다. 참석자들 중에도 그런 밀정이 있을지 몰랐다. 하지만 그럼에도 불구하고 지금은 믿고 일을 해나가야만 했다.

여운형이 밀정 얘기를 꺼낸 건 이 일에 믿음과 의심이 음과 양처럼 별 수 없이 공존한다는 걸 일깨우기 위해서였다.

"그리고 파리로 대표를 보낼 자금을 어떻게 만들지도 고민해주시기 바랍니다."

다음 날, 여운형은 장덕수와 함께 상하이 거리를 산책했다.

아편전쟁 이후부터 조계지가 만들어진 상하이는 중국이면서도 서양의 모습을 하게 되었다. 원래부터 상업이 발달했던 도시가 개항을 하면서 날개를 단 셈이었다.

아편전쟁에서 승리한 영국과 프랑스는 상하이에 조계지를 설치했다. 그리고 조계지의 행정을 맡은 공무국과 경찰서를 세웠다. 덕분에 상하이는 크게 남쪽의 중국인 거주 구역과 북쪽의 외국인 조계지로 나눠졌다.

외국인 조계지는 영미 조계와 프랑스 조계로 나눠지는데, 양쪽의 풍경은 아주 달랐다. 조계지의 거리에는 가스등이 곳곳에 세워졌고, 일정한 크기의 돌로 포장된 도로가 깔렸다. 그 위로는 십여 년 전부터 다니기 시작한 전차들이 오갔는데 위로 연결된 전선에서 가끔씩 푸른 불꽃이 튀었다.

거리 양쪽으로 치솟은 빌딩들은 상하이의 풍경을 더욱 이국적으로 만들었다. 잘 닦여진 도로와 접한 상점들의 쇼윈도에는 뉴욕과 파리에서 유행하는 옷들이 진열되었다. 경성은 물론 난징과도 비교할 수 없는 별천지였다. 특히 외국 은행들과 극장들이 몰린 번화가 와이탄은 더더욱 화려했다.

그런 와이탄 거리에는 서양식 제복을 차려입은 중국인 마부의 서양 마차와 새로 들어온 자동차, 중국인들이 끄는 인력거들이 뒤엉켰다. 화려한 상하이의 가장 바닥에 중국인들이 있었다.

풍경을 바라보던 여운형이 장덕수에게 말했다.

"정작 이 땅의 주인들이 노예 노릇을 하는군."

"꼭 조선 같지 않습니까?"

여운형이 공허한 눈길로 대답했다.

"그래도 중국은 희망이 있지 않은가. 조선은 아예 싹이 잘린 꼴이지."

"조선이라는 나라는 없어지는 게 맞습니다. 부패하고 무능했으며, 백성들을 아낄 줄 몰랐으니까."

장덕수가 한 무리의 쿨리[3]들을 보면서 덧붙였다.

"그렇지만 일본 놈들 말고 백성들의 손에 없어졌어야 했습니다."

"나는 조선이라는 나라에 어떠한 빚도 없어. 관직에 오른 적도 없

---

3) 척박한 환경의 중국인 노동자

고, 임금의 은혜를 받은 적도 없으니까. 그래서 독립운동을 하겠다는 사람들을 이해하지 못했지."

"그런데 지금은 열성적으로 독립운동을 하시잖아요."

"역설적으로 외국에 나오니 나라를 빼앗겼다는 사실이 실감나더군. 이곳에서 난 일본의 식민지 주민에 불과하니까 말이야. 나라가 없다고 생각하니 더 없이 허전하고 외로웠네. 그래서 이 일에 매달리는지도 몰라."

"저도 그래요. 이제 때가 된 거죠."

얼마나 걸었을까, 대화에 열중하는 사이 눈앞에 황포강이 나타났다.

누런 강물 위로 중국인들의 배 정크선과 서양인들의 증기선이 떠 있는 게 보였다.

걸음을 멈춘 여운형은 철제 담장으로 둘러싸인 공원을 바라봤다. 팔짱 낀 서양인 남녀가 개를 데리고 공원 안으로 들어갔다. 여운형이 씁쓸하게 말했다.

"이곳에 처음 와 저 공원에 들어갔다가 쫓겨난 적이 있었지."

"……."

"중국인 수위가 그러더군. 여긴 중국인이 들어올 수 없는 곳이라고. 심지어 개조차도 들어가는 곳에 사람이 못 들어간다는 게 말이 되나?"

"어처구니없는 일이죠."

"나에게 그 말을 하는 중국인 수위의 눈빛을 잊을 수가 없어. 자신이 그런 말을 할 수 있다는 걸 아주 자랑스러워하는 눈치……. 세상에는 자기 목소리를 내지 못하는 자들을 위한 공간은 없어."

"이번 일이 우리의 목소리를 낼 절호의 기회 아니겠습니까?"

"우리 집안이 수십 년간 탄압을 받은 이유가 뭔지 아는가? 관우를 죽인 여몽과 같은 성씨라 그런 거야."

"설마요!"

"중전 민씨가 용한 점쟁이라며 곁에 두고 총애한 진령군이라는 무당이 모시는 신이 바로 관우였거든. 그 관우를 죽인 여씨를 가까이 두지 말라고 해서 과거를 보는 족족 떨어졌다고 아버지가 그러셨지."

"나라 꼴이 그 모양이니!"

"그래서 적지 않은 사람들이 희망을 품었을 거야. 일본이 차별 없이 대우해줄 것이라는 거짓 선전을 믿고. 사실은 나도 그 중 하나였지만. 하지만 이곳 중국에 와서 그게 거짓이라는 걸 깨달았어. 남의 나라인 중국에게조차 무리한 21개조를 요구하면서 핍박하는데, 조선이야 오죽하겠냐고."

"저 역시 마찬가지입니다. 일본인들과 함께 지내면서 그들이 무슨 생각을 하는지 알아차렸거든요. 하지만 과연 우리 뜻대로 될지 자신이 없습니다."

"그래도……."

공원을 지나쳐 계속 걷던 여운형은 붉은 벽돌로 된 3층 건물 앞에 섰다.

난간에 걸린 빨래들이 바람에 살살 흔들리는 게 보였다.

지금은 중국인들의 살림집이 되었지만 1층에는 간판이 붙어 있던 흔적이 남아 있었다.

"여긴 뭡니까?"

장덕수가 관심을 보이자 여운형이 나지막한 목소리로 말했다.

"예전의 뚱허양행. 김옥균이 홍종우에게 암살당한 곳."

"김옥균?"

"갑신년에 정변을 일으켰던 사람. 처음에는 성공했지만 청나라의 개입으로 3일 천하로 끝났지. 정변이 실패로 돌아가고 제물포에서 배를 타고 일본으로 망명해 10년을 살았어. 그리고 이곳으로 왔다 조계지에서 암살당했지."

"왜 일본에서 이곳으로?"

"일본에 더 이상 의지할 수 없다고 생각한 모양이야. 그래서 북양대신 이홍장과 담판을 짓기로 하고 건너왔다 하더군."

"설득에 실패했군요."

"만나지도 못하고 예서 홍종우 손에 암살당하고 말았지. 조계지라고 안심한 모양인데, 치외법권은 외국인들에게나 적용된다는 걸 몰랐던 모양이야."

"그렇게 막을 내렸군요."

"청나라 군함에 실려 간 시신은 토막이 나서 전국 팔도로 흩어졌다더군. 임금에게 반항하면 어떤 일을 겪는지 본보기 삼아 보여준 거지."

"우리 처지도 별반 다르지 않습니다."

장덕수의 허탈해하는 말에 옛 뚱허양행 건물을 바라보던 여운형이 대답했다.

"나는 김옥균이 어떤 꿈을 꾸었는지 알 것 같아. 우리가 꾸는 꿈은 그것보다 훨씬 더 어렵겠지."

"김규식을 파리로 보내려면 많은 고비를 넘어야 할 겁니다. 설사가는 데 성공해도 원하는 걸 이룰 수 있을지 불분명하고요."

"내가 칼튼 카페에서 찰스 크레인의 연설을 들었을 때 어떤 생각이 들었는지 알아? 어쩌면 사람들에게 희망을 줄 수 있다고 믿었어. 싸움을 계속할 수 있는 희망 말이야."

"어떤 사람들은 그걸 몽상이라고 얘기합니다."

"그건 중요치 않아. 우리가 뭘 하고, 그것이 사람들에게 어떤 희망을 줄 수 있느냐가 중요하지. 나 같은 염세주의자를 꿈꾸게 만들 수 있다면 보통 사람들에게도 그런 희망을 안겨줄 수 있을 거야."

"형님이 염세주의자라뇨. 가당치도 않습니다."

"그럼 몽상가라고 해두지."

여운형이 웃음으로 대화를 마무리하는 사이 장덕수가 뒤쪽을 힐끔 바라봤다. 먼발치에서 검정색 세비로 양복을 입고 중절모를 쓴 동양인이 황급히 돌아섰다.

"일본 영사관 경찰 같습니다."

지난번 모임 때부터 불안감을 느꼈던 여운형은 남의 일인 양 물었다.

"낌새를 챘을까?"

"그 정도는 아닐 것 같고, 그래도 조심하는 게 좋겠습니다."

황포강 쪽으로 걸어간 장덕수가 품에서 청원서 초본을 꺼내 북북 찢어 물 위로 흩뿌렸다. 돌아서면서 여운형에게 말했다.

"다 기억하고 있으니까 너무 걱정 마십시오."

잘게 찢겨진 종이가 누런 강물을 따라 멀어지는 것을 바라보던 여운형이 대답했다.

"프랑스 조계에 있는 커피 하우스에 가서 커피나 한잔 하지."

여운형은 앞장서 걷는 장덕수를 보며 깊은 상념에 잠겼다.

성사된다고 큰 소리를 치긴 했지만 생각해보면 첩첩산중이었다.

대표단을 보내도 된다는 크레인의 견해는 어디까지나 개인 의견
이었다. 파리로 대표를 보내려면 막대한 자금과 준비가 필요했다.
인맥도, 경험도 짧은 이삼십대로 이뤄진 신한청년당 당원들이 실행
하기에는 역부족일지도 몰랐다.

그럼에도 불구하고 장덕수를 비롯한 다른 이들에게 큰소리를 친
건 어떻게든 성사시키고 싶은 욕심 때문이었다.

그 욕심이 불러올 누군가의 희생과 피해는 더 큰 악몽이 될지도
몰랐다. 지금 사는 처지가 악몽인데, 그보다 더 징그러운 몽마가 도
사리고 있다는 두려움이 등골을 훑고 지나갔다.

그때 누군가 희생이 되어야 한다면, 자신이기를 비는 것 말고 할
수 있는 게 아무것도 없다는 현실 앞에서 내딛는 걸음은 계속 느려
졌다.

문득 앞장서 걷던 장덕수가 돌아보자, 여운형은 그를 향해 애써
미소를 지었다.

1918년 12월 28일, 중국 상하이

서병호가 톈진으로 전보를 보낸 지 한 달 만에 김규식이 상하이
에 나타났다.

항구에서 내리자마자 바로 인력거를 타고 협화서국이 있는
YMCA로 온 김규식에게서 오랜 여행의 피곤함 같은 건 찾아볼 수
없었다.

포마드로 단정하게 머리를 정리하고 금테 안경에 나비넥타이 차

림의 양복을 입은 김규식을 보자, 여운형은 왠지 모를 안도감을 느꼈다. 마흔을 앞둔 나이라고는 믿겨지지 않을 만큼 열정적으로 보인다는 점도 한몫했다.

서점으로 들어온 김규식이 여운형에게 먼저 인사했다.

"여운형 주임이십니까? 텐진에서 온 김규식입니다."

예상보다 빠른 그의 도착에 급히 회의가 소집되었고, 올 수 있는 사람들이 속속 모여들면서 사무실에서 면담 겸 회의가 열렸다.

장덕수와 선우혁, 조동호, 여러 당원들과 일일이 인사를 나눈 김규식은 뒤늦게 도착한 서병호와 반갑게 악수를 나눴다. 서병호가 손을 잡고 흔들며 물었다.

"요즘 어떻게 지냈는가?"

"몽골에서는 가죽을 팔았고 화북에서는 발동기를 팔고 다닙니다."

"상하이에서는 뭘 팔면 좋을까?"

서병호의 농담에 김규식은 가만히 모자를 벗어 책상에 올려놨다. 그리고 여운형을 비롯한 신한청년당 당원들을 둘러본 후 대답했다.

"성경이 잘 팔리겠군요."

신의 가호가 절실해 보인다는 의미였을까. 그의 대답에 참석자들이 다들 시원하게 웃었다.

자리에 앉은 김규식에게 여운형이 감사의 뜻을 전했다.

"일이 바쁘실 텐데 이렇게 멀리까지 와주셔서 고맙습니다."

"병호 형님이 나라를 위한 일이라고 해서 한 걸음에 달려왔네."

여운형은 김규식에게 찰스 크레인의 연설 내용과 그 후 신한청년당이 결성되는 과정 그리고 파리 만국강화회의에 대표를 파견하기로 결정한 내용을 들려줬다. 그리고 마지막에 힘주어 말했다.

"당원들과 파리로 보낼 적임자를 찾던 중에 우사 형님 얘기를 들었습니다. 영어와 불어에 능통하시고, 외국에서도 오래 지내 파리에서도 맹활약하실 수 있으리라 결정해 초청한 것입니다."

사정을 다 듣고 난 김규식은 가볍게 한숨을 쉬고는 참석자들을 둘러봤다.

여운형이 그런 것처럼 그 역시 이 자리에서의 결정이 자신의 운명을 크게 바꿔놓을 것이라는 사실을 잘 알고 있는 듯했다. 잠시 후, 그가 담담하게 입을 열었다.

"나는 살면서 많은 선택을 했다네. 미국에서 공부를 마칠 무렵, 프린스턴에서 대학원에 오면 장학금을 주겠다고 했고, 그걸 뿌리치고 조선에 오니 총독부에서 꼬시더군. 동경제국대학에 입학하면 장학금을 주고 졸업 후 총독부에 특채해주겠다는 걸 거절했지."

"왜 거절하신 겁니까?"

당원 한 사람이 묻자 김규식이 짧게 대답했다.

"조선 사람이니까."

그리고는 다시 입을 열었다.

"내가 파리로 간다 해도 일이 성사될 가능성은 반반이야. 그리고 나는 일본과 영원히 척을 지게 될 것이고. 내가 그곳에 가야 할 이유를 말해줄 수 있겠나?"

생각에 잠겼던 여운형이 김규식과 눈을 맞추며 대답했다.

"신의 옷자락을 잡아야 하기 때문이죠."

"무슨 뜻인가?"

김규식의 반문에 여운형이 책에서 봤던 얘기를 들려줬다.

"독일을 통일시킨 비스마르크가 한 말입니다. 신이 역사를 지나가는 순간, 뛰쳐나가서 옷자락을 붙잡고 같이 나아가야 하는 게 정치인이자 지식인의 책무라고 말이죠."

의외의 대답에 김규식이 고개를 끄덕거렸다.

"나는 조선이 다른 나라의 손아귀에 붙잡혀 힘없이 끌려다니는 걸 직접 봤네. 이제 그걸 끝낼 때가 온 것 같군."

사실상 승낙의 뜻이었기 때문에 여운형과 참석자들은 기쁨을 감추지 못했다. 하지만 김규식은 차가운 얼굴로 말했다.

"그 전에 해결해야 할 문제가 몇 가지 있어."

"비용을 말씀하시는 거라면……."

"오가는 여비는 물론이고, 그곳에서 신한청년당을 대표해 활동하려면 사무실을 비롯해 필요한 것들이 많네."

"그건 저희들이 어떻게든 해보겠습니다."

"두루뭉술하게 넘어갈 생각은 하지 마. 어떤 식으로 자금을 마련할지 생각해둔 게 있나?"

김규식의 예리한 질문에 여운형이 고개를 저었다.

"아직입니다."

"그럼 포기하게."

여운형은 김규식이 딱 잘라 말하자 당황했다. 김규식이 굳어진 채 자신을 바라보는 참석자들에게 말했다.

"파리 강화회의에 대표를 보내려고 하는 건 여기뿐만이 아니야. 듣기로는 미국 동포들이 만든 국민회에서 이승만 박사를 파견한다고 하더군. 거기다 해삼위(海參崴)[4]의 국민회의에서도 대표를 파견

---

4) 블라디보스토크의 한문 명칭

하려고 하고. 여기가 아니라고 해도 누군가 대표를 보낼 걸세."

"여러 명이 같이 활동해도 나쁘지 않을 겁니다. 어쨌든 우리는 계획대로 밀고 나갈 생각입니다."

여운형이 단호하게 대답하자 김규식이 냉정한 얼굴로 물었다.

"혹시 대표 파견을 고집하는 것이 명성을 얻기 위해서인가?"

옆에 앉아 있던 장덕수가 눈을 치켜떴지만 여운형은 담담했다.

"안 그래도 결정한 순간부터 내내 그 생각을 해봤습니다. 명성을 얻기 위해 이러는 것이 아닌가 하고 말이죠. 사실입니다."

뜻밖의 대답이었는지 김규식이 고개를 갸웃거렸다.

"무슨 뜻인가?"

"저는 조선을 독립시키고 일본을 몰아냈다는 명성을 얻고 싶습니다."

김규식은 여전히 차가운 표정을 하고 대답했다.

"자네 뜻은 알겠네. 아직 시간이 있으니까 그 문제는 차차 논의해보세. 그리고 한 가지 문제가 더 있어. 명분을 만들어야만 해."

"명분이라니요?"

김규식이 심각한 표정으로 대답했다.

"파리에 오는 세계 각국 사람들이 조선이라는 나라를 얼마나 알 것 같나? 세계지도에도 조선은 아예 없거나 작게 표시되어 있네."

김규식이 생각지도 못한 문제를 꺼내자 여운형을 비롯한 참석자 전부 입을 다물었다.

김규식이 얘기를 이어갔다.

"내가 만약 국가를 대표해 정식으로 파견된다면 모르겠지만 잘해봐야 참석자에 불과하네. 거기다 승전국인 일본이 참석할 게 뻔한데 기를 쓰고 방해하려고 들지 않겠나?"

"그럼 소용없다는 얘깁니까?"

듣고 있던 조동호의 반박에 김규식이 고개를 저었다.

"그래도 나는 갈 생각이야. 하지만 파리에서 내가 성과를 거두기 위해서는 여러분의 도움이 필요해."

"어떤 도움을 원하십니까?"

조동호의 반문에 김규식이 엄숙한 표정으로 말했다.

"조선 사람들이 독립을 원한다는 것을 그들에게 보여줄 수 있어야만 해. 그게 신한청년당에게 내가 원하는 도움이야."

여운형은 김규식이 말한 의미를 알아차렸다.

"그러니까 조선 사람들이 독립하려는 의지가 있다는 걸 증명해야 한다 이 말씀이시군요."

"맞아. 만약 그들이 내게 일본의 식민지가 된 것이 조선 사람들의 뜻이 아니라는 증거를 보여 달라고 하면 지금 당장 해줄 수 있는 말이 없어."

여운형과 참석자들은 딱히 반박을 하지 못했다.

서병호가 천장을 바라보고 한숨을 쉬었다.

"우사 말이 맞네. 일본이 조선을 식민지로 삼을 때 대대적인 전투가 벌어지거나 임금이 자결하지 않았으니까 말이야."

"그러면 어찌해야 할까?"

선우혁의 당연한 물음에 참석자 모두 아무 말도 하지 못했다.

여운형 역시 대표를 뽑아 파리 강화회의로 보내겠다는 생각만 했을 뿐 그 과정에서 뭔가를 해야 한다는 건 생각조차 못했다. 침묵이 이어지자 장덕수가 나섰다.

"보시다시피 우리들은 혁명가들이 아닙니다."

"누가 혁명을 일으키라고 했나? 내가 파리 강화회의에 참석해 열강들을 설득할 수 있는 걸 만들어달라는 말이야."

두 사람의 대화에 여운형이 끼어들어 말했다.

"노령과 간도에 있는 독립군들을 설득해보겠습니다."

김규식이 살짝 눈살을 찌푸렸다.

"나도 한때 만주에 무관학교를 세우려고 한 적이 있어 그쪽 사정 잘 알아. 쉽사리 움직이지는 않을 거야. 거기다 만주가 조선은 아니지 않은가?"

"그럼 뭘 해야 한단 말인가?"

듣고 있던 서병호가 답답한지 푸념하듯 묻자 김규식이 참석자들을 천천히 바라봤다.

"서양인들은 정부가 마음에 들지 않으면 시위를 벌입니다."

김규식의 말뜻을 알아차린 여운형이 대번에 고개를 저었다.

"조선은 서양이 아닙니다."

"그건 별로 중요하지 않아. 그들에게 어떻게 보이느냐가 더 중요하지."

장덕수도 고개를 저으며 끼어들었다.

"우리 조선 사람들이 독립을 요구하는 시위를 벌이면 일본이 가만있지 않을 겁니다."

"당연히 그러겠지."

더없이 냉혹한 김규식의 얘기에 여운형은 입을 다물었다. 조용해진 참석자들을 향해 김규식의 말이 이어졌다.

"여러분, 서양인들은 자신의 뜻이 받아들여지지 않으면 항의를 하고 시위를 벌이는 것을 당연시 합니다. 그게 문명인의 도리이자

기준으로 받아들이죠. 우리가 독립을 주장하려면 그걸 원한다는 명백한 증거를 보여줘야 합니다."

이번엔 조동호가 반발했다.

"그걸 보여주기 위해 동포들의 목숨을 걸라는 겁니까? 시위를 하면 일본 놈들은 총칼을 들이대서 진압할 게 분명합니다."

여운형 역시 같은 생각이었다. 일본은 조선에 엄청나게 집착하고 있었다. 조금이라도 반항하면 총칼을 동원하는 데 망설임이 없는 상황이었다. 조동호의 반발에 김규식이 차갑게 대답했다.

"그걸 원해. 조선인들이 빼앗긴 나라를 되찾겠다고 시위를 하고 일본이 탄압을 하는 것, 그런 모습을 말이야."

"사상자가 엄청나게 발생할 겁니다. 잔혹한 보복이 따를 테고요."

여운형의 설명에 김규식이 고개를 끄덕거렸다.

"나는 일본이 시위를 평화롭게 지켜보는 게 두렵네. 그러면 일본은 포용력이 있다는 걸 서양 각국에 자랑할 수 있으니까."

여운형은 김규식이 신한청년당 멤버들에게 뭘 원하는지 알아차렸다. 그 역시 어렴풋하게 짐작하긴 했지만, 그렇다고 실행에 옮기기는 쉽지 않았다. 당원들이 직접 나섰다가 뿔뿔이 흩어지면, 외국에서 고생하며 자리를 잡은 토대가 송두리째 사라질 수 있었다.

"폭풍 앞의 조각배 신세로군."

여운형이 중얼거리는 걸 들은 김규식이 말했다.

"아무튼 여비와 그 문제가 해결되지 않으면 나는 파리로 가지 않겠습니다."

폭탄 같은 김규식의 발언에 참석자들은 모두 할 말을 잃었다.

조동호가 조심스럽게 입을 열었다.

"그렇다고 우리가 직접 총을 들고 싸울 수는 없지 않겠습니까?"

"소규모 무력투쟁은 지금으로서는 별 효과를 보기 어렵네."

선우혁이 반박하자 여운형과 서병호가 동조했다.

간도에 있는 독립운동가들은 국내로 진공해 일본군을 물리치자고 주장하지만 병력과 무기의 열세가 너무나 심했다. 거기다 국내의 무력항쟁은 1907년 남한대토벌 작전 이후 사실상 막을 내렸다. 얘기를 듣던 김규식이 팔짱을 낀 채 여운형과 참석자들에게 말했다.

"여러분이 나를 불러 파리까지 보내려고 마음먹었다면 다른 일도 능히 해주리라 믿었습니다."

"보시다시피 우린 각자의 사정으로 상하이에 온 사람들입니다. 독립의 뜻은 있지만 방법을 구체적으로 생각해보지는 못했습니다. 우리에게 조금만 시간을 주십시오."

여운형의 말을 듣고 난 김규식이 벗었던 모자를 다시 썼다.

"사흘 동안 상하이에 있을 예정이네. 그 안에 답변을 주게."

그 뒤의 말은 하지 않았지만, 시간 내 원하는 대답을 주지 않으면 그는 상하이를 떠날 것이다.

속내와 감정을 드러내는 성격이 아니었으므로 감정에 호소해서 설득하는 것도 불가능해 보였다.

"일단 우리끼리 내일 다시 만나 얘기하시죠."

여운형의 말에 알겠다고 대답한 김규식이 서병호와 함께 밖으로 나갔다.

남은 참석자들은 다들 팔짱을 낀 채 고민에 잠겼다.

선우혁이 참석자들을 돌아보며 말했다.

"다들 머리들을 좀 써보자고. 여기서 포기할 수는 없지 않은가."

조동호가 분통을 터트렸다.

"우리가 할 수 있는 게 뭐가 있다고 그런 말씀을 하십니까? 차라리 다른 대표를 찾든지 우리 중에 한 명이 가는 게 좋겠습니다."

다른 참석자들도 조동호의 의견에 수긍하는 눈빛을 띠자 선우혁이 서둘러 말했다.

"대표를 파리로 보내는 게 문제가 아니라 가서 독립청원을 성사시키는 게 중요한 문제야."

"찔러도 피 한 방울 안 나올 것 같은 저 사람에게 나라의 운명을 맡기자는 얘깁니까?"

조동호가 분통을 터트리자 여운형이 나섰다.

"그러니까 적임자라는 얘기지. 조선의 독립은 우리에게는 절실하지만 제3자인 열강들의 입장에서는 반드시 들어줘야 할 일은 아니야. 그러니 감정적으로 나서기보다 냉철하게 이치를 따져가면서 설득할 사람이 필요해."

"맞는 얘깁니다."

잠자코 듣고 있던 김철이 찬성의 뜻을 드러내자 분위기가 다시 진정되었다.

여운형이 무거운 목소리로 말했다.

"다들 뭘 두려워하는지 알고 있습니다. 하지만 조선의 독립이 쉽게 이뤄질 수는 없고, 누군가의 희생은 불가피합니다. 우리가 뭘 할 수 있는지만 생각해봅시다. 내일까지 결론이 나오지 않으면 우린 김규식 박사를 대표로 파견할 수 없게 됩니다."

주섬주섬 자리에서 일어난 참석자들이 바로 나가지 못하고 선 채로 잠시 서성거렸다. 일을 진행하기 위해 모였는데, 더 크고 심각한 문제를 안게 되었다. 난감한 마음들이 굼뜬 동작에서 고스란히 느껴졌다.

여운형은 그들이 한 명씩 나가는 걸 물끄러미 지켜봤다. 선택의 밤. 오늘 밤은 저마다 그들 인생의 가장 긴 시간이 될지도 모르겠다고 생각했다.

다음 날, 표정이 굳은 동료들이 하나둘씩 사무실에 모여들었다.

밤새 고민한 흔적이 역력한 장덕수가 여운형에게 말했다.

"형님, 아무래도 우리가 직접 일을 만들어야겠습니다."

"방법은?"

장덕수가 가볍게 한숨을 쉬었다.

"지금 조선 사람들은 일본인들의 차별과 횡포에 치를 떨고 있는 상황입니다. 만약 어떤 계기만 주어진다면 들고 일어날 겁니다."

"그 계기라는 게……."

선우혁은 말을 잊지 못한 채 그를 바라봤다.

장덕수가 자신 있는 목소리로 대답했다.

"우리가 파리로 보내는 대표가 그 계기입니다. 파리에서 열강들이 개최하는 회의에 대표자를 보내서 독립을 청원하려는데, 우리들이 그 증거를 보여줘야 한다고 설득하는 겁니다."

"어떻게 말인가?"

선우혁이 답답하다는 듯 묻자 장덕수가 짧게 대답했다.

"직접 가서 말입니다."

"그게 말처럼 쉽겠나?"

장덕수와 선우혁의 대화를 듣던 참석자들은 서로의 얼굴을 초조하게 바라봤다. 두려운 기색들이 노골적으로 드러났다. 지금의 생활 기반을 모두 잃는 것은 물론 일본 경찰에게 체포당해 혹독한 고문을 당할지도 모른다는 공포감. 서로의 얼굴에서 그런 감정들을 읽고 있었다.

장덕수가 참석자들을 향해 말했다.

"우리가 여기서 희생하지 않으면 김규식 박사를 설득할 수 없습니다. 우리가 왜 신한청년당을 만들었는지 생각해보세요. 거기다 파리로 대표를 보낼 자금도 구해야 하고요."

장덕수의 열변을 잠자코 듣던 여운형도 마음을 굳혔다. 폭풍을 뚫고 나가기로 결심한 것이다. 자리에서 일어난 그가 입을 열었다.

"제가 노령으로 가겠습니다."

"위험하지 않겠습니까?"

장덕수의 조심스러운 말에 여운형이 고개를 저었다.

"난징에 오기 전에 신흥무관학교랑 만주 일대를 둘러본 적이 있어. 다들 목숨을 거는데 나만 편한 곳에 있을 수는 없지. 자네 말대로 누군가 가서 소식도 전해야 하고, 자금도 모아야 하니까."

그러자 선우혁이 뒤따라 입을 열었다.

"그럼 난 고향인 정주 근처인 선천과 곽산 그리고 평양 쪽을 돌아보겠네."

선우혁의 얘기가 끝나자마자 김철이 나섰다.

"그럼 전 경성으로 가겠습니다. 천도교 교령 손병희와 안면이 있으니, 만나서 도와달라고 하면 틀림없이 들어줄 겁니다."

세 사람 다음으로 얘기한 건 장덕수였다.

"전 일본에 가서 유학생들을 만나보죠."

"거기야말로 정말 위험한 곳 아닌가?"

여운형의 말에 장덕수가 수염을 쓰다듬으면서 대답했다.

"반대로 거기부터 움직인다면 조선과 다른 지역으로 쉽게 퍼트릴 수 있을 겁니다. 일본에 오랫동안 살았으니까 너무 걱정 마십시오."

다들 어디로 가서 누구를 만날지를 정하면서 무거웠던 분위기는 한층 누그러졌다. 죽을 결심을 하자 오히려 편안함이 찾아온 것이다. 감당하기 어려울 것 같던 문제는 그것을 적극적으로 끌어안았을 때 오히려 쉽게 풀려갔다.

다들 홀가분해진 표정으로 서로를 바라봤다.

다음에 다시 모여 청원서 문구를 가다듬기로 하고 회의를 끝냈다.

마지막까지 남은 장덕수가 여운형에게 다가왔다.

"제가 부산에 먼저 갔다 오겠습니다."

"부산?"

"대표도 정해졌고, 청원서도 거의 완성되었으니까 이제 남은 건 돈밖에 없지 않겠습니까?"

"부산에서 돈을 구할 방도가 있나?"

"백산 선생이 거기 있잖습니까."

"아! 안희제 선생을 잊고 있었군."

여운형은 생각지도 못한 부분이었다.

"입이 무거운 분이고 조국의 운명을 항상 안타까워하시는 분이니까 틀림없이 도울 겁니다."

"그렇다고 해도 자네가 직접 가는 건 위험하지 않을까?"

"어차피 누가 가도 위험합니다. 파리 만국강화회의가 3월에 시작하니까 늦어도 2월에는 출발해야만 합니다. 사실 지금도 늦었다고 볼 수 있습니다."

장덕수의 말이 사실이었으므로 여운형은 고개를 끄덕일 수밖에 없었다.

"우리도 어떻게든 비용을 마련해보겠지만 한계가 있어. 우사의 말대로 하려면 최소한 수천 원은 필요한데 말이야."

"백산 선생은 회사도 운영하고 주변에 아는 분도 많으니 최대한 융통해주실 겁니다. 백산상회에서 돈을 빌리느냐, 못 빌리느냐에 이번 일의 사활이 걸려 있습니다."

"그렇긴 하네만 자네를 사지에 내모는 것 같아서……."

"잘 될 것 같으니 너무 염려 마십시오."

"불쑥 찾아가 손을 내민다고 들어주겠나?"

"미리 전보를 보내 찾아뵙겠다고 하겠습니다. 상하이에서 왔다면 대충 알아들으실 겁니다."

장덕수의 계획이 구체적으로 나오면서 여운형의 한숨은 더욱 깊어졌다.

동료들과 얘기를 마친 여운형은 김규식을 만나기 위해 서병호의 집으로 향했다.

셔츠 차림의 김규식이 거실로 나와 맞은편 의자에 앉았다.

서병호의 부인이 커피를 내왔지만 둘 다 쳐다보지도 않았다. 서병호 역시 잠시 일이 있다면서 자리를 비웠다. 김규식이 먼저 입을 열었다.

"결정은 내렸나?"

"신한청년당 멤버들이 조선과 만주, 일본으로 가서 만세 시위를 벌일 것을 촉구하기로 했습니다. 그리고 국내에 따로 사람을 보내 자금을 구할 것이고 말입니다."

"쉽지 않았을 텐데, 다들 의견을 따라줘서 고맙네. 가급적 강화회의가 시작되기 전에 시위가 벌어져야 할 게야. 그래야 참가국들을 설득시킬 수 있으니까."

담담하게 얘기하는 김규식에게 여운형이 말했다.

"솔직히 말씀드리자면 과연 열강이 우리 얘기를 들어줄지 반신반의합니다."

"가게 되면 최선을 다하겠지만 쉽지는 않겠지. 대체로 국제 정세라는 건 열강들의 이익에 따라 움직이는데 그들이 우리를 독립시켜서 얻을 게 없기 때문이야."

"그럼 쓸데없는 짓이 되지 않겠습니까?"

여운형이 허공을 응시하며 묻자 김규식이 차갑고 무덤덤한 눈빛을 던졌다.

"몽양[5]의 집안은 조선이나 대한제국 시절에 어떤 혜택도 받지 못했다고 들었네."

아픈 기억이 떠오른 여운형은 고개를 끄덕거리는 것으로 대답을 대신했다.

"그런데 왜 혜택을 주지 않은 나라를 위해 이런 모험을 하나?"

"조국을 떠나니 조국이 없다는 걸 뼈저리게 느꼈습니다. 탄압을

---

5) 여운형의 호

받더라도 내 나라에게 받아야지 덜 억울하겠더군요."

"자네와 동료들은 모두 엘리트들이야. 상하이에서 자리만 잡으면 지내는 데 어렵지 않을 텐데 말이야."

"그건 우사도 마찬가지 아니십니까?"

"내가 어릴 때 언더우드 선교사 밑에서 자랐다는 얘기 들었지?"

"네."

"선교사께서 친척집에 맡겨진 어린 나를 보러왔을 때 배가 고파 벽지를 뜯어먹는 걸 봤다더군. 그래서 두 말 없이 날 데리고 집으로 오셨지. 이후에도 행복하진 못했어. 아이들이 서양 선교사 밑에서 자란다고 놀려대서 말이야. 그런 일들을 겪고 난 후에 나는 사람을 믿지 않게 되었네."

"그럼 뭘 믿습니까?"

"상황을 믿네. 그래야만 하는 상황이 되면 사람은 목숨을 내놓고 움직이니까 말이야."

커피를 한 모금 마신 김규식이 여운형을 바라보면서 덧붙였다.

"자네처럼 말이지."

"그게 이번 일과 무슨 상관입니까?"

"총독부에서 기를 쓰고 나를 포섭하려는 건 쓸모가 있어서가 아닐세. 일본에는 나보다 더 외국어를 잘하고 똑똑한 사람이 많아. 단지 내가 독립운동에 뛰어들어 거추장스러워지는 걸 막으려는 것뿐이지. 따라서 일본 유학을 가면 생활비를 보조해주거나 교수 자리를 준다는 건 지켜지지 않을 가능성이 높아."

"설마 그렇게까지……."

"내가 그들 말대로 유학을 가기만 하면 독립운동에 투신하지 못하니까 말이야. 만약 내가 총독부의 권유로 일본에 있었다면 자네가 날 부를 생각을 했을까?"

여운형은 잠시 생각하다 고개를 저었다. 김규식이 허탈하게 웃었다.

"어쨌든 나는 조선 사람이야. 일본인이 되거나 일본과 손을 잡을 수는 없네. 그건 나를 송두리째 부정하는 짓이 되니까 말이야."

"무슨 말씀인지 압니다."

"자네도 나와 같은 생각이니까 조선을 떠나 멀리 타향에서 독립운동을 하는 것 아니겠나."

"찰스 크레인의 얘기를 들으면서 내가 왜 처음 보는 서양인의 말에 이렇게 기뻐하는지 생각해봤습니다. 그건 거창한 애국심이 아니라 조국을 가져보고 싶다는 열망. 그것뿐이라고 말입니다."

그날의 기억을 떠올린 여운형의 눈시울이 뜨거워졌다. 김규식이 차분하게 말했다.

"나는 얼음 같이 차가운 사람인데, 자네는 불같이 뜨겁군. 우리가 같이 일을 하는 것도 운명이겠지. 배표를 구해주는 대로 파리로 가겠네."

"아!"

여운형이 저도 모르게 탄성을 내자, 김규식이 차가운 눈빛을 던졌다.

"자네의 상황과 내 상황이 맞아떨어졌으니까 믿고 해봐야지. 하지만 성사가 될 확률은 높지 않아."

"각오는 하고 있습니다."

"이번 세계대전에서 일본이 연합국이 아닌 독일과 오스트리아와 손을 잡았다면 조선의 독립은 수월했을 거야. 그렇게 되지 않은 게 안타까워. 우리 편을 만들 수 없으니, 내가 간다고 해도 가시밭길이 겠지."

"그렇게 실패할 확률이 높은데, 사람들에게 목숨을 내놓고 만세를 부르라 해야 하는 걸까요?"

여운형이 고개를 숙이며 탄식 같은 한숨을 내쉬었다.

"내가 파리에서 활동하는 게 실패로 돌아간다고 독립운동 자체가 실패하는 건 아니니까."

딱 잘라 말한 김규식이 김이 모락모락 나는 커피 잔을 내려다봤다.

"이 커피처럼 독립운동에 대한 열기를 뜨겁게 달구기만 해도 충분하네."

"그럼…… 우리는 모두 장작이 되어야겠군요."

여운형이 회심의 농담을 던졌지만 김규식은 웃지 않았다.

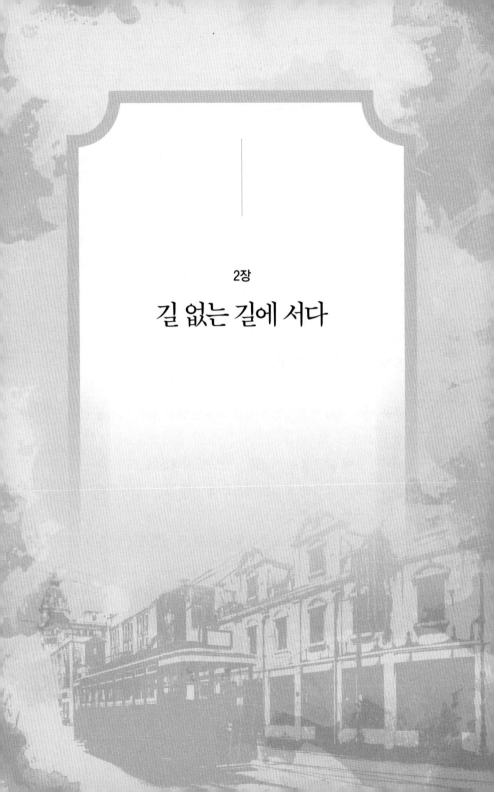

2장

길 없는 길에 서다

1919년 1월 21일, 조선 경성

추운 날씨 탓에 종로경찰서 형사 신철은 연신 호호, 입김을 불어 손을 녹였다.

전차가 눈이 쌓인 종로 거리를 느릿느릿 지나갔다.

전차 뒤로는 조끼를 껴입은 마차꾼이 수레 끄는 소를 데리고 조심스럽게 빙판 길을 지났다.

신철은 모던 걸과 모던 보이가 팔짱을 낀 채 나란히 걷는 걸 보고는 눈살을 찌푸렸다.

옛날 같았으면 풍속을 어지럽힌다는 명목으로 잡아다가 따끔하게 훈계를 했을 것이다. 하지만 작년 조선 팔도를 휩쓴 무오년 독감에 아내와 아들을 잃은 이후 세상일에 시큰둥해졌다.

왜놈 앞잡이 노릇이나 한다는 손가락질을 이겨냈던 건 가족들을 잘 먹여 살리겠다는 욕심 탓이었다. 그런 가족을 잃었다는 충격에서 헤어 나오지 못해 어제도 진고개 카페에서 밤늦게까지 술을 마시다 늦고 말았다.

한때 한미 전기회사 본사였고, 지붕의 돔에 붙은 시계 때문에 시계집이라 불리는 종로경찰서는 YMCA 바로 옆에 있었다. 문이 있는 계단까지 도착한 신철은 도리우찌라고 불리는 헌팅캡을 벗어 단정하게 썼다. 직속상관인 쓰기우치 부장은 단정하지 못한 옷차림을 그냥 넘어가지 않는 좀생이였기 때문이다.

조심스럽게 문을 열고 들어서는데 분위기가 심상치 않았다.

1층에 있는 위생과부터 어수선했다. 신철은 문 옆에 있던 순사보조원 김씨에게 물었다.

"무슨 일이야?"

"그, 그게."

"지금이 몇 시인데 이제 출근하는 건가!"

2층에서 화살처럼 내리꽂힌 호통의 주인공은 쓰기우치 부장이었다.

포마드로 단정하게 가르마를 넘기고 빳빳하게 다린 제복 차림의 쓰기우치는 뒷짐을 진 채 무서운 눈으로 내려다봤다.

분위기가 무거워지자 순사보조원 김씨부터 다른 경찰들이 모두 눈치를 보며 자리를 슬슬 피했다. 얼른 도리우찌를 벗으며 신철이 대답했다.

"저, 그게 아침에 정보원을 만나고 오느라……."

불호령이 떨어질 줄 알았지만 부장은 별 반응이 없었다.

"내 방으로 오게."

뒷짐을 진 부장이 난간에서 모습을 감추자 신철은 벗었던 도리우찌를 도로 쓰고는 입술을 씹었다.

기둥 뒤에 숨었던 순사보조원 김씨가 얼른 총독부에서 발행하는 조선어 신문인 매일신보를 가져다줬다.

"아침에 난리 났었습니다."

"대체 뭔데?"

신철은 투덜거리면서 1면을 무심코 바라보다 입을 딱 벌리고 말았다.

"이태왕 전하 중태?"

순사보조원 김씨가 귓가에 대고 속삭였다.

"말이 중태지 죽었다는 소문이 파다합니다."

망국의 군주이긴 하지만 한때 황제이자 조선을 통치하던 임금이었다. 그의 죽음이 어떤 파장을 가져올지 얼른 상상이 가지 않았다.

생각에 잠겨 있던 신철의 옆구리를 순사보조원 김씨가 꾹 찔렀다. 그리고는 얼른 올라가보라고 손짓을 했다.

신문을 돌려주고 신철은 나무계단을 지긋이 밟아가며 2층으로 올라갔다.

쓰기우치 부장의 방은 복도 제일 끝에 있었다.

심호흡을 하고 나서 신철이 공손하게 문고리를 돌리고 안으로 들어갔다.

책상에 앉아 있던 부장이 문을 닫고 들어선 그를 노려봤다.

방 안에는 먼저 와 있는 순사들이 있었는데, 하나 같이 신철처럼 조선인 출신이었다.

대뜸 쓰기우치가 엉뚱한 소리를 늘어놓았다.

"큰 딸이 올해 고등여학교를 졸업하고 조선으로 건너 온다네."

누군가 반사적으로 아부를 떨었다.

"처음 얘기 들었을 때가 중학생이었는데 벌써 그렇게 자라다니, 축하드립니다."

신철은 딸을 애지중지하는 부장의 얘기를 들을 때마다 작년에 잃은 아들이 떠올랐다.

똑똑하고 예의바른 아이여서 기대가 컸는데, 한순간에 잃고 만 것이다.

신철은 부장이 서랍에서 아까 본 호외를 꺼내는 걸 물끄러미 보았다.

"소식 들었지?"

"방금 아래층에서 들었습니다."

"이태왕은 아직도 많은 조선인들에게는 왕이나 다름없어."

"지금 조선의 왕은 오직 천황폐하뿐입니다."

신철의 말에 다른 조선인 순사들도 이구동성으로 맞장구를 치자 부장이 느긋하게 고개를 끄덕였다.

"조선인들이 다들 자네들만 같다면 아무 문제 없겠는데. 아무튼 이 일로 좀 소란스러워질 수도 있을 것 같아."

"감히 누가 작당할 생각을 하겠습니까?"

"만에 하나를 대비해야 하는 게 우리 대일본제국의 경찰이 해야 할 일이야."

호통부터 칠 줄 알았는데 의외로 차분하게 얘기가 나와 신철은 속으로 안도의 한숨을 쉬면서 대답했다.

"지당하신 말씀입니다."

부장이 조선인 순사들을 쓱 훑어보면서 말했다.

"조만간 용산에 주둔 중인 군대에 비상이 걸릴 거야. 지금 총독부에는 총독각하와 정무총감께서 비상회의를 진행 중이고 말이야. 아직 공식적인 지시는 안 내려왔지만 우리 종로경찰서도 미리 대비를 해야만 하네."

"대비라면 어떤?"

김씨 성을 가진 순사의 물음에 부장이 혀를 챘다.

"불온한 움직임을 보일 만한 자들을 미리 감시해야지. 특히 종교계와 학생들이 말썽을 일으킬 가능성이 높아. 놈들이 시위를 벌인다면 어디서부터 시작할 것 같은지 각자 얘기해봐."

신철은 비로소 부장이 조선인 순사들만 따로 모은 이유를 알아차렸다. 조선인이 폭동을 일으킬지 모르니 그들을 잘 아는 자신들을 불러 대비책을 논의하려고 한 것이다.

상황을 파악한 신철이 얼른 경성 지도가 붙은 벽으로 다가갔다.

"일단 집결지는 파고다공원이 될 가능성이 높습니다."

"이유는?"

"조선인들이 모일 광장이 종로 근처에 이곳밖에 없습니다. 훈련원 공터가 있긴 하지만, 너무 치우쳐 있습니다."

김씨 성을 가진 조선인 순사도 의견을 내놨다.

"저는 이태왕이 승하한 덕수궁 대한문 앞에 집결할 것 같습니다."

"참배객들이 많이 모이는 곳이기 때문인가?"

"그렇습니다. 다들 곡을 하고 격앙되어 있을 것이니 유언비어를 퍼트리고 선동하기 쉽습니다."

다른 의견으로 서대문역과 경성역에 모일 것이라는 의견도 나왔다.

빠짐없이 귀를 기울이고 있던 부장이 다시 물었다.

"특정 장소에 모인 조선인들이 폭도로 변해 시가지에서 난동을 부린다고 가정하고, 계획을 말해봐."

이번에도 신철이 제일 빨리 의견을 내놨다.

"먼저 시가지의 주요 도로를 차단하고, 경성부청과 총독부 같은 주요 시설들을 지켜야 합니다."

다음으로는 그가 임순웅이라는 이름으로 기억하는 조선인 순사가 대답했다.

"기마경찰들을 동원해 폭도들을 조기에 해산시키는 게 관건입니다. 그래야 큰 피해를 입지 않을 수 있습니다."

"경찰들을 적재적소에 배치하려면 통신의 유지가 필수적이네. 거기에 대한 방도는?"

쓰기우치 부장의 다음 질문에는 김씨 성을 가진 조선인 순사가 가장 빨랐다.

"폭도들이 전화선을 끊을 수 있으니 차량과 기마를 이용한 전령을 미리 준비해야 합니다. 특히 폭동이 경성 시내에서 동시다발적으로 일어날 수 있기 때문에 전령을 충분히 확보해야만 합니다."

그밖에도 폭동이 일어날 수 있는 시간과 이동 경로에 관한 쓰기우치의 물음과 조선인 순사들의 답변이 쉬지 않고 이어졌다. 덕분에 회의가 끝날 즈음에는 신철도 녹초가 되고 말았다.

회의가 끝나자마자 나서려는 신철을 부장이 불러 세웠다.

"자넨 잠시 남아 있어."

다 나가고 남은 신철이 눈치를 보며 문을 닫자 쓰기우치가 자리에서 일어나 걸쳐둔 지팡이를 움켜쥐었다.

"집안에 안 좋은 일이 있어 마음을 못 잡고 있다는 건 알겠다만.

그래도 요즘 너무 심하지 않나."

"면목 없습니다."

"다시는 이런 일 없도록 해. 그리고 당신 천도교인이었지?"

쓰기우치가 불쑥 묻자 신철은 당황스런 기색을 애써 감췄다. 경성으로 올라왔던 시절 의지할 곳이 없어 천도교에 들어갔던 적이 있었다. 그 후 순사보조원이 되면서 천도교와의 관계를 끊었다.

"한때였습니다. 지금은 천황폐하의……."

"지금도 알고 있는 자들이 제법 있다고 들었는데."

"몇 년 전 일입니다."

"이태왕의 승하는 저들이 기다리는 절호의 기회일 수도 있어. 사람들이 알아서 모일 것이고, 감정이 고조되어 있으니 선동하기 쉬울 테고 말이야."

"미리 발본색원하도록 하겠습니다."

손을 휘휘 내저으며 쓰기우치가 말했다.

"그런 뜻이 아니라!"

"그럼……."

"지켜보긴 하되, 기다리라고."

"뭘 기다리라는 건지요?"

"쇠는 충분히 달궈져야 망치로 두드려 좋은 칼로 만들 수 있지. 그자들은 쇠고, 우리는 망치야."

"무슨 말씀이신지 잘 알겠습니다."

"기독교와 불교 쪽은 밀정을 심어뒀네. 문제는 천도교란 말이야. 들고 일어나면 가장 골치 아픈 데라고."

"그렇지요."

"자네가 천도교 쪽을 맡아."

뜻밖의 얘기에 신철이 놀라자 쓰기우치의 표정이 어두워졌다.

"물론 전체적인 감시는 총독부의 고등경찰이 맡을 거야. 경무총감 각하 말로는 특단의 대책을 취할 것이라고 하셨으니까."

"특단의 대책이라는 건?"

쓰기우치가 헛기침을 했다.

"거기까지만."

"죄송합니다."

"자연스럽게 접근해서 무슨 일을 꾸미는지 잘 감시하라고."

"그런 중책을 맡겨주신다니, 감사합니다."

"자네를 정식 순사로 채용해준 게 누군지 잊지 마. 일본이 조선을 통치하기 위해서는 당신 같은 사람의 도움이 절대적으로 필요해. 활약 여하에 따라 이번에도 응분의 보상이 있을 거야."

"실망시키지 않겠습니다."

과장되게 힘을 준 신철의 대답을 듣는 둥 마는 둥 쓰기우치는 지팡이에 의지한 채 창가로 향했다.

"벌써 십 년이 훌쩍 넘었군. 남선대토벌 작전 때 폭도들이 쏜 화승총 탄환이 무릎 뼈를 박살내버렸지. 나를 쏜 놈은 부하들이 잡아다 난도질을 해버렸지만."

"참으로 천운을 타고 나셨습니다."

쓰기우치가 자신의 무릎을 내려다봤다.

"이 무릎을 볼 때마다 그런 생각이 들더군. 만약 그때 내가 부관의 말대로 정찰을 제대로 했다면 매복을 당하지 않았을 것이고, 그럼 지금도 멀쩡하지 않았을까 하고 말이야. 아니면 폭도들이 멀리 도망갔다

는 마을 주민들의 말을 그대로 믿지 말고 고문을 해서 사실대로 털어
놓게 했다면 역시 내 무릎이 이 꼴이 되지는 않았을 거라고 말이지.”

“그래도 국가를 위해 헌신하지 않으셨습니까?”

“내가 얘기하는 건 이 상황을 어떻게 봐야 하는가야. 내가 실패하
면 무릎 하나가 부서지거나 죽는 걸로 끝이지만 자칫하면 조국과
천황폐하에 큰 폐를 끼칠 수 있다 이 말이야.”

마른침을 삼킨 신철은 일부러 목청을 높였다.

“목숨을 바쳐 불령선인들의 음모를 분쇄하겠습니다.”

“다른 사람은 몰라도 나는 당신의 진가를 잘 알아. 날 실망시키지
말라고.”

불호령이 떨어질 줄 알았는데 뜻밖의 임무와 칭찬까지 듣게 되자
신철은 기분이 묘했다.

몇 번이고 고개를 숙이고 나서야 밖으로 나온 신철은 곧장 1층으
로 내려갔다. 난로에 석탄을 넣던 순사보조원 김씨가 신철의 표정
을 보더니 반색을 했다.

“좋은 일이 있나 봅니다.”

“있다마다. 출세 길이 열렸지.”

도리우찌를 벗어 단정하게 매만진 신철은 헛기침을 하고 밖으로
나갔다. 뒤에서 쏟아지는 부러운 눈길들이 느껴졌다.

1919년 1월 22일, 조선 부산

상하이에서 출발한 여객선이 부산항 부두에 도착하자 그를 가장

먼저 맞이한 건 낯선 냄새였다. 바다의 짠물 냄새와 섞인 비린내의 정체를 도통 알 수 없었다.

난간에 기대선 장덕수는 연신 코를 찡그렸다.

일본과 가까운 탓인지 멀리에서 보이는 풍경은 한옥과 초가집 대신 일본식 기와집들이 대부분이었다. 기모노를 입은 일본 여인들이 부두에 서서 여객선을 맞이했다.

떠들썩하게 들리는 일본어 사이를 뚫고 짐을 챙긴 장덕수가 내려섰다. 부둣가 끝에는 인력거들이 쭉 늘어서 있는 게 보였다. 장덕수는 그 중 조선인 인력거꾼에게 다가갔다.

때가 잔뜩 낀 조끼에 수건을 머리에 두른 인력거꾼은 그가 다가오자 굽실거렸다.

"어서 오십시오, 손님."

"백산상회가 어딘지 아는가?"

"북빈정에 있는 거요? 알구 말굽쇼."

"거기로 가주게."

"초량 쪽이 공사 중이라 부산역으로 거쳐 가도 되겠습니까?"

인력거에 올라탄 장덕수는 의자에 몸을 파묻으면서 대답했다.

"괜찮네."

"출발하겠습니다."

인력거가 출렁거리더니 앞으로 나아갔다.

한숨을 돌린 장덕수는 인력거가 달리면서 보여주는 광경에 잠시 눈을 돌렸다.

부두 인근은 온통 일본인들 천지였다. 일본과 가까운 곳이라 어느 정도 예상은 했지만 이 정도일지는 몰랐다. 고국에 돌아왔지만 너무나 낯선 풍경에 장덕수는 할 말을 잊었다.

나무로 만든 전봇대에 붙은 광고판이나 전차에 붙은 칼피스 광고도 일본어였다. 추운 날씨인 것을 증명이라도 하듯 길을 걷는 사람들은 두툼한 목도리나 솜옷을 입었다.

그를 태운 인력거꾼의 입에서도 쉴 새 없이 허연 입김이 흘러나왔다.

멀리 전봇대 전선 너머로 부산역이 보였다. 1910년 한일강제병합이 되던 해 지어진 부산역은 벽돌로 만든 2층 건물로 서양식으로 지어졌다. 벽돌 중간에 화강암을 둘러 멀리서 보면 마치 하얀 띠를 두른 것처럼 보였다.

모서리의 지붕은 돔이 올려졌고, 가운데 탑처럼 솟은 부분은 시계가 붙은 각진 형태였다. 나무로 지은 경성역보다 더 크고 웅장한 부산역은 일본의 식민지가 된 부산의 현실을 상징적으로 보여줬다.

부산역은 경부선의 출발점으로, 그가 내린 항구와도 연결되어 있었다. 그를 태운 인력거는 부산역을 스쳐 부빈정으로 향했다.

매립지에 지어진 곳이라 도로는 일직선으로 나 있었고, 거리는 비교적 깨끗했다. 지나는 풍경을 구경하던 장덕수는 하늘로 치솟은 것 같은 낯선 기와지붕을 발견했다. 부드럽게 휘어진 한옥의 지붕과 달리 마치 하늘을 겨눈 칼날처럼 날카롭기 그지없었다.

인력거는 그 기와지붕이 있는 거리 근처에서 멈췄다.

낯설고 불편한 마음이 더해진 채 내린 장덕수는 숨을 몰아쉰 인력거꾼에게 요금을 지불하면서 물었다.

"방금 지나쳐왔던 그 높은 기와지붕은 무슨 건물인가?"

"아! 동본원사 별원입지요. 일본 사람들이 지은 사찰입니다."

요금을 챙긴 인력거꾼이 사람들 사이로 사라지는 걸 지켜보다 고개를 돌려 백산상회를 바라봤다.

백산상회의 주인 안희제는 의령 출신으로, 보성전문학교를 거쳐 양정의숙을 졸업하고 신민회에 가입해서 활동했다.

일본이 조선을 강제로 병합한 후에는 블라디보스토크로 가서 활동하다 5년 전에 조선으로 돌아왔다. 자신만의 방식대로 독립운동을 하기 위해서였다. 고향 의령에서 특산품인 한지를 판매하는 일을 하다 부산으로 와 무역회사인 백산상회를 연 것이다.

곡물과 해산물 등을 위탁 판매했는데, 구라파에서 일어난 세계대전으로 호황을 누리면서 합자회사로 전환했다. 조선이 식민지가 된 이후 경제적인 침탈이 가속화되던 와중에 조선인이 세운 몇 안 되는 회사 중 하나가 바로 백산상회였다.

거기다 안희제와 함께 일하는 사람들도 대부분 신민회와 그 뒤를 이은 대동청년단 소속으로 독립운동 자금을 지원하는 데 아낌이 없었다.

얘기는 들었지만 한 번도 만난 적은 없었기 때문에 장덕수의 마음은 한없이 무거웠다. 여운형에게 큰소리를 친 게 우스울 지경이었다. 과연 안희제가 선선히 돈을 내줄지…….

만약 자신이 안희제라면 어떨까. 불쑥 찾아온 낯선 20대 청년이 독립운동 자금을 빌려달라고 말하면 어떻게 처신할지 생각하다 피식, 헛웃음을 짓고 말았다. 경찰에 신고하지 않는 것만으로도 다행으로 여겨야 할지 몰랐기 때문이다.

젊은 혈기에 사고를 쳐 중요한 계획을 망치는 건 아닐까 하는 두려움에 붙박인 듯 발을 떼지 못했다.

조선인이지만 일본인 손에서 자라나면서 생겨난 묘한 정체성의 혼란은 그에게 더 선명한 길을 걷도록 했다. 더 위험한 일에 뛰어든 것도 어쩌면 자신이 조선인이라는 것을 증명하기 위해서 그런 것일지도 몰랐다. 그러다가 제 명대로 못 산다는 주변의 만류도 무릅쓴 채 말이다.

한 걸음 한 걸음 내딛던 그의 눈에 백산상회 간판이 보였다.

문을 열고 안으로 들어간 장덕수에게 주판을 들고 있던 사무원이 물었다.

"어디서 오셨습니까?"

"상하이에서 온 장덕수라고 합니다. 백산 선생을 만나러 왔습니다."

"미리 약속을 하셨는지요."

"온다고 전보는 보냈습니다."

설명을 들은 사무원이 뒤쪽을 바라봤다.

벽 한쪽을 거의 차지할 정도로 커다란 흑판을 바라보던 사내가 고개를 돌렸다.

짧은 머리에 깡마른 얼굴의 그는 뿔테 안경을 썼는데, 가지런히 정리한 콧수염이 도드라져 보였다. 성큼성큼 다가온 그가 장덕수에게 손을 내밀었다.

"내가 안희제요."

"처음 뵙겠습니다. 장덕수라고 합니다."

장덕수가 모자를 벗자 안희제는 부러 웃으며 주변 사람들이 다 들으라는 듯 큰 소리로 말했다.

"상하이의 인삼 시세가 궁금했는데 마침 잘 왔네. 내 방으로 가서 얘기하세."

안희제는 곧장 그를 2층에 있는 자신의 방으로 데려갔다.

문을 닫은 안희제가 창밖의 거리를 슬쩍 살피고는 자리에 앉았다. 서랍에서 담배를 꺼낸 그가 장덕수에게도 권하면서 물었다.

"상하이는 어떤가?"

"일을 준비 중입니다."

"전보로 받아봤네. 두루뭉술하게 얘기해서 무슨 뜻인지 몰라 답답했던 참이야."

성냥으로 불을 붙인 담배를 입에 문 안희제의 눈빛은 예리하면서도 강렬했다. 그 눈빛을 보고서야 안심한 장덕수가 입을 열었다.

"작년 연말에 미국 대통령 특사 찰스 크레인이 상하이를 방문해서 민족자결주의에 관한 연설을 한 바 있습니다."

"신문에서 봤네."

"구주대전[6]이 끝났으니 이제 민족자결주의가 대세가 될 것입니다. 이 시기를 잘 타면 나라를 되찾을지도 모릅니다."

"상황을 너무 쉽게 보는 거 아닌가?"

"이미 오스트리아 헝가리 제국의 식민지였던 체코슬로바키아가 독립을 했으니까 우리도 못 할 건 없습니다. 그래서 강화회의가 열리는 파리로 대표를 파견하기로 했습니다."

"강화회의가 열린다는 건 알고 있는데, 우리 같은 식민지 주민들도 대표를 보낼 수 있단 말인가?"

"물론 정식 대표는 아닙니다만, 대표를 파견하는 건 상관없다는 걸 찰스 크레인으로부터 직접 확인했습니다. 그래서 우사 김규식을

---

6) 제1차 세계대전

보내기로 결정한 상태입니다."

장덕수의 설명을 들은 안희제가 담배를 한 모금 길게 빨았다.

짙은 연기가 두 사람 사이를 가로막았다.

담뱃재를 은 재떨이에 털고 나서 그가 물었다.

"어떤 상황인 줄은 알겠네. 날 찾아온 이유가 뭔가?"

"대표를 파리까지 보내고 사무실을 운영하려면 비용이 필요합니다. 현재 상하이에서 모금을 하고 있는 중이긴 한데 시간도 없고, 모을 비용이 너무나 많습니다."

"파리까지 가는 것도 그렇고, 거기서 먹고 자고 하려면 다 돈이겠지."

"염치불구하고 손을 벌리러 왔습니다. 도와주십시오."

안희제가 담배를 재떨이에 비벼 껐다.

"얼마 전에 합자회사로 바뀌 회사 돈을 내 마음대로 쓸 수는 없네. 거기다 일본 경찰의 감시도 만만치 않고."

장덕수는 속으로 낙담했지만 최대한 티를 내지 않으려고 노력했다.

의자에서 일어난 안희제가 말했다.

"하지만 내 개인 돈은 상관없지. 마침 의령에 있는 땅을 판 돈이 남았는데 그거라도 쓰겠나?"

"얼마나 됩니까?"

"얼추 2천 원은 될 걸세."

"그 정도면 충분합니다. 고맙습니다."

장덕수가 기쁜 표정을 감추지 못하고 말하자 안희제가 씁쓸하게 웃었다.

"빼앗긴 나라를 되찾기 위해 동분서주하는 자네에게 내가 고마워해야지."

"반드시 성과가 있을 겁니다."

"그랬으면 좋겠군. 다음 계획은 뭔가?"

"일단 대표를 파리로 파견하고 우리 당원들은 조선과 만주, 일본으로 흩어질 계획입니다."

"우리 당원이라니?"

안희제의 반문에 장덕수는 깜빡 잊었다는 표정으로 말했다.

"대표를 파견하기 위한 단체로 신한청년당이라는 조직을 만들었습니다. 당수는 서병호 씨고, 실질적으로 주동하는 건 여운형 씨입니다."

"몽양……. 몽양의 성격이라면 그럴 법도 하지. 그나저나 왜 상하이에서 기다리지 않고 각지로 흩어진단 말인가?"

"파리로 가서 활동할 때 조선 사람들이 일본의 지배를 벗어나고자 한다는 움직임을 보여준다면 한결 도움이 된다고 해서 말입니다. 다들 연고지가 있는 곳으로 조만간 떠날 생각입니다."

"일을 크게 벌일 생각이군."

"일말의 희망이라도 보일 때 최선을 다해야 하지 않겠습니까?"

장덕수의 진지한 표정을 살피던 안희제가 서랍을 열고 안에 있던 매일신보를 꺼내 책상 위에 올려놨다.

"그럼 이 기회를 놓치지 말게."

안희제는 의아해하는 장덕수에게 직접 신문을 펼쳐 보여줬다.

신문에 적힌 글귀를 읽은 장덕수의 눈이 커졌다.

"이태왕 전하 승하!"

"어제 돌아가셨다고 하는군. 경성에 사람들이 제법 많이 모일 게야. 자고로 사람이 모이면 일을 벌이기가 쉽지."

안희제의 말을 귀담아 들으면서 한편으로 장덕수는 쓸쓸함을 느꼈다. 왕이 나라를 팔아 넘겼다고 생각했지만 폐위된 이후의 쓸쓸한 삶이 안타까웠기 때문이다.

"고맙습니다."

"며칠 동안 머물 수 있나? 믿을 만한 사람에게 급전을 얻을 수 있는지 알아보겠네."

"이삼 일은 가능합니다."

"잘됐군. 온 김에 동래 온천에 가서 여독이라도 풀도록 하게."

1919년 1월 25일, 만주 조선인 정착촌

만주의 겨울바람은 더없이 쌀쌀했다.

바람 소리는 오두막에 누운 사람들의 코고는 소리보다 더 크게 들렸다. 그들 사이에 누워 잠을 자던 손씨가 조용히 몸을 일으켰다.

빛 하나 없는 어둠 속이었지만, 그는 능숙하게 자고 있는 사람들 사이를 지나 문을 열었다.

기지개를 켠 그는 어둠에 잠긴 주변을 돌아봤다. 야트막한 산자락에는 거적으로 만든 움막과 나무로 만든 오두막들이 듬성듬성 자리 잡았다.

이곳은 만주로 넘어온 조선인들이 모여 세운 정착촌이었다.

먹고 살기 힘든 조선인들과 독립운동을 위해 압록강을 건너온 독립운동가들이 힘을 합쳐 세웠다. 아직 초기라 어수선했지만 소문을 듣고 찾아온 사람들이 계속 늘어났다. 손씨 역시 그런 부류의 조선인이었다.

처음 정착촌 사람들은 낯선 손씨를 반기지 않았다. 그런 배타적인 사람들을 꾸짖고 손씨를 받아들인 건 마을의 큰어른으로 인정받는 이대암이었다.

안동 출신의 꼬장꼬장한 유림인 이대암은 왜놈 땅이 된 조선에서는 살고 싶지 않다면서 전 재산을 팔아 압록강을 건넜다. 그리고 이곳에 정착촌을 세운 것이다.

손씨가 이곳에서 일한 지 오늘로 나흘째 되는 날이었다. 그동안 치밀하게 마을의 구조를 파악하고 정착민들의 동선을 따라다니면서 전체적인 그림을 머리에 넣었다.

목을 가볍게 꺾은 그는 신발 바닥에 감춰뒀던 쇠붙이를 꺼내 소매에 감췄다. 밭을 갈다가 깨진 삽날에서 나온 조각이었는데, 며칠 동안 몰래 갈아서 제법 날카로웠다.

준비를 마친 그는 언덕길을 내려갔다.

싸늘한 바람이 언덕을 거슬러 올라오면서 그의 몸을 후려쳤다. 비탈을 휘청거리며 내려간 손씨는 목적지인 오두막으로 향했다.

"누구야?"

오두막 앞을 지키던 나상수의 외침이 어둠을 뚫고 들려왔다.

대한제국 군인 출신에다 의병으로 활동했던 그는 유독 그를 미심쩍어 했다. 손씨는 뒤통수를 긁적거리면서 다가갔다.

"접니다. 측간을 가려다가 길을 잃어버렸지 뭡니까?"

"근처 아무데서나 볼 것이지."

나상수가 못마땅하다는 듯 턱으로 방향을 가리키고는 그를 노려봤다.

사실 오늘 그가 움직이기로 한 것도 나상수 때문이었다. 의심이 깊어지면 단지 의심에 불과한데도 사실로 믿기 시작한다. 나상수가 바로 그 단계의 시선으로 자신을 노려보기 시작한 것이다. 그러면 정체는 탄로가 나게 되어 있었다. 사실이 분명하니까. 그래서 계획보다 서두를 수밖에 없었다.

손씨가 굽실거리면서 거리를 좁히자, 나상수가 한 손에 들고 있던 칼의 손잡이를 본능적으로 움켜잡았다.

이 순간이 손씨는 가장 긴장되었다. 특히 상대방이 미세하게나마 낌새를 채고 있는 상황에서 살기를 감추기란 정말 쉽지 않았다. 살기는 감추거나 누른다고 모두 제어되는 감정이 아니기 때문이다.

그가 조금씩 더 거리를 좁히자, 나상수가 한 걸음 물러나면서 이번에는 칼을 살짝 뽑았다.

본능적인 방어에 불과한 걸까? 손씨는 다음 기회를 노려야 하나 잠시 고민했다. 곧 생각을 고쳐먹었다. 세 걸음 정도 떨어져 있는데, 이 정도면 충분히 칼을 뽑을 수 있었기 때문이다.

갈등하던 그때 나상수가 기침이 나왔는지 칼의 손잡이를 잡고 있던 손으로 입을 가렸다. 손씨는 그 틈을 놓치지 않고 소매에 넣어둔 쇠붙이를 꺼내 나상수의 목을 겨냥하고 즉시 휘둘렀다.

손씨의 손놀림에 나상수는 미처 피하지 못하고 목을 베이고 말았다. 하얀 눈 위에 뿌려진 피가 허연 김을 토해냈다.

꺽꺽거리면서 목을 움켜쥔 나상수는 비틀거리며 아무렇게나 칼을 휘둘렀다. 하지만 손씨는 가볍게 피하고는 뒤로 돌아 목덜미를 찔렀다. 피를 토한 나상수는 무릎을 꿇었다가 앞으로 쓰러졌다.

죽어가는 그를 내려다보던 손씨는 피 묻은 손으로 오두막의 문을 밀었다.

삐걱거리는 소리가 크게 들리기는 했지만 이대암은 잠에서 깨어나지 않은 듯했다.

발소리를 죽인 채 침상으로 다가간 손씨가 잠든 이대암을 내려다봤다. 환갑이 넘은 노인인 그는 편안하게 삶을 마치는 대신 춥고 황량한 만주로 건너왔다.

그에 대해서 정리한 보고서에는 깐깐하고 고집스러우며, 한 번 뱉은 말은 어떻게든 그대로 되는 경우가 많다고 나왔다. 그의 임무는 이대암의 숨통을 끊는 것이었다. 그러면 저절로 갈등의 물꼬가 터질 것이다.

그동안 그가 큰어른이자 중재자 역할을 해왔으니까.

당장 총을 들고 싸우자는 최근 입주자들과 실력을 양성하면서 때를 기다리자는 기존 정착촌 사람들의 갈등이 폭발할 것이 분명했다. 그러면 막대한 돈과 노력이 들어간 정착촌은 혼란에 빠지고 결국은 버려지게 될 것이었다. 손씨는 이대암이 눈을 뜰 기미를 보이자 입을 틀어막고 목덜미에 쇠붙이를 쑤셔 넣었다.

돌아서려는 그의 귓가에 힘을 쥐어짜낸 것 같은 이대암의 목소리가 들렸다.

"조선 사람인 줄 알았는데!"

손씨는 마지막 숨을 헐떡거리는 이대암의 귓가에 대고 속삭였다.

"조선인이었다가 중국인이 되기도 하지. 사람들은 나를 시운(紫雲)이라고 불러. 보라색 구름이라는 뜻인데 일본에서 보라색은 죽음을 뜻하지."

이대암의 숨이 멈춘 것을 확인하고 밖으로 나온 손씨는 나상수의 시신을 집 안으로 옮겨놓고 바로 옆에 있는 오두막으로 향했다. 그곳에는 이대암과 함께 안동에서 온 젊은 혁명가 오준철이 살고 있었다.

바닥에 쌓인 눈으로 손에 묻은 피를 닦아낸 손씨는 오준철이 사는 오두막의 문을 두드렸다.

잠시 후, 문이 열리고 오준철이 모습을 드러냈다. 혈기 왕성한 그는 이대암을 비롯한 기존 정착민들의 기다리자는 입장에 가장 크게 반발하는 쪽이었다.

"이 시간에 무슨 일이십니까?"

잠을 쫓기 위해 눈을 껌뻑거리며 묻는 오준철에게 손씨가 이대암의 집을 가르켰다.

"측간에 갔다 오는데 이대암 어르신 집에서 이상한 소리가 들렸습니다."

"무슨 소리를 말입니까?"

"신음 소리 같기도 하고, 비명 소리 같기도 했습니다."

손씨의 걱정스러운 말투에 오준철이 문 밖으로 나왔다.

"그럼 저랑 같이 가보시죠."

오준철이 따라나오자 손씨는 앞장서서 이대암의 오두막으로 향했다.

문 앞에 나상수가 죽으면서 흘린 피가 여기 저기 묻어 있었지만 어두운 탓에 제대로 보지 못한 오준철은 손씨를 따라 안으로 들어왔다. 확 풍겨오는 피비린내를 맡은 오준철이 손으로 입을 가렸다.

"어르신?"

옆으로 슬쩍 물러난 손씨는 어두운 집 안을 두리번거리는 오준철의 뒤로 돌아갔다. 그리고 소매에 감춰둔 쇠붙이로 조용히 목을 그었다.

피가 솟구치는 목을 움켜쥔 오준철이 돌아서서 그를 바라봤다. 손씨는 정확하게 심장을 찔러 비명소리가 나오지 않게 했다. 그리고는 바닥에 쓰러진 오준철을 이대암이 죽은 침상 쪽으로 끌고 가 눕히고 그 옆에 피 묻은 쇠붙이를 놨다.

아직 숨이 끊어지지 않은 오준철이 피 묻은 손을 허우적거리면서 일어나려고 애를 썼다. 손씨는 구석에 눕혀놓은 나상수가 쓰던 칼을 가지고 와 그의 등에 꽂았다.

서걱거리는 소리와 함께 칼이 가슴을 뚫고 들어오자 오준철은 더이상 움직이지 못했다.

일을 마친 손씨는 밖으로 나와 어둠 속으로 사라졌다.

아침에 이대암의 오두막 안으로 들어온 목격자들은 이렇게 확인할 것이다. 오준철이 나상수에게 부상을 입히고 안으로 들어와 이대암을 죽인 직후, 부상을 입은 나상수가 뒤에서 칼로 찌른 다음 힘이 다해서 죽은 것처럼.

결국 서로를 의심하고 편을 가르게 된다면 정착촌에는 갈등과 불신이 쌓일 게 분명했다. 손씨라고 불렸던 암살자 시운은 가볍게 콧노래를 흥얼거렸다. 그에게 죽음은 즐거운 일이었다. 특히 고통과 불신을 남겨주는 죽음이라면 더더욱 달콤했다.

1919년 1월 28일, 중국 상하이

여객선의 표를 파는 선박회사 매표창구 앞에서 서병호는 한참이나 실랑이를 벌였다.

고개를 설레설레 젓다가 고개를 떨구는 걸 보니 심상치 않아 보였다.

별 수 없다는 듯 맥 빠진 얼굴로 여운형에게 돌아왔다.

"어쩌지?"

"무슨 일입니까?"

"이번 달과 다음 달에 프랑스로 가는 배표가 다 나갔다네."

"정말로 하나도 안 남았답니까? 이 정도로 빨리 매진될 리는 없을 텐데요."

"구주대전이 끝나면서 돌아간다는 사람들이 많아 그렇다는군."

아! 여운형의 입에서 탄식이 저절로 나왔다.

천신만고 끝에 마련한 비용이었다. 눈물 겨울 정도로 악착같이 모은 돈이었다. 그런데 여객선 표가 매진되어 구할 수 없다는 상황은 생각지도 못했다.

여운형은 이번엔 자신이 직접 매표창구로 향했다.

창구에 있는 서양인 직원에게 손짓 발짓까지 해가면서 부탁했지만 어쩔 수 없다는 얘기만 돌아왔다.

여운형이 하는 수 없다는 듯 말했다.

"표 값의 두 배를 지불하겠습니다."

"정말 표가 없습니다. 정 그러면 손님들 중에 양도할 분이 계신지 알아보세요."

그건 더 암담한 일이었다. 한참이나 뒤에 출발할 배표를 누가 가지고 있는지 어떻게 알고 양도할 사람을 찾는단 말인가.

낙담한 여운형에게 서병호가 물었다.

"다음에 출항하는 여객선을 타도 늦지 않게 파리에 도착할 수 있을 것 같은데 말이야."

"안 됩니다. 회의가 6월에 열리기는 하지만 가서 할 일이 많습니다. 일단 사무실도 알아봐야 하고, 돌아가는 정황을 파악하려면 미리 도착해야 합니다."

"하긴⋯⋯."

"출입 문제도 협의를 해야 하고, 일본이 방해할 것이 분명한 이상 미리 가서 대책도 세워놔야죠."

여운형의 말에 서병호가 넌지시 말했다.

"아까 창구 직원이 그러던데, 인도양으로 가는 여객선의 표는 매진되었지만 대서양으로 가는 여객선 표는 남았다는군. 급한 대로 그거라도 끊을까?"

"대서양이면 일본을 거쳐 가야 하지 않습니까?"

"요코하마를 거쳐 가긴 한대. 방법이 없지 않은가?"

"그래도⋯⋯."

만에 하나 신한청년당에서 파리 강화회의에 대표를 보낸다는 사실이 들통 난다면 일본은 무슨 수를 쓰더라도 방해할 것이다. 일단 배에서만 끌어내 한 달만 붙잡고 있어도 시간을 맞추는 건 불가능해진다.

시작도 하기 전에 모든 게 물거품이 되지 않을까, 걱정이 된 여운형은 쉽사리 결정을 내리지 못했다. 첫 걸음부터 발목이 잡힌 것 같은 찜찜한 기분은 불길하게 느껴지기까지 했다.

고민하던 여운형의 눈에 낯익은 여성이 보였다.

양장 차림에 모자를 눌러쓴 쩡슈메이였다.

지금처럼 심각한 상황에서 그녀에게 아는 척을 하는 게 부담스러워 등을 들렸다. 그러다 생각을 고쳐먹었다. 이것저것 가릴 처지가 아니었다.

어디에든 가능성이 있어 보인다면 당연히 기대고 비벼야 한다. 그깟 자존심이 뭐라고.

다시 돌아 그녀에게 일부러 계속 시선을 주었다.

곧 쩡슈메이가 그를 발견하고 다가왔다.

"오랜만입니다. 작년에 칼튼 카페에서 보고 처음이죠?"

"잘 지내셨습니까?"

"좀 바빴어요. 어디 외국으로 가시게요?"

"……."

쩡슈메이의 호기심 어린 말투에 여운형은 마른침을 삼켰다. 아무 대가 없이 찰스 크레인을 만나게 해준 것만 해도 고마운데, 또 부탁을 해볼 요량이었다. 그러나 그녀가 이번에도 부탁을 들어준다는 보장은 없었다.

대답을 주저하던 그의 눈에 검정색 세비로 양복에 중절모를 쓴 동양인이 보였다.

예전에 장덕수와 얘기를 나누느라 들렀던 황포강에서 그를 미행했던 일본 영사관 경찰이었다. 여운형은 아무것도 모르고 서 있는 서병호의 팔을 쳤다.

"미행입니다. 얼른 피하세요. 조심하시고요."

서병호가 딱딱하게 굳은 얼굴로 입을 우물거렸다.

"자네도. 있다가 협화서국에서 보세."

서병호가 황급히 자리를 뜨자, 여운형이 쩡슈메이에게 속삭였다.

"어디 다른 곳으로 갈까요?"

"잠깐만요."

그를 일단 붙잡고 쩡슈메이가 낮은 목소리로 말했다.

"저자만 있는 게 아니에요."

쩡슈메이가 다른 두 곳에 서 있는 동양인들을 슬쩍 바라봤다. 여운형도 쩡슈메이가 가리킨 방향에서 그들을 발견했다.

"아까 들어오면서 세 명이 얘기를 나누고 흩어지는 걸 봤어요. 아마 함정을 파놓고 기다리고 있을 거예요."

"이렇게까지?"

"한 명이 일부러 노출되어 상대방을 원하는 곳으로 모는 거죠. 당사자는 피한다고 생각하지만 미행자들이 원하는 곳으로 가게 될 거예요. 그곳에는 다른 동료들이 대기하고 있다가 붙잡아서 인력거나 차에 싣고 일본 영사관으로 끌고 갈 겁니다. 일단 영사관으로 들어가게 되면 절대로 못 나와요."

여운형도 일본 영사관이 상하이에 활동하는 독립운동가들에게 얼마나 악명 높은 곳인지 잘 알았다. 일본 영사관 경찰들에게 붙잡혀 조선으로 끌려간 독립운동가들이 적지 않았고, 갈수록 그들에 대한 소문은 흉흉해졌다.

항상 조심한다고 해도 일단 표적이 되면 그들의 감시에서 벗어나기 어려웠다.

그런데 자신들이 노출된 것 같은 위기감보다 더 찜찜한 게 있었다.

쩡슈메이는 이런 걸 다 어떻게 아는 걸까?

사복 차림을 한 영사관 경찰들의 숫자와 움직임을 단번에 파악했다. 지식인이지만 평범한 중국 여성으로 가능한 일일까?

"따라오세요."

궁금증을 키워갈 새도 없이 쩡슈메이가 그녀의 팔을 잡아 끌었다.

그녀가 여운형과 함께 그들 반대 방향으로 움직이자 일본 영사관 경찰들도 동시에 뛰기 시작했다.

쩡슈메이는 골목길을 익숙하게 달려 나갔다.

마치 미로 같은 좁은 길의 지도가 머리 속에 들어 있어 훤한 것처럼 어느 방향에서도 주저 없이 길을 선택했고, 어느새 영사관 경찰들의 발소리도 멀어졌다.

쩡슈메이가 낡은 창고 같은 곳에 우뚝 멈추더니 두리번거린 후, 여운형을 안으로 데려 갔다.

문을 열고 들어가고 잠시 후 일본 영사관 경찰들의 발소리가 요란하게 들려왔다.

벽에 바짝 붙은 그녀가 여운형에게 조용히 하라는 손짓을 했다.

발소리가 멀어지고 한참이나 지나서야 여운형은 안도의 한숨을 쉬었다.

쩡슈메이가 조용히 속삭였다.

"주변에서 감시하고 있을 거예요. 가만히 있어요."

"당신⋯⋯."

어쩔 수 없이 그녀와 밀착하게 된 여운형은 오히려 더 긴장했다.

쩡슈메이는 재미있다는 듯 그를 빤히 쳐다봤다.

"왜요? 내가 잡아먹기라도 할까 봐요?"

그녀의 농담에도 여운형의 표정은 심각해졌다.

"정체가 뭡니까?"

"여전하네요. 그때나 지금이나."

여운형은 정신이 번쩍 들었다.

그때나 지금이나……. 무슨 의미인지 알 수 없었다.

쩡슈메이가 그의 코트 깃을 고쳐주며 대답했다.

"몇 년 전 금릉대학에서 당신을 봤어요. 그때 우리 서클에서 연설한 걸 들은 적이 있고요."

"나는 당신을 본 기억이 없어요."

"그때 당신은 날 봐 달라고 해도 볼 틈이 없었을 거예요. 조국의 독립이랑 뜨거운 연애를 하고 있어서. 그때도 조선이 왜 독립해야 하는지, 그게 중국에 어떤 도움이 되는지 열성적으로 얘기했었죠."

여운형은 그제야 기억나는 게 있었다. 아마 첫 번째 연설이었을 것이다. 중국혁명동지회 서클에 갔다가 우연찮게 연설할 기회를 얻었는데, 그 자리에 그녀가 있었던 모양이다.

"그때부터 당신을 눈여겨봤어요. 당신은 연설에서 일본이 조선 다음으로 중국을 노릴 것이라고 주장했고, 상당 부분은 맞아떨어졌으니까요."

"그럼 작년에 도움을 준 것도…….'

"그때 좀 방황하고 있었거든요. 그런데 당신 연설을 듣고 내가 할 일이 뭔지 깨달았어요."

예상치 못한 도움이라 그저 운이 좋았다고만 생각했는데.

그녀가 왜 찰스 크레인과의 만남부터 지금까지 호의를 베풀어줬는지 비로소 알게 된 여운형은 안도의 한숨을 길게 내쉬었다.

바깥을 살펴본 쩡슈메이가 나오라는 손짓을 했다.

어느새 골목에는 땅거미가 지고 있었다. 어둠 속을 걸어 그들은 좀 더 안전한 곳으로 자리를 옮겼다.

"그나저나 어디로 가시게요?"

"파리로 갈 예정입니다."

"여행을 갈 상황은 아닌 것 같은데……. 만국강화회의가 목적이 겠군요."

여운형은 고민하다가 고개를 끄덕거렸다.

쩡슈메이가 고개를 갸웃거리며 다시 물었다.

"그런데 무슨 문제가 있나요?"

"인도양 쪽으로 가는 여객선 표가 모두 매진되었다는군요. 그래서 대서양을 통해 가는 배표라도 구할까 생각 중입니다."

"저런, 대서양 쪽이면 일본을 거쳐 갈 텐데요."

"어쩔 수 없지요."

쩡슈메이가 고개를 저었다.

"일본에 정박하게 되면 정체가 탄로 날 수도 있어요. 우리야 공식 대표단이니까 어쩌지 못하지만 당신들은 상황이 다르잖아요."

"지금으로서는 달리 방도가 없습니다."

여운형이 체념한 표정을 짓자, 쩡슈메이가 핸드백에서 표를 꺼냈다.

"이건 인도양으로 가는 여객선 표예요. 이 표랑 당신이 살 수 있는 표를 바꿔요. 나는 어디로 가든 상관없으니까."

쩡슈메이가 그의 손에 덥석 표를 쥐어주었다.

여운형은 손바닥에 전기가 오르는 것처럼 저릿한 느낌에 휩싸였다. 당혹스러운 기분은 순간이었다. 그는 그녀가 건네준 표를 반사적으로 움켜쥐었다. 그러다 그녀의 손까지 잡고 말았다. 따뜻한 온기가 느껴졌다.

"단지 그 이유뿐입니까? 나에게 이렇게 호의를 베푸는 게?"

여운형은 그녀가 쥐어준 표를 내려다보며 무뚝뚝하게 말했다. 그녀가 너무 고마웠지만, 고맙다는 말이 이 순간에는 나오지 않았다.

"순망치한이라고 했죠? 나는 당신의 나라를 위해 당신을 돕는 게 아니에요. 우리 민족을 위해 당신을 돕는 겁니다."

여운형은 고개를 들어 그녀의 눈을 마주 보았다.

맑고 순수했으며, 아름다웠다. 그녀가 이런 눈을 가지고 있는 줄 몰랐었기에, 저도 모르게 가슴이 뛰었다.

"다시 만나게 되면……."

여운형은 엉뚱한 말이 나올까 봐 더 이상 말을 잇지 못했다.

대신 그녀가 말했다.

"그땐 커피를 마셔요. 그리고 조국이니, 독립이니 이런 얘기 말고……."

"당신에 대해 얘기합시다. 그때는."

쩡슈메이가 배시시 웃으며 고개를 떨구었다.

"저도 기다려볼게요. 그러니 당신도 기다리세요. 그날까지."

어둠이 내려앉고 가로등에 불이 켜지기 시작했다. 여운형은 이제 헤어져야 할 때가 왔다는 걸 알았다.

"저는 설탕을 한 스푼 넣은 블랙을 좋아합니다."

그녀가 피식 웃었다.

"저는 거품을 가득 올린 카푸치노요."

1919년 2월 1일, 중국 상하이

2월의 쌀쌀한 날씨 때문만은 아니었다.

협화서국의 사무실에 모인 신한청년당 사람들은 하나같이 긴장한 표정이었고, 오한이 든 것처럼 창백한 기색이었다. 상하이 주재 일본 영사관의 움직임이 심상치 않았다.

그래서 가급적 조계지 안에 머물며 활동을 자제했다. 그 바람에 오늘 파리행 여객선을 타는 김규식도 마중 나가지 못했다.

중국인으로 변장한 김규식은 아내 김순애와 함께 부두로 나갔다. 중국인 부부로 위장한 것인데, 과연 일본 영사관 경찰의 눈길을 따돌릴 수 있을지 걱정이었다.

나머지 당원들은 일부러 눈에 띄도록 사무실을 들락거리며 모여들었다. 그사이, 김규식이 무사히 빠져나가기만을 바랄 뿐이었다.

답답해진 여운형은 말없이 담배를 피웠다.

준비는 철저하게 한 것 같았다. 김규식은 본명 대신 김중문이라는 가명으로 된 중국 여권으로 출국시켰다. 일본에서 그것까지 눈치 채기는 어려울 것이다. 김규식은 중국에서 오래 지냈기 때문에 중국어도 잘 구사했다.

하지만 그럼에도 불구하고 불안감이 가시지 않았다. 계산하지 못한 어떤 변수가 숨어 있다 덮칠지 몰랐다.

초조해하는 여운형에게 선우혁이 안심하라는 듯 말을 건넸다.

"잘 될 거야. 고생했네."

"이제 시작일 뿐입니다. 고생은 다 같이 했고요."

"솔직히 얘기하면, 난 안 될 줄 알았네. 난관이 하나둘이 아니었잖아."

"저도 꿈만 같습니다."

"일이 잘 풀리는 걸 보면 우리 민족에게도 희망이 있다는 뜻이겠지."

"그래야지요. 꼭 그래야 합니다."

"막상 일이 성사되니까 마음이 더 복잡해지는 것 같아."

여운형도 가만히 고개를 끄덕거렸다.

"무엇보다 이 일로 얼마나 많은 사람들이 다치고 고통을 받을지 상상이 안 갑니다."

"그들 몫이야."

선우혁은 여운형의 어깨에 손을 올려 토닥거렸다.

"우사가 자네와 우리의 설득에 넘어갔거나, 신한청년당 대표라는 직함에 욕심을 내서 파리 행을 승낙했다고 생각한 건 아니지?"

"그럴 리가요."

"우사가 미국에서 귀국했을 때, 일본은 물론이고 서구의 회사들이 얼마나 탐을 냈는지는 자네도 잘 알거야. 하지만 그걸 다 뿌리치고 몽고의 황야를 떠돌면서 장사꾼 노릇을 했네."

"마음만 먹으면 편안하게 살 수 있었는데 말입니다."

"눈을 딱 감으면 그랬겠지. 자네가 애지중지하는 장덕수만 해도 판임관 시험에도 합격했고, 와세다 대학을 졸업한 인재 아닌가. 마음만 먹는다면 왜놈 밑에서 호의호식 하면서 지낼 수 있었지만, 그러지 않고 중국 땅으로 왔어. 자네와 우리들 모두 각자 사정은 다르지만 마찬가지 이유로 이곳에 왔지. 왜놈들에게 빼앗긴 조선 땅에는 있기 싫어서 말이야. 다들 하고 싶은 일이 있었고, 그걸 찾은 것 뿐이야."

"제가 그들에게 제대로 된 자리를 마련해준 걸까요?"

"자넨 우리의 중심이야. 그러니 어떤 일이 있어도 흔들리지 말게."

다시 고개를 끄덕인 여운형이 선우혁을 비롯한 동료들을 둘러보며 말했다.

"이젠 우리 차례군요."

선우혁이 먼저 말했다.

"난 평양에 가도록 하겠네. 가서 자금을 조달할 방법과 어떻게 만세 시위를 일으킬지 기독교인들과 만나서 알아보도록 하지."

쾌활한 성격의 김철도 나섰다.

"저는 경성으로 가서 천도교 교령 손병희를 만나 자금을 구해보겠습니다."

부산에서 돌아온 지 얼마 안 된 장덕수가 말했다.

"저는 동경을 먼저 거쳐 조선으로 들어가도록 하겠습니다."

동료들의 계획을 들은 여운형이 마지막으로 말했다.

"나는 노령의 해삼위로 가서 그곳의 독립운동가들을 만나보겠습니다."

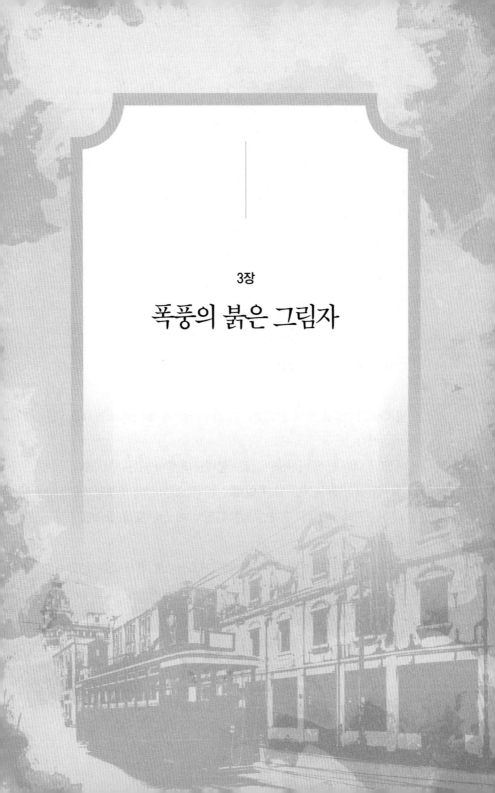

3장

폭풍의 붉은 그림자

1919년 2월 2일, 조선 경성

　명치정 언덕길을 오르던 신철은 도리우찌를 푹 눌러쓰고 발걸음을 재촉했다.

　며칠 전 내린 눈이 미처 녹지 않고 군데군데 쌓여 있는 게 보였다.

　가난한 선비들이 살던 남산 일대는 비만 오면 길이 진흙탕으로 변해 진고개라 불렸다. 하지만 일본인들이 이곳에 자리 잡으면서 눈에 띄게 변했다.

　도로가 깔리자 더 이상 비가 내려도 진흙탕으로 변하지 않았고, 하수도가 놓이면서 거리가 깨끗해졌다. 가로등도 가장 먼저 설치되면서 밤이 되면 휘황찬란한 불빛을 뿜어냈다.

　그뿐만이 아니었다. 명치정에 자리 잡은 일본인들 상점에는 조선에서 볼 수 없던 물건들로 가득했다. 저절로 소리 나는 나팔 모양의 관이 달린 유성기부터 사진을 찍어준다는 사진관, 입에 넣기만 하면 단맛이 끝없이 나오는 눈깔사탕, 입에서 살살 녹는 단팥빵과 카스텔라까지 신기한 것 천지였다.

언덕길을 한참 올라가던 신철은 목적지인 메밀 소바집 깃발을 보자 걸음을 멈추었다.

붉은색 천으로 된 휘장을 젖히자 석탄으로 때는 난로가 훈훈한 열기를 내뿜었다.

신철은 도리우찌를 벗고 안으로 들어섰다. 제일 안쪽 주방 옆에 밖에서는 잘 보이지 않는 자리가 있었는데 그가 종종 은밀히 사람을 만날 때 애용했다. 점심과 저녁 시간 사이라 비어 있었다.

자리에 앉은 그는 기모노 차림의 여성 종업원에게 일본어로 말했다.

"따뜻한 소바 두 개랑 사케 두 잔."

단정하게 고개 숙인 종업원이 주방으로 향하자 신철은 등받이에 기댄 채 한숨을 쉬었다. 잠시 후 누군가 들어오는 소리가 들렸다.

발을 질질 끄는 것 같은 소리를 들은 신철은 상대방에게 말했다.

"왜 이렇게 늦게 오는 거야?"

"미두 시장이 오늘 난리 났다니까."

짙은 콧수염에 육중한 체구의 최달진이 자리에 앉으면서 떠들어 댔다. 신철은 눈살을 찌푸리면서 대답했다.

"여기에서는 일본어 쓰라고 했잖아."

"거, 조선 놈이 조선말 써야지. 그런다고 일본 놈 되나?"

"세상이 바뀌었으면 거기에 맞춰 살아야지."

신철은 뭐든 어설픈 최달진을 보면서 짜증을 냈다. 완전히 양복 차림의 자신과는 달리 와이셔츠에 한복 바지 차림을 고수하는 것도 그렇고, 일본어를 능숙하게 할 수 있음에도 불구하고 굳이 안 쓴다는 것도 그랬다. 그게 일진회에서 만난 두 사람의 삶을 바꿔놨을지도 몰랐다.

최달진은 손을 털고 나와 사업을 한다고 했고, 신철은 순사보조원에서 시작해 정식 순사가 되었다.

잠시 눈싸움을 벌이는 사이 주문한 메밀 소바와 사케가 나왔다. 그러자 약속이나 한 듯 사케 잔을 들고 부딪쳤다.

"오랜만이네."

신철의 말에 최달진이 코웃음을 쳤다.

"순사되고 나더니 나 같은 조센징은 거들떠도 안 보는 줄 알았지."

"그놈의 조센징 소리 좀 그만해라."

"미두장에 가면 귀가 녹아내릴 정도로 들어."

사케를 한 모금 마신 최달진이 물었다.

"근데 무슨 일로 날 보자고 한 거야?"

"천도교 쪽에 아직 줄 남았지?"

"왜?"

"왜긴, 일이지."

"나도 손 뗀 지 오래됐잖아."

시원찮은 대답을 들은 신철이 젓가락을 내려놓으며 말했다.

"그래도 좀 찾아봐."

"뭔 일인데 그래?"

"이태왕이 죽었잖아. 불령선인들이 그 틈을 타서 움직일지 모른다고 알아보라는 지시가 떨어졌어."

"그게 천도교라고?"

"교인도 많고 돈도 꽤 있잖아. 거기다 교령부터 일본을 싫어하니까 충분히 가능성이 있지."

"하긴, 지금 교령인 손병희도 동학 난 때 가담했던 사람이긴 하지."

잠시 생각하던 최달진이 말했다.

"가만있어 보자……. 적당한 친구가 있긴 한데."

"누구?"

"황을병이라고, 걔 형이랑 좀 아는 사이야."

"천도교 쪽 일해?"

"보성사라는 인쇄소에서 일한다고 들었는데, 있다가 들러서 물어봐야겠군. 만약 남아 있다고 하면 소개해줄게."

"부탁해. 요즘 눈 밖에 났는데 이걸로 좀 만회해야 해."

"그러니까 좀 쉬라고 했잖아."

혀를 차는 최달진의 말에 신철은 고개를 저었다.

"사냥개가 사냥을 쉬면 어떻게 되겠어. 숨통 끊어질 때까지 달리고 또 달려야지."

신철의 푸념 같은 말에 힘없이 고개를 끄덕거린 최달진이 종업원에게 사케를 더 달라고 외쳤다.

1919년 2월 4일, 일본 도쿄

인력거에서 내린 장덕수는 고개를 들어 건물을 올려다봤다.

2층 목조 건물 현판에 '동경조선기독교청년회'라고 적혀 있었다.

이곳이 그의 목적지이자 적의 심장부를 뒤흔들 장소였다.

혹시 감시자가 있는지 돌아보고는 모자를 푹 눌러쓰고 안으로 들어갔다.

이곳은 도쿄에 있는 조선인 유학생들의 예배실이며, 기숙사이자 집회 장소였다. 대부분 생활이 빠듯한 조선인 유학생들이 그래도 마음 놓고 모일 수 있는 유일한 곳. 그 역시 자주 드나들어 익숙한 곳이었다.

출입문 안으로는 2층으로 올라가는 계단이 있었고, 왼쪽 복도에는 종교부와 체육부, 교육부 같은 부서의 팻말이 붙은 사무실이 보였다. 오른쪽은 학생들이 쓰는 기숙사였다.

계단과 복도가 교차되는 곳에 선 장덕수는 감개무량했다.

그는 1912년부터 17년까지 일본에서 유학생활을 했다. 웅변대회에 출전해 일본인들을 제치고 우승할 정도로 일본어에 능숙했다. 하지만 일본인들에게 그는 일본어를 제법 잘하는 이등시민이자, 차별 받아 마땅한 이방인에 불과했다. 멸시하고 싶어 안달이 난 눈빛들이 지금도 선했다.

상처를 많이 받긴 했지만, 동경의 청년회가 그나마 위안이 되었다. 그에게 언제든 올 수 있도록 문이 열려 있는 곳. 조선어를 듣고 김치를 얻어먹을 수 있고, 편하게 책을 읽을 수 있는 이곳은 제2의 고향이나 다름없었다. 생각에 잠겨 있던 그의 어깨를 누군가 툭 쳤다.

"어이!"

돌아보자 김도연이 놀란 얼굴로 서 있었다.

김포 출신의 김도연은 장덕수와 달리 유복한 집안이었다. 하지만 동갑내기인 둘은 허물없이 지내면서 조선유학생 학우회에서 일했다.

장덕수는 기관지인 학지광의 편집부를 맡았고, 김도연은 총무 일

을 도맡아 했다. 눈에 띄게 열성적으로 활동하지는 않았지만 자질
구레한 일을 묵묵히 도맡아 했던 친구였고, 무엇보다 입이 무거워
듬직했다.

형제처럼 지내던 둘은 장덕수가 와세다 대학교를 졸업하고 조선
으로 돌아갔다가 상하이로 건너가면서 소식이 끊겼다.

오뚝한 코에 두툼한 뺨, 훤칠한 이마를 가진 김도연은 눈을 껌뻑
거렸다.

"덕수 맞아?"

"자넨 친구 얼굴도 못 알아보나?"

굵직한 장덕수의 목소리를 듣고서야 김도연이 펄쩍 뛰었다.

"온다는 소식을 듣긴 했지만 긴가민가했지. 다시는 일본에 안 온
다고 했잖아?"

"일이 좀 생겼어."

"무슨 일?"

김도연의 물음에 장덕수가 씩 웃으면서 말했다.

"왜놈들 혼내줄 일. 조용히 얘기를 좀 나눴으면 좋겠는데."

장덕수의 표정과 말투에서 수상한 기색을 읽었는지 김도연이 정
색을 하고 말했다.

"따라와. 2층에서 얘기하자."

사실 장덕수가 동경으로 와 일을 꾸밀 수 있다고 확신했던 것은 김
도연의 존재 때문이었다. 혹시나 해서 전보에는 별다른 말을 적지 않
았지만 틀림없이 자신의 계획에 찬동할 것이라는 확신이 있었다.

"여긴 요즘 감시 안 붙어?"

"안 붙긴, 길 건너편 2층 창문에서 매일 감시 중이야."

2층은 1층과는 달리 탁 트여 있었고, 등받이가 없는 긴 의자가 보였다. 한쪽에는 단상이 마련되어 있었다. 주로 예배를 보는 곳인데 집회도 자주 열렸다.

단상 옆 창문 옆으로 다가간 김도연이 창밖을 슬쩍 내다보고는 커튼을 쳤다.

"상하이로 독립운동 하러 갔다는 소문은 들었어."

맞은편 의자에 앉으며 장덕수가 대답했다.

"사실이야."

"그런데 여긴 왜 온 거야? 미쳤어!"

"원래 등잔 밑이 어두운 법이잖아."

장덕수가 대수롭지 않게 대답하자 김도연이 고개를 절레절레 흔들었다.

"그러지 말고 털어놔봐. 진짜 여기 온 이유."

"작년 연말에 상하이에 윌슨 미국 대통령의 특사인 찰스 크레인이 왔었어. 파리에서 열리는 강화회의에 피지배 민족들의 독립을 논의한다는 내용의 연설을 했지."

"그건 나도 알아. 여기서도 많이 언급했거든."

"그래서 몽양이 신한청년당이라는 단체를 만들어 김규식 박사를 대표로 파리에 보냈어."

"정말이야? 그런 큰일을 어떻게! 미국의 이승만 박사도 비자 문제로 못 보냈다고 하던데."

"일본 놈들의 방해를 받았지만 일단 출발하는 데는 성공했어. 아마 다음 달 중순 즈음이면 파리에 도착할 거야."

"그 소식을 전하려고 여기 온 거야?"

미심쩍어 하는 김도연에게 장덕수가 진짜 할 얘기를 털어놨다.

"김규식 박사가 파리로 가기 전에 우리 당원들에게 부탁한 게 있어."

"부탁이라면?"

"국내외에서 크게 거사를 일으켜달라는 거야. 그래야만 파리에 가서 열강들에게 조선이 독립할 열망이 있다는 걸 증명할 수 있다고."

"거사라면 독립선언서 같은 걸 발표하라는 얘기잖아."

"그래, 이왕이면 일본 한복판에서 터트리면 사람들에게 크게 각인시켜줄 수 있을 거야."

"우리에게 그걸 부탁하러 온 거라고?"

김도연이 믿기지 않는다는 듯 눈을 번득이자 장덕수가 담담한 눈길로 고개를 끄덕거렸다.

"동경에서 그런 걸 할 조직은 여기밖에 없잖아."

김도연이 수긍하는 표정이면서도 이내 낙담한 얼굴이 되었다.

장덕수는 침을 꿀꺽 삼키며 그가 입을 열길 기다렸다. 김도연은 잠시 머뭇거리다 털어놨다.

"사실은 우리도 연초에 기사를 보고 모여서 논의를 좀 해봤어. 마침 1월 중순에 웅변대회가 있어 일본 놈들의 감시를 피할 수 있었거든."

"그런데?"

"대부분 부정적이었어. 윌슨 대통령의 주장이 조선의 독립을 보장한다는 뜻은 아닌 것 같다고 해서 말이야."

"그래서?"

"일단 실행위원 몇 명을 선출하기는 했는데, 서로 생각들이 달라 지지부진이야."

"지금 상하이는 물론이고 조선과 만주 쪽에서 다들 거사를 벌이려고 활발하게 움직이고 있어. 동경만 빠질 거야?"

"그럴 수는 없지만, 워낙 의견들이 갈려서. 십 년 전이랑 지금은 상황이 많이 달라졌어."

"어떤 상황을 말하는 거야?"

"그때는 애국심에 불타고 빼앗긴 나라를 되찾아야 한다는 공감대가 있었다면, 지금은 그런 유대가 많이 약해졌어. 출세를 위해 유학을 온 친구들이 많아. 친일파 부모에게 자라 우리랑은 만나지도 않으려는 이들도 적지 않고 말이야."

아, 탄식 같은 신음이 장덕수의 입에서 흘러나왔다.

생각지도 못한 난관에 장덕수는 잠시 고민하다 입을 열었다.

"내일 실행위원들을 여기로 모아줘."

"뭐하게?"

"내가 설득해볼게."

장덕수의 눈에서 어떤 각오를 읽은 김도연이 잠시 생각에 잠겼다가 고개를 끄덕거렸다.

"그럼 내일 오후 두 시에 다시 찾아와. 연락을 넣어서 오라고 할게."

한 고비를 넘겼다고 생각한 장덕수가 김도연을 빤히 바라보면서 말했다.

"이번 일은 절대 비밀이니까 새 나가지 않도록 조심해."

"당연하지. 안 그래도 염탐꾼들이 늘어서 조심하고 있어."

"누가 염탐꾼 노릇을 하는데?"

"몰라. 힘들고 외로운 유학 생활에 지쳐 있는데 누가 다가와 돈을 준다고 하면 넘어갈 친구들 많아."

우울한 표정으로 대꾸한 김도연이 한숨을 쉬었다.

생각보다 상황이 많이 달라졌다는 걸 확인한 장덕수는 가슴이 무거워졌다. 애초 계획은 동경에서 시위를 시작해 그 불씨를 조선으로 옮겨갈 생각이었다. 하지만 유학생들의 성향이 이렇게 분분하다면 불꽃이 제대로 튈 수 있을지 장담할 수 없었다.

'주권 잃은 망국에서 개인의 출세가 먼저라니……'

장덕수는 속으로 한숨을 쉬고는 김도연에게 내일 오겠다며 몸을 일으켰다.

그런 장덕수를 김도연이 멈춰 세웠다.

"잠깐 기다려봐. 밖에 누가 있는지 살펴볼게."

현관으로 나가서 주변을 살펴본 김도연이 손짓했다.

"다행히 지금은 안 보여. 혹시 모르니까 조심해."

"고마워."

밖으로 나온 장덕수는 길을 건너가면서 사방을 살폈다.

딱히 지켜보는 사람이 없는 걸 확인하고는 전차 정류장으로 향했다.

제법 거리가 떨어진 정류장에 거의 도달할 즈음 누군가 어깨에 손을 올리는 걸 느끼고는 움찔했다.

좀 더 조심했어야 했다는 생각을 하면서 돌아보자 짙은 콧수염에 정장 차림의 일본인이 서 있었다. 그가 신분증을 보여주면서 물었다.

"동경경찰서 소속 오노 경사요. 일본인인가?"

집요하게 눈을 노려보는 경사의 시선에 장덕수는 잠시 고민했다. 일본인이라 했다가 만약 들통이 나면 일이 더 복잡해질 수 있었다.

조심스럽게 눈치를 보던 장덕수는 일단 모험을 하기로 했다. 모자를 벗고 구십 도로 허리를 구부리며 그가 대답했다.

"예! 오사카에 사는 키무라 켄지라고 합니다."

"일본인이 동경조선기독청년회 건물에는 왜 들어간 거야?"

장덕수는 이자가 건물을 나올 때부터 자신을 감시했다는 사실을 알아차렸다. 김도연이 살펴보던 거리가 아니라 건물 창문 같은 곳에서 내려다본 게 분명했다.

그는 대답할 말을 찾기 위해 일부러 머뭇거리는 척했다.

"거기 말입니까? 거기가 뭐 대단한 곳입니까?"

"동경조선기독교청년회! 불령선인들이 많아 감시대상인 거 몰랐어?"

장덕수는 윽박지르는 경사에게 정말 아무것도 몰랐다는 표정으로 대답했다.

"도쿄 사정은 전혀 몰라서……. 사실은 우리 집에 머물던 조센징 학생이 하숙비를 떼어먹고 도망쳐서요. 수소문을 해보니 도쿄로 왔다고 해서 찾아왔다가 못 찾았는데, 혹시나 해서 여기 와봤습니다."

"들어가서 누구랑 얘기했나?"

"다들 본 척도 안 해서 그냥 서성거리다 나왔습니다. 그런 곳인지는 전혀 몰랐는데……."

장덕수는 다시 한 번 허리를 깊숙이 숙였다. 다행히도 유창한 일본어에 황망해하는 모습을 진짜로 믿은 일본 경찰이 고개를 끄덕거렸다.

"가봐. 괜히 의심 사게 얼씬거리지 말고."

"감사합니다, 나리."

위기를 넘긴 장덕수는 거리를 건너 전차 정류장으로 향했다.

전차에 오르자마자 바닥에 털썩 주저앉았다. 감시가 이 정도라면 일이 쉽지 않았다.

경사가 굳이 자신을 쫓아온 건 그동안 보지 못했던 얼굴이었기 때문일 것이다. 어쩌면 김도연의 말대로 조선 유학생이었다면 염탐꾼을 만들기 위해서일지도 몰랐다.

그렇다면 이미 내부의 유학생들은 모두가 감시 대상에 올라 있다고 봐도 무방했다.

장덕수는 손바닥으로 땀이 마른 얼굴을 여러 번 쓸었다. 거리의 풍경들이 더욱 낯설게 느껴졌다.

다음 날, 약속 시간에 맞춰 동경조선기독교청년회에 나타난 장덕수는 수염을 말끔하게 깎고 선글라스를 꼈다.

인력거를 타고 바로 앞에서 내린 다음 뒤도 돌아보지 않고 안으로 들어갔다.

입구 근처에서 서성거리던 김도연은 변장을 하고 들어온 장덕수를 보고는 깜짝 놀랐다.

"무슨 일이야?"

장덕수가 선글라스를 벗으면서 대답했다.

"어제 감시가 붙었어. 다들 와 있어?"

"따라와."

앞장서 2층으로 올라간 김도연이 실행위원들이 누구인지 간략하게 설명했다.

장덕수가 물었다.

"그 중에서도 가장 강력하게 반대하는 건 누군데?"

"평북 정주에서 온 서춘이라는 친구야. 도쿄고등사범학교에서 공부 중이지."

나머지 인물들에 대한 설명을 더 듣고 2층으로 올라간 장덕수는 예배를 보는 단상 쪽에 모인 실행위원들을 봤다.

양복 차림과 검정색 교복 차림의 20대 초반 학생들의 거북한 시선을 느끼면서 장덕수는 얼마 전까지 그들과 같은 처지였음을 떠올렸다. 그리고 약간 떨어진 곳에 단추를 단 한복 두루마기 차림의 사내가 한 명 앉아 있었다.

20대 후반으로 보이는데, 나이로 봐서는 여느 유학생 같지 않았다. 김도연이 일단 실행위원들을 소개했다.

"왼쪽부터 최팔용, 전영택 그리고 서춘, 송계백, 최근우, 백남우야. 그리고 저쪽에 계신 분은 춘원 이광수 선생이고."

뜻밖의 인물이라 장덕수가 다시 한 번 확인했다.

"춘원 선생?"

"실행위원들이 모인다는 소식을 듣고 도울 일이 없냐면서 오셨어."

장덕수가 눈길을 주자 의식한 듯 이광수가 먼저 다가와 악수를 청했다.

"춘원일세."

"매일신보에 연재하셨던 소설 본 적이 있습니다."

"반갑고 고맙네."

나머지 실행위원들과도 간단히 인사를 나눈 장덕수는 김도연이 권한 의자에 앉았다.

장덕수는 상하이에서 벌어지는 일들을 차분하게 설명했다.

실행위원들은 얘기를 가만히 듣기만 했다. 동조하는 분위기는커녕 목석을 앞에 둔 기분이었다.

장덕수가 설명을 마무리 지으면서 말했다.

"많은 것들을 희생해야 한다는 건 잘 알고 있어. 하지만 학생들이 나서지 않으면 사람들이 움직이지 않을 것이고, 그러면 우리 계획은 시작도 못 해보고 끝이 날 거야."

"왜 우리가 먼저 나서야 합니까?"

제일 먼저 소개 받은 최팔용의 물음에 장덕수는 바로 대답했다.

"상하이나 만주에서 벌어지는 일들은 언론에 소개가 되지 않기 때문이지. 지금 조선에는 일본인들이 일본어로 발행하는 신문만 있으니까. 그들이 쓰지 않으면 사람들은 세상이 어떻게 돌아가는지 모르는 까막눈이 될 거야. 하지만 동경은 달라."

힘주어 얘기한 장덕수가 실행위원들을 한 명씩 응시하면서 말을 이어갔다.

"유학 온 학생 수만 해도 수백 명에, 일을 하러 온 사람도 수천 명이 넘지. 이곳에서 거사를 일으키면 일본 신문에 실려서 경성과 조선에 전해질 거야. 오가는 사람들도 많고, 편지와 전보를 통해 얼마든지 소식을 전할 수 있고."

장덕수의 적극적인 설명에 실행위원들은 모두 생각에 잠긴 표정이었다.

서춘이 입을 열었다.

"미국의 윌슨 대통령이 14개조를 발표하면서 민족자결주의를 들고 나온 건 우리도 잘 알고 있습니다. 그래서 연초에 웅변대회를 열면서 그 문제를 논의했지요. 하지만 저는 부정적으로 봅니다."

"왜 그렇게 보는가?"

장덕수의 반문에 서춘은 짧게 헛기침을 하고는 대답했다.

"일단 민족자결주의를 주장하는 미국의 태도 때문입니다. 민족이

스스로 자신의 운명을 결정짓게 하자는 태도와 주의는 참으로 마음에 듭니다. 하지만 정작 미국은 비율빈(比律賓)[7]을 왜 독립시키지 않고 그대로 두는지 알 수가 없습니다."

장덕수가 잠자코 듣고 있는 사이 서춘이 재차 말을 덧붙였다.

"친구 간에는 실력이나 재력의 차이가 있어도 서로 가까워질 수 있지만, 국가들은 부강한 자들끼리만 어울립니다. 과연 우리가 그들 사이에 낄 만한지도 의문입니다."

서춘의 말에 실행위원들이 다들 동조하는 기색을 보였다.

이광수는 생각이 다른 것 같지만 차마 끼어들지 못했다. 심호흡을 한 장덕수는 서춘에게 안타까운 눈빛을 던졌다.

"그럼 우린 영원히 일본의 식민지로 남아야 할까?"

"왜 그렇게 생각하십니까?"

맨 처음 질문했던 최팔용이 되묻자, 장덕수가 침착하게 대답했다.

"힘과 실력이 부족하잖아. 그러면 영원히 식민지로 남는 수밖에 없지. 여기 모인 우리들은 조선 사람들 중에서 그래도 똑똑하고 교육을 많이 받은 사람들이야. 고국으로 돌아가면 대학교수나 관리, 못해도 선생은 충분히 할 수 있어. 하지만 그렇게 살려고 모여서 이런 고민들을 하고 얘기를 주고받는 건 아니잖아."

"계란으로 바위치기입니다!"

서춘의 옆에 앉아 있던 송계백이 고성을 터트리자 장덕수가 고개를 저었다.

"여긴 동경 한복판이야. 조선인 유학생들이 모여서 독립을 외치

───────────────

7) 필리핀의 한문식 명칭

는데 그게 계란은 아니지. 최소한 돌주먹쯤은 될 거야."

　침착하게 농담까지 섞어 응수하는 장덕수의 말에 집행위원들 사이에서 잔잔한 웃음이 흘렀다. 잠시 분위기가 가라앉길 기다렸다 장덕수가 말을 이어갔다.

　"나도 그렇고 여러분도 일본에서 공부하며 조센징이라는 설움을 많이 당했어. 왜 그랬을까? 나라가 없다는 상투적인 얘기는 빼고…….　존중할 필요가 없기 때문이지. 여러분은 조선에서 손꼽히는 엘리트이지만 대부분의 일본인들에게 조선인들은 무시해도 되는 존재로 비춰지네. 독립이라는 거창한 목표 따위는 집어치우고 얘기하지. 좀 더 사람답게 대접받고 싶지 않은가? 힘들게 유학을 와서 거지 취급을 받지 않고 말이야."

　약점을 자극하는 장덕수의 말에 다들 아무 말도 못했다. 최팔용이 하소연을 하듯 말했다.

　"부잣집도 더러 있지만 다들 어렵게 유학 와서 고생하고 있습니다. 고향에서는 부모님이 힘들게 모은 돈을 송금해줘서 공부 중이고 말입니다."

　장덕수가 최팔용을 그윽하게 쳐다보며 말했다.

　"왜 여기서만 일어날 거라고 생각해. 동경에서 시작하면 그 기세가 조선으로 건너가서 만주와 상하이는 물론 미국까지 퍼져갈 거야. 우리만 하는 게 아니라 우리가 시작하는 거라고."

　장덕수의 거듭된 설득에 다들 굳어졌던 표정이 조금씩 풀어졌다. 하지만 서춘은 여전히 부정적이었다.

　"우리가 모여 독립을 선언한다고 파리까지 소식이 전해지겠습니까? 그리고 일본은 승전국 중 하나입니다. 자칫하다가는 12년 전 헤이그 밀사 때처럼 실패로 돌아갈지도 모릅니다."

"실패할 수도 있다는 거 알아. 하지만 지금이야말로 하늘이 우리에게 준 기회라는 생각이 들지 않아? 파리에는 전 세계 열강들이 모여서 어떻게 하면 평화를 정착시킬까 회의가 열릴 거야. 거기서 우리 민족에 관한 얘기가 한 번이라도 언급된다면 앞으로 큰 도움이 될 수 있어. 여건이 조성될 때까지 기다리자고 한다면……."

짧게 숨을 내쉰 장덕수가 이번엔 확신에 찬 눈빛으로 말했다.

"우리에게 그런 여건은 거저 주어지지 않아. 부딪치고 투쟁해야 여건을 만들 수 있지. 그걸 시작하는 게 동경의 유학생들이 될 거고 말이야. 아까 왜 우리가 먼저 해야 하느냐고 했지?"

장덕수의 물음에 맨 처음 이야기의 물꼬를 텄던 최팔용이 눈을 껌뻑거렸다.

"우리니까, 조국을 가장 사랑하고 아끼는 학생들이 나서야 전국 그리고 해외 곳곳에서 저항의 불꽃을 피울 수 있어."

다시 침묵이 흘렀다. 장덕수는 굳은 표정으로 말을 이어갔다.

"여러분들이 만약 움직일 생각이 없다면 나는 경성으로 가겠어."

장덕수의 단호한 말을 들은 실행위원들은 서로를 바라봤다. 그리고 서춘이 제일 먼저 입을 열었다.

"지금 이 상황이 기회라는 건 저희도 잘 압니다. 우리가 주저했던 것은 두려워서가 아니라 어떤 게 최선의 방법인지 확신을 가질 수 없었기 때문입니다. 그렇게 말씀하시니 우리가 나서야겠지요."

서춘의 발언을 시작으로 최팔용을 비롯한 다른 실행위원들도 수긍하는 표시로 고개를 끄덕거렸다. 어디선가 간헐적으로 박수도 터져 나왔다.

잠자코 듣고 있던 이광수도 그때서야 환한 웃음을 지었다.

"내가 몇 년 동안 일본에서 유학하며 많은 유학생들을 만났지. 대략 세 부류로 나눠졌네. 첫 번째는 세계정세에 관심이 많고 문명을 배우려는 쪽이고, 두 번째는 다른 건 관심 없이 오직 출세를 위해 온 부류지. 마지막 세 번째는 그냥 남들이 가니까 얼떨결에 따라온 유학생들이네. 여긴 첫 번째 부류의 학생들이 많아서 마음이 든든하군."

조마조마한 심정으로 듣고 있던 김도연이 나섰다.

"그럼 거사는 어떤 식으로 할지 생각해봅시다."

그의 제안을 기다렸다는 듯 장덕수가 대답했다.

"유학생들이 모여 독립선언서를 발표하고 거리로 나서 시위를 벌여야지. 그게 가장 좋은 방법이지 않겠어? 그리고 독립선언서를 조선으로 가지고 들어가 우리가 무슨 일을 하는지 알려줘야 하고."

장덕수의 계획에 다들 동의한다는 표정으로 고개를 끄덕거렸다. 일단 모두가 바라보는 한 방향으로 이정표가 정해지자 물꼬가 트이듯 저마다의 생각들이 쏟아져 나왔다.

분위기가 고조되면서 열띤 그들의 얼굴들이 장덕수에겐 또 다른 의미로 가슴에 와 닿았다.

안타까움과 미안함.

이번 거사로 혈기왕성한 이들에게는 감당할 수 없는 시련과 고난이 닥칠 것이다. 개인의 삶에도 큰 희생이 따를 것이고, 심지어 목숨을 잃는 경우도 생길 것이기 때문이다.

무엇보다 그 모든 걸 예견할 수 있음에도 불구하고, 그 어떤 불상사에 대해서도 말할 수 없다는 죄책감은 그의 어깨를 더욱 무겁게 만들었다.

진지한 분위기 속에서 김도연이 말했다.

"실행에 옮기려면 몇 가지 문제가 있습니다. 일단 그걸 정리하고 넘어가도록 하죠."

다들 주목한 가운데, 김도연이 다시 입을 열었다.

"대략 두 가지 큰 문제입니다. 하나는 독립선언서를 누가 쓰고 발표하느냐는 겁니다. 일본 놈들이 다른 건 몰라도 선언서를 작성한 사람은 본보기 삼아 혹독하게 처벌할 게 분명합니다."

각오는 하고 있었지만 막상 듣고 나니 실행위원들의 표정이 더없이 어두워졌다. 그때 이광수가 자진해 나섰다.

"독립선언서는 허락해준다면 내가 맡겠네. 또 다른 문제는?"

"집회를 여는 것도 문제입니다. 일본놈들의 감시도 감시지만 드나드는 유학생들 중에 밀정 노릇을 하는 자가 없으리라 장담 못 합니다."

마른침을 삼키고 장덕수가 말했다.

"감수해야지. 쥐새끼는 어디나 있는 법이니까. 그래도 최대한 조심해야 하고. 내가 가져온 자금이 좀 있어. 그러니까 돈을 더 얹어주더라도 조용히 인쇄를 할 곳을 찾아봐. 그리고 등사기를 최대한 끌어모으면 될 거야."

그렇게 하나씩 문제들은 어떻게든 해결책이 나왔지만, 당일 거사일까지 일본 경찰의 감시망을 어떻게 피할지, 그 방법과 비밀을 유지하는 문제는 뾰족한 해답이 나오지 않았다.

'도망갈 수 없다면 오히려 안으로 파고드는 것도 방법이겠지……'

한참 고민하던 장덕수는 묘안이 떠올랐다.

1919년 2월 5일, 만주 하얼빈

기차가 길게 울부짖는 소리에 창가에 기댄 채 잠들어 있던 여운형이 눈을 떴다.

상하이에서 출발한 열차는 중국 대륙을 가로질러 하얼빈에 거의 도착하는 중이었다. 열차에 몸을 실은 여운형은 심정이 복잡했다.

동료들은 지금 일본과 조선에 들어가 있었다. 그리고 여운형은 독립운동가와 일본의 밀정, 적군과 백군으로 나뉘어 내전 중인 러시아와 마적들로 들끓는 만주로 가는 중이었다.

여운형은 일부러 몇 칸 앞에 탄 중년의 조선인 남성에게도 아는 척하지 않았다. 매사에 조심해야 했다. 도착도 하기 전에 변고가 생기면 뒷감당을 할 수 없었다.

여운형은 되도록 눈에 띄지 않게 창가 쪽으로 몸을 구겨 앉았다. 창밖으로 삭막한 풍경이 끝도 없이 이어졌다.

흩어진 동료들이 제 역할을 다해준다면 독립의 희망은 커질 것이다. 하지만 그 와중에 희생은 불가피했다. 일본 경찰에게 잡히면 혹독한 고문이 뒤따를 게 분명했고, 목숨을 잃을 위험도 높았다. 과연 옳은 길인지에 대한 고뇌가 기나긴 길을 떠나는 여운형의 마음을 더없이 복잡하게 만들었다.

생각에 잠겨 있던 탓에 여운형은 몇 칸 앞 조선인 남자 맞은편에 누군가 앉는 것을 보지 못했다. 쪽진 머리에 은비녀가 꽂혀 있는 걸로 봐서는 조선인 여자 같았다.

두 사람은 원래 아는 사이인 것처럼 얘기를 주고받았다. 당연히 조선말로 주고받았기 때문에 여운형은 자연스럽게 두 사람의 대화에 귀를 기울였다.

"작금의 조선이 어찌 돌아간다고 보십니까?"

조선인 여자의 물음에 조선인 남자가 곰곰이 생각을 하다 대답했다.

"나라가 허약하고 국민들이 배우질 못해서 국권을 잃은 것이지요."

그러자 상대 여자가 매우 묘한 말을 했다.

"저는 나라를 빼앗긴 게 당연할 결과라고 생각합니다."

그녀의 말에 사내가 말도 안 된다는 표정을 지었다.

"당연하다니요! 왜 그렇게 생각하십니까?"

"나라가 썩어빠졌으니까요. 나라님과 관리들은 자기 주머니를 채울 생각만 했고, 아랫사람들은 뭘 할 생각도 없이 그저 주먹구구식으로 하던 일만 하지 않았습니까? 그러니 욱일 승천하는 기세의 일본에게 지배를 받는 건 오히려 행운일 수도 있죠."

여자의 말에 조선인 남자가 발끈했다.

"잘못 생각하셨습니다. 나라가 잘못 통치된 것은 사실이지만, 그건 윗사람들의 잘못이고 책임입니다. 어찌 백성들이 그 책임을 져야 한단 말입니까?"

"일본은 개화를 한다고 결정한 이후에는 총리부터 미천한 인력거꾼까지 한 마음 한 뜻으로 나아갔습니다. 새로운 걸 배우길 주저하지 않았고, 서로서로 도와가면서 나라를 부강하게 만드는 데 일조했습니다. 하지만 조선 사람들은 어떻게든 남을 속이고 괴롭히면서 자기와 가족들만을 챙겼죠. 개화를 하면 나라가 망할 것처럼 난리를 쳐서 우국지사들이 뜻을 꺾고 일본으로 망명을 한 일도 많았고요."

"개화를 해 부강해졌다고 이웃나라를 쳐들어와 식민지로 삼는 건 더 옳지 않은 일입니다."

두 사람의 대화가 점점 열기를 띠면서 여운형도 차츰 빠져 들어 갔다. 그러다 여운형은 어느 순간 이상하고 어색한 기운을 느꼈다. 여자가 일부러 조선인 사내의 심기를 건드리면서 속마음을 끌어내고 있는 걸 알아차린 것이다.

잠시 후, 여자가 자리에서 일어났다.

"좋은 말씀 잘 들었습니다. 잠시 자리 좀 비우겠습니다."

그녀가 핸드백을 들고 일어나 여운형이 앉은 자리를 지나 뒤쪽 칸으로 향했다. 힐끔 살펴본 바로는 50대에다 안경을 쓰고 있어 차분해 보이는 인상이었다.

잠시 고민하던 여운형은 그녀의 뒤를 따랐다.

그녀가 향한 곳은 열차의 식당 칸이었다. 식당 칸 한쪽에는 서서 간단한 음식을 먹거나 맥주를 마실 수 있는 공간이 있었다. 그곳에서 그녀는 맥주를 마시던 두 남자와 얘기를 나눴다.

둘 다 검은 양복에 모자를 푹 눌러쓰고 있었는데, 영락없이 일본인 같았다. 여자가 손짓을 섞어가면서 뭔가 설명을 하는데 아마 조선인 남자와 나눈 얘기를 설명하는 것 같았다.

여운형은 곧바로 식당 칸을 나왔다. 그리고 조금 전 그녀와 말다툼을 하던 조선인 사내에게 다가가 속삭였다.

"아까 당신과 마주 앉았던 여자가 식당 칸에서 일본인 형사들과 얘기를 나누고 있습니다."

"그게 무슨……."

"얼른 여길 벗어나세요."

여운형의 채근에 남자는 가방을 챙기고 모자를 쓴 다음, 반대편 통로로 빠져나갔다.

잠시 후, 하얼빈 역에 도착하는지 열차의 속도가 줄어들었다.

짐을 챙긴 여운형은 열차가 멈추자마자 밖으로 나왔다.

기차역 안이라 대낮인데도 어두웠고, 열차에서 흘러나온 하얀 증기가 안개처럼 주변을 감쌌다.

식당 칸에서 조선인 여자와 말을 나눴던 일본 형사들이 좁은 창밖으로 고개를 내민 채 두리번거리는 게 보였다. 다행스럽게도 조선인 사내는 무사히 빠져나간 모양이었다.

모자를 푹 눌러쓴 여운형은 안도의 한숨을 쉬면서 하얼빈 역을 빠져나왔다.

1919년 2월 6일, 일본 도쿄

"이와 같은 상황에 처하여 김도연과 백관수, 최팔용은 실행위원직에서 사퇴하는 것을 천명한다. 그리고 학우회 임원 선거를 다시 실시해서 공명정대한 사람들로 임원진을 구성할 것을 촉구한다."

동경 조선기독교청년회 회관 2층 예배실의 단상에 오른 김도연이 쩌렁쩌렁한 목소리로 외치자 일본인 기자들이 플래시를 터트리며 사진을 찍었다.

조선기독교청년회에서 중대 발표를 하겠다고 연락을 하자 평소에는 보이지 않던 일본 기자들이 잔뜩 몰려든 것이다. 조선기독교청년회의 위상이 대단한 것은 아니지만, 조선인 유학생들의 가장 큰 단체에서 내부 분열이 빚어져 중대 발표를 한다는 소문은 이목을 끌었다.

기자들 뒤쪽에는 일본 경찰로 보이는 양복 차림의 사내들이 모여서 상황을 낱낱이 지켜봤다.

성명서 낭독이 끝나자 하얀 모자를 쓴 일본인 기자가 손을 들고 질문을 했다.

"세 학생이 실행위원 사퇴와 재선거를 요구하는 이유는 무엇입니까?"

세 명 중 김도연이 대표로 입을 열었다.

"학우회는 조선 유학생들을 대표하는 자리입니다. 따라서 그들의 뜻을 따라야 함에도 불구하고 자신들의 의견을 고집하면서 대다수 학우들의 뜻을 무시합니다. 따라서 선거를 통해 새로운 임원진을 구성해야 합니다."

"고집하는 의견이라는 게 뭡니까?"

"국제 정세에 관한 성명을 발표하는 문제입니다. 세계대전이 끝나고 열강들에 의해 국제 정세가 재편되는 와중에 우리 유학생들은 어떤 입장을 표명해야 하는지 말입니다."

"그 문제로 양쪽이 갈라졌다 이 말인가요?"

일본인 기자의 이어진 질문에 김도연이 바로 대답했다.

"맞습니다. 쉽게 결정할 수 없는 중차대한 문제임에도 불구하고 자신들의 의견만을 내세우는 중입니다. 따라서 우리 세 명은 더 이상 그들과 함께 할 수 없다는 뜻을 표기하기 위해 사퇴 성명을 발표하는 것입니다."

"좀 더 구체적으로 얘기해줄 수 있습니까?"

또 다른 기자가 조급하게 묻자 김도연이 얼굴을 찡그렸다.

"미국 대통령 윌슨이 발표한 14개조 중에 민족자결주의 원칙에 관한 문제입니다. 몇몇 학우들은 그것이 조선을 위한 발표라면서 맹신하지만 우리들은 그렇게 생각하지 않습니다. 그리고 우리 유학생들은 학업에 열중해야 하는 책무가 있습니다. 우리는 그런 본질을 무시하고 무작정 정치적인 의견을 드러내는 것을 거부합니다."

그때 우당탕거리며 계단을 올라오는 소리가 들려왔다.

전영택을 비롯한 나머지 실행위원들이 모습을 드러냈다. 선두에 선 전영택이 외쳤다.

"당장 내려와!"

김도연이 그럴 수 없다고 외치자, 전영택이 달려가 멱살을 잡고 끌어내렸다.

다른 학생들이 그 위로 뒤엉키면서 소동이 벌어지자 일본인 기자들이 황급히 물러났다.

구석에서 요란한 광경을 지켜보던 장덕수가 고개를 돌렸다. 소식을 듣고 달려온 이광수가 숨을 몰아쉬며 말했다.

"일본 경찰들이 꼼짝없이 속아 넘어가겠지?"

"그래봤자 며칠일 겁니다."

장덕수의 신중한 대답을 듣고 이광수가 씩 웃었다.

"그걸로 충분해. 설마 이런 연극이 먹힐까 했는데 어쨌든 통한 것 같아."

"궁하면 통하는 법이니까요."

장덕수가 며칠 전에 내놓은 방법은 위장 분열책이었다. 실행위원들이 의견 다툼으로 나눠져 갈등을 벌이는 것처럼 꾸며 일본 경찰의 눈길을 끌 계획이었다.

그러기 위해 세 명을 뽑아 가짜로 성명서를 발표하게 만들었다. 그리고 나머지 학생들이 발표장에 나타나 난동을 부리게 했다.

몸싸움을 지켜보던 일본 경찰들이 공연히 나설 필요가 없다고 여겼는지, 자리를 뜨기 시작했다. 시비가 붙게 되면 사주했다는 오해를 받을 수도 있었으므로, 한 사람 남김없이 물러나는 모양새였다.

이광수가 마지막 경찰 하나까지 예배당을 빠져나가는 걸 확인하고서야 장덕수에게 둘둘 만 종이를 내밀었다.

"한번 읽어보게."

장덕수는 조심스럽게 종이를 펼쳤다. 거기에는 이광수가 쓴 독립선언서가 적혀 있었다.

조선 청년 독립단은 우리 2천만 민족을 대표하여 정의와 자유의 승리를 쟁취한 세계의 만국 앞에 독립을 이룩하기를 선언한다.

우리 민족은 일본의 군국주의적 야심의 사기와 폭력 아래 우리 민족의 의사에 반하는 운명을 당하였으니 정의로 세계를 개조하는 이때에 당연히 잘못된 것을 바로잡기를 세계에 요구할 권리가 있으며, 또 오늘날 세계 개조의 주역이 되고 있는 미국과 영국은 보호와 합병을 지난날 자기들이 솔선하여 승인한 잘못이 있는 까닭으로, 이때에 지난날의 잘못을 속죄할 의무가 있다고 단언하는 바이다.

또 합병 이래 일본의 조선 통치 정책을 보건대, 합병 시의 선언에 밝혔던 우리 민족의 행복과 이익을 무시하고 정복자가 피정복자에게 대하는 고대의 비인도적 정책을 따라하여 우리 민족에게는 참정권과 집회 · 결사의 자유, 언론 · 출판의 자유 등을 불허하며 심지어 신교의 자유, 기업의 자유까지도 적지 않게 구속하며 행정 · 사법 · 경찰 등 여러 기관이 다투어 조선 민족의 사적인 권한까지도 침해하였다.

어떻게 살펴봐도 우리 민족과 일본과의 이해는 서로 배치되며 항상 그 해를 보는 자는 우리 민족이니, 우리 민족이 우리 민족의 생존할 권리를 위하여 독립을 주장한다.

우리 민족에게는 한 명의 병사도 없다. 우리 민족은 병력으로써 일본에 저항할 실력이 없다. 그러나 일본이 만일 우리 민족의 정당한 요구에 불응할진대 우리 민족은 일본에 대하여 영원히 혈전을 선언하노라.

우리 민족은 오랜 세월 고상한 문화를 지녔으며, 반만년 동안 국가 생활의 경험을 가진 민족이다. 비록 다년간 전제 정치 아래에서 여러 해독과 경우의 불행이 우리 민족의 오늘을 이르게 하였다 할지라도 정의와 자유를 기초로 한 민주주의 위에 선진국의 모범을 따라 새 국가를 건설한 뒤에는 건국 이래 문화와 정의와 평화를 애호하는 우리 민족은 세계의 평화와 인류의 문화에 공헌할 수 있게 될 줄로 믿는 바이다.

이미 우리 민족은 일본이나 혹은 세계 각국이 우리 민족에게 민족 자결의 기회를 부여하기를 요구하며, 만일 이에 응하지 않으면 우리 민족은 생존을 위하여 자유의 행동을 취하여 이로써 독립을 쟁취할 것을 선언하노라.

"명문이군요."

장덕수의 호평에 이광수가 흡족한 표정을 지었다.

"학교 앞에 자주 가는 소바 가게가 있는데 거기 2층에서 적었네."

"수고하셨습니다. 선언서를 발표하기 전에 미리 몸을 피하시는 게 좋겠습니다."

"아무래도 중국으로 피해야겠어."

"상하이로 가십시오. 거기 신한청년당 회원들이 도와줄 겁니다."

"그렇게 하지. 독립한 조국에서 만나세."

이광수가 악수를 건네자 장덕수가 무표정하게 손을 잡았다.

"그랬으면 좋겠습니다. 조심하십시오. 저도 일을 마치는 대로 상하이로 가겠습니다."

"그러지. 몸조심하게."

인사를 나누고 이광수가 자리를 뜨자, 장덕수는 옆에 송계백을 돌아봤다.

"확보한 등사기로 최대한 많이 찍어둬. 그리고 이건 자네가 경성으로 가지고 가고."

"가서 누구와 만납니까?"

"최대한 믿을 만한 사람에게 보여주고 이곳에서 무슨 일이 일어났는지 설명해줘야 해. 그럼 그쪽도 반드시 움직일 거야."

"그럼 중앙학교에 있는 현상윤 선배를 찾아가겠습니다."

"믿을 만한 사람인가?"

장덕수가 확인하듯 묻자 송계백이 격렬하게 고개를 끄덕거렸다.

"보성학교랑 와세다 대학교 선배입니다."

"혹시 모르니까 직접 가져가지 말고 베껴 쓴 다음에 몰래 숨겨서 가져가."

"작은 글씨로 써서 사각모 안에 쓰고 가면 들키지 않을 겁니다."

송계백이 일부러 과장되게 자신감을 보이며 독립선언서를 챙겨 자리를 떴다.

이로써 한시름 던 것 같은 기분에 장덕수는 굳은 어깨를 주물렀다. 가짜 탈퇴성명을 발표하고 소동을 벌였던 김도연이 다가왔다.

"내 연기 어땠어?"

"일본 순사들이 껌뻑 넘어가더라. 나중에 배우해도 되겠어."

"이제 그날까지 기다리면 되는 건가?"

장덕수가 텅 비어버린 단상을 바라보면서 대답했다.

"비밀 유지가 최우선이야. 그 다음에 최대한 학생들을 많이 모은 다음에 시위를 벌여야지."

가짜 소동이 한차례 쓸고 간 이 장소가 이틀 후, 역사에서 어떤 의미를 남길지는 알 수 없었다. 얼마나 많은 유학생들이 참여할지도 여전히 미지수였다. 학생들이 기대에 부응하지 않는다면 거사는 역효과를 나을 수도 있었다.

그날, 꼭 해야 할 일이 있다면…….

장덕수는 쓰러져 나뒹구는 의자를 세워놓으며 그것만 생각하기로 했다.

최대한 많은 학생들을 기억하는 것.

그 자리에 위험을 무릅쓰고 모인 젊은 학생들을 최대한 머리에 담는 것이다. 그들 대부분은 자신의 이름을 걸고 참여하겠지만, 그 이름들이 전부 남겨지기는 어려울 것이므로.

1919년 2월 7일, 러시아 니코리스크

하얼빈에서 열차와 마차를 타고 러시아의 니코리스크 시에 도착한 여운형은 곧장 전로한족회 중앙총회 사무실을 찾았다.

러시아는 세계대전 중에 일어난 혁명으로 적군과 백군으로 나눠져 치열한 내전이 벌어졌다. 초기에는 서구 열강들의 지지를 받은 근왕파 백군이 유리했지만, 곧 공산주의자인 볼셰비키 군대인 적군이 전세를 역전시켰다.

한때 시베리아를 거의 대부분 차지했던 백군은 동쪽 끝 블라디보스토크 근처까지 밀려났다.

블라디보스토크에는 일본을 비롯한 연합군이 상륙해서 지키고 있지만 곧 물러난다는 소문이 돌았다. 주력인 체코 군단은 새로 독립한 조국으로 돌아갈 준비가 한창이었고, 나머지 국가의 군대들도 이미 끝나가는 내전에 별다른 관심이 없었던 탓이다.

눈이 쌓인 거리에는 두툼한 옷을 입은 주민들이 지나갔다.

개중에는 조선 사람들도 꽤 보였다. 안동김씨의 세도 정치가 한창 기세를 떨치면서 가혹한 수탈과 굶주림에 시달린 백성들은 먹고 살 길을 찾아 두만강을 건너 러시아 땅으로 넘어갔다. 혹독한 추위가 기다리고 있었지만, 적어도 식량을 수탈해가는 부패한 관리들은 없었다.

러시아 역시 이들을 환영했다. 인구가 희박한 동부 시베리아였고, 넘어온 조선인들이 농사를 지어서 식량 문제를 해결했기 때문이다. 두만강을 넘어가면 먹고 살 수 있다는 소문이 돌면서 점차 러시아로 넘어오는 조선인들의 숫자는 늘어났다. 그렇게 러시아 국적을 취득하고 상업과 광산업에 종사하면서 돈을 버는 조선인들이 생겨났다.

그가 만나러 가는 문창범은 러시아로 넘어 온 조선인 중에서 최재형과 더불어 가장 성공한 인물이었다. 러시아 군대에 물자를 납품하면서 많은 돈을 벌었다고 했다.

1910년 일제가 조선을 강점하면서 러시아에 있던 조선인들은 권업회를 조직해 독립운동에 나섰다. 의장은 헤이그 밀사를 이끌었던 이상설이었는데, 연해주와 인근 지역에 지회가 조직되었다.

문창범은 우수리스크 지부의 책임자로 권업회 활동에 발을 담갔다. 이후 적백내전이 벌어지자 전로한족회 중앙총회를 세우고 회장으로 취임했다. 연해주를 비롯한 러시아 지역의 조선인들에게 끼치는 영향력도 막대해서 공공연하게 대통령으로 불렸다.

하얗게 회칠을 해서 마치 눈으로 만든 것 같은 건물로 들어서자 문 앞에 선 조선인 사내가 막아섰다.

"어이, 어디서 왔어!"

여운형은 털모자를 벗으면서 말했다.

"상하이에서 온 여운형이라 하오. 문창범 회장을 만나러 왔소."

미리 연락을 하긴 했지만, 만나준다는 보장이 없었으므로 여운형은 조금 긴장했다.

남자가 문고리를 쿵쿵 두드리고 옆으로 물러난 다음에야 안도의 한숨을 쉴 수 있었다.

삐걱거리며 문이 열리자 사내가 말했다.

"2층 가운데 방입니다."

여운형은 2층의 난간을 올려다보았다.

한옥과는 달리 온돌이 없는 서양식 집들은 내부도 썰렁했다. 앞에 있는 계단으로 오르자 2층 복도가 보였다. 가운데 방에는 회장실이라는 한글 표지판이 붙어 있었다.

심호흡을 한 여운형은 가볍게 노크를 했다.

안에서 들어오라는 소리가 들리자 그는 문고리를 돌리고 슬며시 안으로 들어갔다. 회칠이 된 방 중간에 난로가 활활 타오르는 중이었다.

난로를 가운데 두고 두 명의 사내가 불을 쬐고 있었다.

난로 위에는 러시아식 열탕기인 사모바르가 보였다. 그 위에 알록달록하게 칠해진 차 주전자가 있었다.

난로 오른쪽에 앉아 있던 50대쯤 되어 보이는 사내가 벌떡 일어났다.

"자네가 여운형인가?"

"맞습니다."

성큼성큼 다가온 사내가 악수를 청했다.

짧게 깎은 머리와 두툼한 카이젤 수염, 부리부리한 눈빛. 예사롭게 보이지 않았다.

"내가 문창범이외다. 저쪽은 김립이고."

난로 앞에 앉아 있던 40대 사내가 일어나 슬쩍 고개를 숙였다.

두툼하다는 느낌을 주는 문창범과 달리 중간 체격인 그는 오뚝한 코와 차가운 눈빛을 가졌다. 둘 다 여운형보다 나이도 많고 독립운동도 오래 했던 인물들이었다.

김립이 의자에 도로 앉으면서 물었다.

"먼 길 오느라 고생하셨네. 오는 길에 왜놈 밀정들은 안 만났나?"

난로 곁으로 다가간 여운형이 조심스럽게 대답했다.

"하얼빈 역에 도착하기 직전에 이상한 조선 여자를 만났습니다."

"조선 사람에게 접근해 다짜고짜 일본을 칭찬하고 조선을 욕하는?"

김립이 마치 직접 본 것 같이 설명하자, 여운형은 당혹스러웠다.

"어떻게 아셨습니까?"

"나이는 50대 정도 되고, 안경을 쓰지 않았나?"

"맞습니다. 그 여자를 아십니까?"

김립이 씨익, 웃으면서 대답했다.

"원래 이름은 배정자고, 일본 이름은 사다꼬. 검정 치마를 입고 다녀서 흑치마라고도 불리지."

"그 여자가 밀정입니까?"

의자에 앉으며 문창범이 김립 대신 대답했다.

"아주 악질이야. 작년에 만주로 넘어와 하얼빈 일본 영사관에서 일하고 있지. 주로 국경을 넘어가는 열차에 타고 다니다 조선인을 만나면 슬쩍 떠본다네. 독립운동가 같으면 영사관 경찰을 시켜 체포하지. 자네 큰일 날 뻔했어."

어지간히 놀란 여운형이 입을 다물지 못하자 문창범이 대수롭지 않다는 투로 말했다.

"이곳은 조선과 가까이 있어 왜놈 밀정들이 수도 없이 많아. 상하이보다 훨씬 더 위험하지."

여운형이 가늘게 한숨을 내쉬는 걸 보고 문창범은 탁한 목소리로 말을 이었다.

"독립운동이라는 게 다 그렇지. 아주 작은 실수로 생명을 잃기도 하고, 거사가 실패로 돌아가기도 하고. 아무튼 운이 좋았어."

"아찔하네요."

문창범이 사모바르에 올린 주전자를 들고 차를 따랐다.

진한 향이 나는 차를 한 모금 마신 여운형에게 문창범이 물었다.

"자네가 온다는 전보를 받긴 했네만, 내용이 없어 궁금했네."

찻잔을 한 손에 든 여운형이 대답했다.

"도움을 요청하기 위해 왔습니다."

"말해보게."

가슴을 쫙 펴며 문창범이 들을 준비가 되었다는 자세를 취하자, 여운형이 찻잔을 내려다보며 입을 열었다.

"작년 연말에 윌슨 미국 대통령의 특사인 찰스 크레인이 상하이에 왔었습니다."

"신문에서 봤네. 민족자결주의 원칙을 설파했다고 들었네만."

"맞습니다. 끝나고 따로 면담을 했는데, 적극적으로 도와줄 테니 파리에서 열리는 강화회의에 대표를 파견해 청원해보라는 권유를 받았습니다."

"그래서 대표를 보내기라도 했나?"

문창범이 내심 그럴 리 없다는 투로 묻자, 여운형은 고개를 끄덕거렸다.

"김규식 박사를 파견했습니다. 조만간 프랑스에 도착할 겁니다."

문창범은 뜻밖의 대답을 듣자, 입가가 저절로 벌어졌다. 믿기지 않는 일이었는지 한동안 말이 없었다. 그러다 이내 쓴웃음을 지었다.

"대단하군. 그게 무슨 의미가 있을지는 모르겠지만······."

"파리에 모인 열강들에게 우리의 사정을 알리고 독립을 청원하는 일입니다."

여운형의 다소 딱딱한 대답에 옆에 있던 김립의 시선이 날카로워졌다.

문창범이 차가운 눈으로 여운형을 바라봤다.

"십여 년 전에도 황제의 밀명을 받은 3인이 화란의 해아(海牙: 헤이그)에서 열리는 만국평화회의에 참석하러 간 적이 있었네. 황제의 밀서까지 가져갔지만 문전박대만 당했지."

여운형은 그때의 거사와 연장선상에서 이번 일을 평가할까 봐 내심 불안했는데, 아니나 다를까 문창범은 그 부분을 정확하게 짚어 냈다. 그러나 물러설 수는 없었다.

"그때와 다를 겁니다."

문창범이 코웃음을 쳤다.

"양인들이 우리 사정을 봐줄 것 같나? 자네는 서양 학문을 배우고 종교를 믿어 그런지 그들을 너무 믿고 있어."

"그럼 어떤 방법으로 독립을 쟁취할 수 있습니까?"

"총! 군대를 양성해 두만강을 건너 결전을 벌이는 것이 유일한 방법이야. 외교로는 독립을 얻을 수 없어."

"오지리(奧地利 : 오스트리아)의 속국이었던 체코슬로바키아가 미국의 도움으로 독립을 인정받았습니다."

"그건 오지리가 패배했기 때문이고, 일본은 그렇지 않았어. 자네가 희망을 버리지 않고 노력한다는 건 높이 평가하지. 하지만 방법이 틀렸어."

"결과가 나오기 전까지는 누가 옳은지 알 수 없습니다."

여운형의 강단에 문창범 역시 물러서지 않았다.

"열강은 일본과 한통속이야. 그들은 저희들 이익이 침해당하지 않는 한 우리를 돕기 위해 일본과 등을 돌리지 않을 거야. 그러니 헛된 꿈 포기하고 우리에게 합류하게."

"저에게는 동지들이 있습니다."

"이곳에 독립을 얻을 수 있는 길이 있어."

여운형과 문창범의 대화가 팽팽하게 이어지자 지켜보던 김립이 끼어들었다.

"우리가 이렇게 말싸움을 하면 왜놈들이나 좋아할 거요."

"그렇다고 일방적으로 한쪽 길로만 갈 수는 없습니다."

"거기 끝에 낭떠러지가 있다니까."

혀를 찬 김립의 말에 여운형이 쏘아붙였다.

"그럼 이쪽 길은 탄탄대로입니까?"

두 사람의 얘기가 험악하게 흘러가자 문창범이 끼어들었다.

"자자, 그래도 멀리서 찾아온 손님인데 너무 그러지 말게."

문창범이 차를 다시 권하면서 화제를 돌렸다.

"그나저나 이번 대표 파견은 자네 운명을 송두리째 바꿔놓을 걸세."

여운형이 비아냥거리듯 대꾸했다.

"그건 또 어떤 의미입니까?"

"미국이나 다른 곳에서도 파견하려고 했지만 이런저런 이유로 모두 실패한 걸로 알고 있네. 자네만 유일하게 성공했으니 앞으로 어디서든 눈에 띌 걸세."

여운형은 그의 말이 칭찬인지 경고인지 바로 판단하기 어려웠다. 상해가 맑고 화창한 분위기였다면 이곳은 춥고 음습했다. 사람도 마찬가지 같았다. 속내를 잘 드러내지 않고 조금씩 감정을 건드리는 것이 흡사 차갑고 거대한 벽을 보는 느낌이었다.

여운형은 최대한 조심스럽게 대답했다.

"아직 그런 것까지는 생각하지 않고 있습니다."

찻잔을 기울이던 문창범이 문득 생각났다는 듯 여운형을 바라봤다.

"그러고 보니 본론이 안 나왔군. 그래, 우리에게 원하는 게 뭔가?"

여운형은 찻잔을 테이블에 올려놓고 두 손을 무릎 위에 올렸다.

"김규식 박사가 파리에 가기 전에 저희들에게 당부한 게 있습니다. 자신이 가서 조선의 독립을 주장할 만한 움직임을 보여 달라고 말이죠."

"어떻게?"

"거국적인 시위에 나설 수 있게 힘써 달라고 했습니다. 그래서 저와 동지들은 각자 흩어져서 동지들을 만나는 중입니다."

찻잔을 내려놓은 문창범이 희미하게 웃었다.

"자네가 맡은 곳이 여기군."

"가장 위험하면서 중요한 곳이니까요."

"그래서 우리보고 도와달라고?"

여운형은 냉랭한 문창범의 물음에 머뭇거렸다.

상하이와 러시아는 수천 킬로미터 떨어진 곳이고, 살아가는 방식과 가치관이 달랐다. 무엇보다 상하이에 모인 독립운동가들이 선택한 방식이 외교였다면, 이곳에서는 무장투쟁 이외의 방법은 생각지도 않는 것 같았다.

여운형이 어떤 방식으로 얘기를 풀어갈까 고민하는데 김립이 나섰다.

"나는 과연 상하이가 독립운동하기 적당한 곳인지 의문스럽네. 거기 조선인들이 얼마나 있나? 유학생과 동포들 다 합쳐봐야 천 명이나 넘을까? 여기 연해주는 이십만이 넘어. 거기다 조선과 상하이는 수 천리 떨어져 있지만 이곳에서는 코앞이지. 괜히 상하이에서 힘 빼지 말고 이리로 와 합류하게."

"상하이는 국제적인 교섭에 유리합니다. 거기다 조계지가 있어 일본의 간섭을 피할 수도 있다는 장점이 있고요."

"왜놈들 쫓아내려면 누구와 어떻게 교섭을 해야 하는 건데?"

"싸우는 것에는 여러 가지 방법이 있습니다."

"말로는 이길 수 없어."

"각자 유리하다고 생각되는 방식으로 싸우는 겁니다!"

김립이 더 말을 하려고 하자 문창범이 손짓으로 만류했다. 그리고 여운형을 바라봤다.

"구체적으로 어떤 도움이 필요한가?"

"이곳에서도 가시적인 운동으로 움직여달라는 것과 자금 지원 그리고 상하이로 사람을 보내 주십사 하는 겁니다."

"우리는 이미 작년 겨울에 대한독립선언서를 발표했어. 무장투쟁과 민중봉기를 통해 독립을 쟁취한다는 목표를 제시했고."

"그것만으로는 부족합니다. 파리에 간 김규식 박사가 열강들과 언론인들에게 당당하게 조선 사람들은 모두 독립을 꿈꾸고 있다는 걸 증명해야만 합니다."

여운형이 더욱 강경하게 나오자 문창범이 콧수염을 쓰다듬었다.

"자네 말대로 우리는 우리 방식대로 싸우고 있어. 나름대로 준비하고 있으니 염려 말게."

"자금 지원과 대표 파견도 가능하겠습니까?"

"자금은 우리도 부족해. 군대는 처음부터 끝까지 돈으로 움직이는 거야."

"이해합니다."

"대표 파견 문제도 확답을 줄 수가 없네."

자금 지원은 안 되더라도 대표를 파견하는 건 내심 바랐던 여운형이 괴로운 표정을 감추지 못했다.

"일단 모여야 의견을 나누고 타협점을 찾을 수 있지 않겠습니까?"

아쉬움이 배어나는 말에도 문창범의 반응은 무덤덤했다.

"만주와 간도 그리고 러시아에 수십만의 동포들이 흩어져 살고 있네. 사는 지역과 처지 그리고 출신 지역에 따라 나눠져 의견 통일이 쉽지 않아. 내가 상하이로 대표를 보내면 자칫 외교협상론에 동조하는 걸로 비춰질 수 있어. 우리도 파리 강화회의에 대표를 파견하려고 준비했네. 누굴 보내느냐로 골치가 아팠지."

"대표로 보내는 것도 제대로 의견이 모아지지 않았다는 얘깁니까?"

여운형은 대표 선출조차 난항을 겪었다는 걸 이해할 수 없었고, 그래서 다분히 빈정거리는 말투였다.

"처음에는 최재형 선생이나 이동휘를 보낼 생각이었네. 하지만 젊은 사람들을 보내야 한다는 의견이 다시 대두되었고, 그들이 혹시 일본의 공작에 휘말릴까 우려된다는 의견이 다시 나왔어. 그걸 조정하느라 얼마 전까지 힘들었던 형국에 내가 공식적으로 대표를 파견할 순 없어."

여운형이 고개까지 절레절레 저으며 인상을 구기자, 문창범이 지나가는 말처럼 얘기를 흘렸다.

"며칠 후 총회 때 자네가 왔다는 사실과 상하이 얘기를 하면 관심을 가질 사람이 좀 있을 거야. 그 사람들이 개별적으로 상하이로 가거나 접촉하는 건 내가 뭐라고 할 수 없는 일이지."

잠깐 뜸을 들이다 문창범이 말을 이었다.

"대신 조건이 있는데……."

그가 테이블 구석에 놓인 청구신보라는 신문을 여운형 앞에 들이밀었다. 접혀 있는 신문 1면에 외국인의 얼굴이 커다랗게 나온 사진이 보였다.

여운형이 사진 속 인물을 물끄러미 바라보자 문창범이 말했다.

"해삼위에 주둔 중인 체코 군단의 라돌라 가이다 사령관."

"저도 누군지는 압니다."

"우리는 이자에게 무기를 구입할 계획이야. 자네가 다리를 좀 놔줘."

"무기라면 돈을 주고 사들이면 될 텐데요?"

여운형의 반문에 김립이 답답하다는 표정으로 끼어들었다.

"그럴 상황이 아니니 그렇지. 그쪽은 엄연히 연합국 일원이고, 시베리아의 조선인들은 상당수가 적군에 가담하고 있으니까 말이야. 거기다 그들이 있는 블라디보스토크에는 일본군이 득실거리는 와중이야."

김립의 설명이 끝나자 문창범이 덧붙였다.

"연해주와 만주 일대에 흩어진 독립군들을 통합하는 작업에 곧 착수할 걸세. 문제는 그들에게 같은 총과 탄약을 배급해야 한다는 거지. 지금은 무기 체계의 통일이 급선무야."

"그래서 대량의 체코 군단 무기가 필요하다?"

문창범이 고개를 끄덕거렸다.

"모신나강 소총으로 무장하고 있고, 탄약도 같은 걸 쓰지. 그들은 곧 체코로 가는 배에 오를 거야. 그 전에 무기는 내려놓고 간다고 들었네. 우리가 은밀히 그걸 사들이는 게 독립군을 무장시킬 수 있는 마지막 기회야."

"그러니까……."

문창범이 고개를 끄덕거렸다.

"라돌라 가이다 장군을 설득하면 대표 파견 문제를 도와주지. 그리고 상하이에서의 활동에 대해서도 가능한 협조하고."

문창범이 원하는 조건이 무엇을 의미하는지 계산한 여운형은 고민했다.

확답을 받은 것은 없는 상태에서 위험부담이 큰 접촉을 해야만 한다. 그리고 이건 일을 맡기는 게 아니다. 능력을 시험해보겠다는 의도가 다분해 보였다. 틀어지면 그 책임을 자신이 떠안을 수도 있다. 실패에 대한 희생양이 필요했는데, 때마침 자신이 나타난 것일지도 몰랐다.

젠장, 여운형은 속으로 욕을 내뱉고는 대답했다.

"만나겠습니다."

문창범이 덧붙였다.

"이 일이 성사된다 해도 상하이가 독립투쟁의 핵심이 되는 것에는 반대야."

여운형은 가까스로 평정심을 유지한 채 대답했다.

"각자의 방식대로!"

"나는 파리 강화회의에서 우리에게 유리한 결과가 나오리라고 믿지 않아."

"대표를 파견해 우리의 뜻을 알리는 것 자체가 성공이라고 믿습니다."

"열강들이 회의를 통해 조선을 독립시킨다는 결정을 내렸다손 쳐. 일본이 순순히 그들 뜻대로 포기할 것 같은가? 일전을 불사하겠다고 나설 텐데, 과연 열강들 중 어느 나라가 그들과 대적할 수 있겠나."

여기엔 여운형도 별다른 반박을 하지 못했다. 문창범이 희미하게 웃었다.

"나는 상하이에서의 활동이 오래가지 않을 거라고 봐. 하지만 자네 같은 사람은 꼭 필요하지. 그게 내가 자넬 만난 유일한 이유일세."

1919년 2월 8일, 일본 도쿄

오후로 접어들자 미리 소식을 들은 유학생들이 하나둘씩 동경조선기독교 청년회관으로 모여들었다.

문가에 서서 속속 모여드는 유학생들을 지켜보던 장덕수는 못내 감격스러웠다. 동경에 유학 중인 유학생이 대략 7백 명이 조금 못 되는데, 6백 명이 넘게 모이고 있는 것이다.

회관 주변에서는 여전히 일본 경찰들이 유학생들을 감시하는 중이었다. 하지만 규모도 적었고, 직접 검문에 나서지도 않았다.

일본 경찰은 이틀 전 실행위원 사퇴소동으로 인한 학우회 임원 선거를 다시 하는 것으로 알고 있는 게 분명했다. 그들은 오히려 유학생들의 내분이 더 격화되길 기대하고 있을 것이다. 그래서인지 다분히 방관하는 것처럼 움직임이 미미했다.

김도연이 숨을 헐떡거리며 달려와서는 그에게 물었다.

"얼마나 왔어?"

"6백 명쯤."

"많이 왔군."

"독립선언서는?"

장덕수가 확인 차 묻자 김도연이 눈살을 찌푸렸다.

"말도 마. 팔 빠지는 줄 알았어. 천 장 정도 찍었으니까 모자라지는 않을 거야."

"보낼 곳은 다 보냈어?"

"물론이지. 일본 국회의원들과 조선총독부, 동경에 있는 신문사랑 잡지사에 싹 우편으로 보냈어. 그리고 외국 대사관과 공사관에도 부쳤어."

"그럼 이제 시작하는 것만 남았군."

김도연은 장덕수와 함께 2층 예배실로 향했다.

유학생들은 예배실은 물론 바깥의 복도와 계단까지 빼곡하게 들어찼다. 그들 사이를 지나 단상으로 향하는데 학우회 회장인 백남규의 목소리가 들렸다.

"다들 모였으니 학우회 임원선거를 실시하도록 하겠습니다."

학생들이 박수를 치는 가운데 백남규가 손수건을 꺼내 이마의 땀을 닦았다. 비장한 표정으로 옆에 선 최팔용을 바라봤다.

사회를 맡은 최팔용은 아무도 모르는 또 다른 역할을 맡았다.

한 발짝 앞으로 나온 그가 우렁찬 목소리로 외쳤다.

"사회자가 긴급 제안합니다. 학우회 임원선거보다 훨씬 더 중요한 문제입니다. 이 자리를 조국의 독립을 위한 조선청년독립단 결성 대회로 변경하고자 합니다. 학우 여러분들의 의견은 어떠십니까?"

장덕수는 조마조마한 마음으로 지켜봤다. 일본 경찰의 감시를 따돌리기 위해 가짜로 소동을 일으키고, 비밀을 유지하면서 여기까지 오는 데 성공했지만 유학생들의 지지와 호응이 없으면 아무 소용이 없었다.

과연 장덕수의 계획대로 유학생들이 움직여줄지가 관건이었다.

최팔용의 제안에 유학생들은 서로의 얼굴만 흘깃거리며 웅성거렸다. 최팔용이 식은땀을 흘리면서 백남규를 바라봤다.

장덕수는 당장이라도 단상에 올라가서 호소를 하고 싶었지만, 그럴 수는 없었다. 옆에 있던 김도연도 불안한 표정을 감추지 못했다.

그때 유학생 중 한 명이 불쑥 외쳤다.

"옳소!"

일순간 조용해지나 싶더니, 다른 한쪽에서 정적을 깨는 박수소리가 울렸다.

그러자 약속이나 한 듯 참석한 유학생들이 모두 발을 구르고 박수를 치면서 호응했다. 설움들이 만들어낸 소리. 장덕수에게 그들의 호응은 그렇게 들렸다.

박수소리가 요란한 가운데 최팔용이 품속에서 독립선언서를 꺼내 읽기 시작했다.

한 구절 한 구절 읽을 때마다 유학생들의 박수와 환호성이 터져 나왔다.

한참 독립선언서가 낭독되는 와중에 김도연이 그의 팔을 잡았다.

"좀 있으면 일본 경찰들이 몰려올 거야. 넌 어서 피해. 난 결의문을 낭독하러 올라갈게."

앞으로 닥칠 일들이 떠오른 장덕수의 마음은 한없이 무거웠다.

김도연이 일부러 활짝 웃으면서 말했다.

"뒷일을 부탁해. 조선에 가서 유학생들이 조국의 독립을 목청껏 외쳤다고 전해줘."

"꼭!"

최팔용의 독립선언서 낭독이 끝나자 단상에 오른 김도연이 결의문을 펼쳐들었다.

　1. 본단은 일한 합병이 오족의 자유의사에 의하지 아니하고 오족의
　　생존 발전을 위협하고 동양의 평화를 요란케 하는 원인이 된다는
　　이유로 독립을 주장함.

2. 본단은 일본 의회 및 정부에 조선 민족 대회를 소집하야 대회의
  결의로 오족의 운명을 결할 기회를 여하기를 요구함.

3. 본단은 만국 평화 회의에 민족 자결주의를 오족에게 적용하기를
  요구함. 위 목적을 전달하기 위하야 일본에 주재한 각국 대사에게
  본단의 의사를 자국 정부에 전달하기를 요구하고 동시에 위원 3
  인을 만국 평화 회의에 파견함. 파견한 위원은 먼저 파견된 오족의
  위원과 일치 행동함.

　일본의 수도인 도쿄 한복판에서 조선의 유학생들이 조국의 독립
을 선언하는 감격에 찬 순간이었다.
　흥분한 학생들을 뚫고 계단 쪽으로 가던 장덕수는 호루라기 소리
를 들었다.
　뒤늦게 낌새를 눈치챈 일본 경찰들이 밀고 들어온 것이다.
　경찰들이 곤봉을 휘두르면서 단상에 접근하려 하자 학생들이 접
이식 의자를 던지고 종이를 뿌리면서 가로막았다.
　난투극이 벌어지는 와중에도 단상에 선 김도연은 꿋꿋하게 결의
문을 낭독했다.

4. 전제 항의 요구가 실패될 시에는 일본에 대하야 영원히 혈전을 선
  언함. 이후에 발생하는 참화는 오족의 책임이 아님.

　결의문 낭독을 끝낸 김도연이 두 손을 번쩍 들고 외쳤다.
　"대한 독립 만세! 조선 독립 만세!"

김도연의 선창에 유학생들이 따라서 만세를 불렀다.

일본 경찰들의 호루라기 소리가 급박하게 들려왔다.

단상에 서서 만세를 부르던 김도연은 뛰어 올라온 일본 경찰이 휘두른 곤봉에 머리를 맞고 쓰러졌다.

쓰러진 김도연을 일본 경찰들 서넛이 둘러싸고 발로 차고 짓밟았다.

보다 못한 장덕수가 김도연을 짓밟던 일본 경찰들을 밀쳐버렸다. 그걸 시작으로 유학생들과 일본 경찰들의 난투극이 벌어졌다. 둔탁한 충격음들이 동시에 사방에서 터져 나오고, 벽에 피가 튀기 시작했다. 비명소리들이 뒤따랐다.

일본 경찰의 손아귀를 겨우 빠져나온 장덕수는 눈앞에서 벌어지는 광경에 입을 다물지 못했다. 일본 경찰들의 곤봉과 구둣발에 얻어맞고 짓밟히면서도 유학생들이 꿋꿋하게 자리를 지키면서 만세를 불렀다. 도저히 발길이 떨어지지 않았다.

김도연이 망설이는 그를 떠밀었다.

"어서 가!"

정신을 차린 장덕수가 손을 휘저어 김도연을 끌어안았다.

경찰들이 달려오는 걸 보자 김도연이 그가 도망갈 수 있도록 맨몸으로 막아섰다.

막 통로를 빠져나가려던 찰나 누군가에게 팔을 잡혔다.

"이봐! 여기 왜 있는 거야?"

며칠 전 그를 검문하던 경사였다.

장덕수가 대답을 못하자, 경사가 반사적으로 주머니에서 수갑을 꺼냈다. 그때 서춘이 의자로 경사의 뒤통수를 내리쳤다.

뒤통수에서 피가 튄 경사가 쓰러지자 부서진 의자 한쪽을 든 서춘이 외쳤다.

"어서 피해요!"

서춘이 고함을 지르면서 몰려드는 일본 경찰들에게 의자를 휘둘렀다. 하지만 얼마 버티지 못하고 일본 경찰의 발길질에 나뒹굴고 말았다.

서춘은 쓰러진 후에도 악착같이 경찰들의 발목을 잡고 버텼다.

입구 쪽은 이미 경찰들이 막고 있는 상황이라 뚫고 나가는 건 불가능했다.

이미 그들은 호각을 요란하게 불며 유학생들을 마구잡이로 때려눕히고 끌어냈다. 서로 팔을 엮은 유학생들이 만세를 외치면서 버텼다.

창문으로 몸을 빼낸 장덕수는 바로 옆 건물로 훌쩍 몸을 날렸다. 난간을 잡고 겨우 버틴 그는 안간힘을 써 올라갔다.

겨우 올라간 장덕수는 유학생들과 일본 경찰들이 뒤엉켜 있는 회관을 뒤로 한 채 후들거리는 발걸음을 뗐다.

그에게는 아직 할 일이 남았다. 동경에서 유학생들이 외친 만세 소리를 조선에 고스란히 전달해야 했다. 그리고 그것으로 저항이라는 거대한 불을 지펴야만 했다.

구겨진 옷을 펴고 흙을 털어낸 장덕수는 기차역으로 향했다.

최대한 남의 눈에 띄지 않아야 했기 때문에 태연하게 걸으려 노력했지만, 눈물이 쏟아지는 건 어쩔 수 없었다. 속으로 삼키는 비명 소리가 자꾸만 몸 밖으로 뛰쳐나오려 했다. 눈에 핏발이 섰는지, 시야가 자꾸만 흐려졌다. 가슴이 미친듯이 뛰었다.

4장

땅 밑의 목소리

1919년 2월 16일, 조선 경성

중앙학교는 계산언덕에 있었다. 전차에서 내려 언덕을 오르자 재작년 이곳으로 옮기면서 신축한 건물들이 보였다.

중앙학교는 1908년 기호흥학회에 의해 세워진 기호학교에서 출발했다. 재정난으로 몇 차례 위기를 겪다가 1915년 김성수가 인수하면서 한시름 놓게 되었다.

새로 학교 건물을 지으면서 이름도 중앙학교로 바꾸었다. 그리고 그 학교의 교장 송진우를 비롯해 교사들의 상당수는 항일운동과 깊은 연관이 있었다. 일본에서 건너온 장덕수가 제일 먼저 찾아온 것도 바로 그 이유 때문이었다.

해가 떨어지고 어둑해지면서 학교는 텅 비었다.

남들 눈에 띄지 않게 뒷문으로 들어간 장덕수는 운동장 구석의

숙직실로 향했다.

한옥으로 된 숙직실 앞에서는 도쿄에서 독립선언서를 가지고 먼저 출발한 송계백이 서성거리는 중이었다.

발소리를 들었는지 고개를 돌린 그가 장덕수를 보고는 반색을 했다.

"조선에는 언제 도착하셨습니까?"

"어제. 며칠 숨어서 어떻게 돌아가는지 지켜봤어."

"다들 잡혀간 모양이던데요."

송계백이 침울하게 말했다.

장덕수가 간신히 빠져나온 후 회관은 일본 경찰에게 완전히 포위되었다. 60명이 넘는 학생들이 체포되었다. 김도연을 비롯해 백관수와 최팔용 등 실행위원들은 주동자로 더 혹독한 처벌이 기다리고 있을 것이다.

소식을 들은 송계백이 애써 웃었다.

"그래도 다들 할 일을 했다고 생각할 겁니다."

"앞으로 우리가 어떻게 하느냐에 달렸지."

송계백이 무겁게 고개를 끄덕거렸다.

"반드시 성공할 겁니다. 따라오십시오."

송계백이 숙직실 문을 열었다. 숙직실 안도 어두컴컴했는데 테이블 위에 올려놓은 석유램프의 희미한 빛이 보였다.

의자에 앉아 기다리던 남자가 일어났다.

20대 후반인 장덕수와 비슷한 또래로 보였다. 깡마른 체구에 둥근 안경을 썼고, 짧은 머리를 한 그는 장덕수에게 먼저 손을 내밀었다.

"먼 길 오느라 고생이 많으셨습니다. 중앙학교 교사 현상윤입니다."

"장덕수라고 합니다."

인사를 나누자마자 현상윤이 대뜸 말했다.

"후배에게 얘기 들었습니다. 정말 큰일을 하셨습니다."

고개를 끄덕거리며 덧붙였다.

"학생들이 그리 나서서 독립을 외치는데 우리가 가만있을 수는 없지요. 안 그래도 다들 준비하고 있었습니다."

"어느 정도입니까?"

현상윤이 대답했다.

"올 초부터 국내에서도 월슨 미국 대통령이 주창한 민족자결주의에 대한 관심이 높아졌습니다. 우리 중앙학교도 송진우 교장을 위시해 선생들과 학생들이 뭔가 해야 하지 않겠느냐, 의견들을 나누고 있는 중이었지요. 우리는 인산일(因山日)⁸을 적기로 보고 있습니다."

"어느 어느 쪽에서 움직입니까?"

장덕수가 구체적인 대답을 듣고 싶어 하자 현상윤이 송계백을 힐끔 바라보고는 대답했다.

"우리 학교 학생과 선생들이 일단 움직일 겁니다. 그밖에는 경성의 전문학교 학생들도 따로 모임을 가지고 있는 걸로 알고 있습니다."

현상윤의 얘기가 끝나자 송계백이 끼어들었다.

"선배를 만나고 전문학교 대표들과 접촉했습니다."

"어떻든가?"

"강기덕과 한위건, 김성득 등을 중심으로 전문학교와 중학교 학생들끼리 모여 독립선언서를 발표하고 시위를 벌일 계획을 하고 있었습니다. 그래서 독자적으로 움직이지 말고 우리와 함께 시위를

---

8) 임금의 장례식날

138

하자고 제안했습니다.”

“하나로 모아 한 번에 터트려야 해.”

장덕수가 덧붙이자, 현상윤이 심각한 표정으로 말했다.

“한쪽에서 섣불리 먼저 치고 나갔다가는 일본 놈들의 주의만 끌고 말 겁니다.”

장덕수가 가장 우려하는 부분이기도 했다.

독립운동가들만 있는 상하이나 유학생들만 조직해서 움직일 수 있었던 도쿄와 달리 조선은 학교와 종교계가 복잡하게 얽혀 있었다. 조선의 독립이라는 대의명분 앞에서는 하나로 뭉쳤지만, 묘한 경쟁심과 라이벌 의식이 충돌했다.

특히 기독교를 비롯한 종교 집단들은 서로에 대한 거리감이 적지 않았다.

이 문제를 어떻게 풀지 고민하던 장덕수가 문 두드리는 소리에 고개를 돌렸다.

송계백이 문가로 다가갔다.

“누구십니까?”

“최린일세. 안에 현선생 있는가?”

현상윤이 벌떡 일어났다.

송계백이 문을 열자 검정 양복에 흰색 셔츠를 입은 40대 초반의 남자가 서 있었다.

반듯한 이마에 선명한 일자 눈썹을 가진 그는 주위를 돌아보고 안으로 들어섰다.

현상윤이 반겼다.

“어서 오십시오, 선생님.”

"멀리 상하이에서 귀한 손님이 온다고 해서 왔네."

"이쪽입니다."

현상윤이 장덕수를 가리켰다. 장덕수가 얼른 고개를 숙였다.

"장덕수라고 합니다. 상하이 신한청년당 소속입니다."

인사를 나누고 자리에 마주 앉은 두 사람 중간에 현상윤이 자리 잡았다.

현상윤이 장덕수에게 말했다.

"오늘 오라고 한 것은 최선생님이 결과를 가지고 오시기로 해서……."

"결과라면?"

장덕수의 물음에 최린이 대신 대답했다.

"내가 교장으로 있는 보성학교는 천도교 계열일세. 그리고 나도 십여 년 전부터 천도교에 입교해 활동 중이지."

"그 얘기는 천도교도 거사 계획을 가지고 있다는 말씀이십니까?"

장덕수의 떨려 나오는 목소리에서 감추지 못한 흥분이 묻어났다.

천도교는 조선에서 가장 큰 종교집단이자 동학 시절부터 외세에 대항해 저항하던 역사를 가지고 있었다. 천도교의 합류는 그 자체로 대단한 영향력을 발휘할 것이다.

최린이 그렇다고 대답하자 현상윤이 끼어들었다.

"동경에서 송군이 독립선언서를 몰래 챙겨 왔을 때 깜짝 놀랐지요. 그래서 그걸 제 스승님이자 천도교에서 활동 중인 최린 선생님에게 보여드리고 상의를 드린 겁니다. 동경에서 유학생들이 맨주먹으로 떨쳐 일어나 조국의 독립을 목 놓아 부르짖었는데, 우리가 그냥 있을 수는 없지 않겠느냐고 말이죠."

최린이 품속에서 담배를 꺼내며 덧붙였다.

"나 역시 놀라기는 매한가지였네. 그래서 건네받은 독립선언서를 가지고 즉시 손병희 교령을 찾아뵈었지. 그걸 읽어보시고는 젊은 친구들이 이렇게 장한 뜻을 가지고 시위를 했는데 어찌 우리가 가만있을 수 있겠느냐고 하셨네."

상기된 최린이 성냥을 켜고 담배에 불을 붙였다.

그가 한 얘기를 곱씹어보던 장덕수가 말했다.

"천도교가 나서준다면 큰 힘이 되어줄 겁니다."

"우리뿐만 아니라 기독교와 불교 그리고 유림들과도 손을 잡고 대대적인 만세운동으로 펼치기로 했네. 그동안 일본이 우리를 얼마나 억압하고 괴롭혔는지 세계에 알릴 수 있는 기회가 될 거야."

최린이 피운 담배 연기가 램프에서 뿜어져 나오는 흐릿한 빛 사이로 서서히 흘러갔다.

송계백이 일부러 주먹을 불끈 쥐었고, 현상윤 역시 기쁜 표정을 감추지 못했다.

장덕수는 여전히 굳은 얼굴이었다.

"문제는…… 비밀 유지가 어려워질 수 있다는 겁니다."

조선에서의 거사는 유학생만으로 결집되었던 동경과는 규모 면에서 다를 수밖에 없었다.

최린이 고개를 끄덕거리며 말했다.

"대의를 위해서는 손을 잡아야 할 사람들이 많아. 일단 믿을 만한 사람들을 최소한으로 접촉하고 독립선언서를 빨리 인쇄해놓아야지."

"누구누구와 접촉할 생각이십니까?"

장덕수의 질문에 담배 연기를 길게 내뿜은 최린이 대답했다.

"일단 평양 쪽 기독교인들과 접촉할 생각이네. 이승훈이 믿을 만하다고, 최남선의 언질이 있어서 경성으로 오라는 연락을 넣었지."

"평양은 신한청년당의 선우혁 형님이 만나 소식을 전했을 겁니다."

장덕수가 상기된 목소리로 말하자, 최린이 고개를 끄덕거렸다.

"불교 쪽은 만해 한용운과 얘기 중일세. 고집이 세긴 하지만 심지가 굳고 입이 무거운 사람이니 걱정 안 해도 될 거야."

"그럼 대충 종교계는 세를 모으게 되는군요. 독립선언서는 누가 씁니까?"

"최남선에게 쓰라고 했네. 독립선언서 작성은 천도교 쪽에서 맡기로 했으니 그렇게 밀고 나갈 생각이야. 다음 주쯤 각 교단의 대표자들이 모여 독립선언서를 둘러보고 인쇄에 들어갈 걸세."

"인쇄는 어디서 하기로 되어 있습니까?"

최린이 담배연기를 내뿜으면서 말했다.

"그건 염려 말게. 보성사라고, 천도교에서 운영하는 인쇄소가 있어. 다들 신도들이고 입이 무거운 사람들이지. 기계도 최신형이라 한 번에 수천 장을 찍을 수 있네."

"순조롭게 진행된다면 다음 달 초쯤이면 행동에 나설 수 있겠군요."

"임금의 인산일이 3월 3일이니까 그때 맞춰서 전국에서 사람들이 올라올 거야. 정확한 날짜는 종교계 대표들이 모여서 결정하기로 했네."

"대략 보름쯤 남았군요."

"그런 셈이지."

"시간이 너무 기네요."

"최대한 조심해야지. 한울님께서 우리 민족을 보살펴주신다면 성공하겠지."

최린이 허공을 올려다보며 천천히 담배를 물었다.

장덕수는 남은 기간 동안 일본 경찰이 눈치 채지 않아야 한다는 절박함과 일이 성사되면 어마어마한 파급 효과가 일어날 것이라는 기대감을 동시에 느꼈다.

현상윤과 송계백 역시 같은 생각인지 서로의 얼굴을 말없이 바라봤다.

1919년 2월 18일, 조선 경성

보성사 근처에 도착하자 쿵쿵거리는 인쇄기 돌아가는 소리와 진득한 잉크 냄새가 났다.

교동보통학교를 비롯해 근처에 학교들이 모여 있어 교복 입은 학생들이 많이 보였다.

붉은 벽돌로 만든 2층 건물의 보성사는 천도교에서 운영하는 인쇄소였다. 원래 천도교는 창신사라는 인쇄소를 가지고 있었고, 그곳에서 천도교월보 같은 기관지를 찍어냈다. 그러다가 보성학원을 인수하면서 그곳에 딸려 있던 인쇄소를 창신사와 합치면서 보성사라는 이름을 썼다. 당연히 사장을 비롯한 직원들 모두 천도교 신자들이었다.

출입문 근처를 어슬렁거리며 담배를 피우던 신철은 시간에 맞춰 누군가 밖으로 나오는 걸 보고는 담배를 던졌다. 그게 최달진에게 받은 신호였다.

신호를 본 상대방이 뒤통수를 긁었다. 최달진이 소개해준다고 한 황을병이 분명했다.

까무잡잡한 얼굴에 축 늘어진 눈을 한 그는 신철을 알아보고는 뒤쪽으로 오라는 눈짓을 했다.

신철은 잠자코 건물 뒤편으로 따라갔다. 담배를 한 대 피워 문 황을병이 신철을 바라봤다.

"달진이 형이랑 가까운 사이요?"

"죽고 못 사는 사이지."

"그래서 소개해준다는 얘기는 들었습니다. 뭘 원하는 겁니까?"

"내가 경찰인 건 알 테고."

황을병이 고개를 끄덕거렸다.

"압니다."

"천도교 내부 정보가 필요해."

"대가는요?"

신철이 그를 빤히 보다 주머니 안에서 담뱃갑을 꺼내 던졌다.

받아 든 황을병이 안에 둘둘 말린 지폐를 보고는 눈을 동그랗게 떴다.

"이건 선수금이야. 앞으로 괜찮은 정보를 가져오면 이런 담뱃갑을 챙겨주지."

황을병은 웃으면서 담뱃갑을 도로 던졌다.

"이건 너무 작은데요."

"뭘 받을지도 모르는데 크게 쓸 수는 없지."

"그럼 거래를 말든가."

고개를 절레절레 저은 신철은 담뱃갑을 주머니에 넣는 척하면서

재빨리 황을병의 팔을 잡아 꺾었다.

황을병이 비명을 지르려고 하자 신철이 선수를 쳤다.

"순사가 우스워 보여? 당장 경찰서로 끌려가 거꾸로 매달려보고 싶어?"

"죄도 없이 체포하면 천도교에서 가만 안 있을걸."

신철이 코웃음을 쳤다.

"피부가 누렇고 눈자위가 까만 걸 보면 아편을 피우는 것 같은데?"

황을병이 움찔했다.

"마, 말도 안 돼."

"그럼 유치장에 가둬두고 금단현상이 일어나는지 아닌지 지켜볼까. 순사를 협박하는 걸 보니 아편 살 돈이 궁한 것 같은데 말이야."

"그, 그게 아니라……."

"아니면 순사의 협조 요청을 거절했으니 독립운동한다는 놈들과 한 패거리일 수 있겠군."

"아, 아닙니다! 잘못했습니다! 잘못했어요."

신철은 황을병을 내동댕이치고는 담뱃갑을 도로 건넸다.

"정보가 없으면 만들어서라도 가져와야 할 거야."

주머니에서 돈이 든 담뱃갑을 하나 더 꺼내 흔들어 보이다가 땅에 떨어뜨렸다.

황을병이 결국 고개를 절레절레 젓고는 바닥의 담뱃갑을 주어들었다.

"안 그래도 사장이랑 총무 눈치가 좀 이상했습니다."

"어떻게?"

"직접 인쇄기 상태를 살펴보고, 여분의 종이를 빼놓으라고 지시했거든요."

"종이는 왜?"

"모르겠습니다. 보통은 뭘 찍는지 미리 알려주는데 아무 말이 없었습니다. 그리고 이상한 게 더 있는데……."

"뭐가?"

"이틀 후에 야근을 하지 말고 다 퇴근하라고 했습니다."

"이틀 후면 2월 20일?"

황을병이 담뱃갑을 만지작거리며 고개를 끄덕거렸다.

"요즘 천도교월보를 찍느라 정신없이 바쁘거든요. 그래서 매일 야근을 하는데, 그때만 하지 말고."

"몇 시부터 몇 시까지?"

"다섯 시에 퇴근하랍니다."

"단서를 좀 찾아봐."

"아, 알겠습니다."

"담뱃갑 안에 전화번호 있으니까 급하면 연락하고."

신철은 황을병이 들어가는 걸 확인한 뒤, 종로 쪽으로 걷기 시작했다.

인력거와 우마차가 지나는 거리 옆에 귀금속과 옷감을 파는 화신상회 간판이 보였다.

문득 걸음을 멈춘 그는 길가의 양복점으로 들어갔다.

딸랑거리는 종소리가 들리자 주인이 고개를 들었다.

"어서 오십시오."

그는 두툼한 안경을 쓴 주인에게 다가가 신분증을 보여줬다.

"전화 좀 씁시다."

"저쪽."

전화기로 다가간 신철은 송화기를 들었다. 곧 여자 교환수의 목소리가 들려왔다.

"하이! 모시모시 난방!"[9]

"인천 429번 바꿔줘."

"잠시만요."

잠시 후, 신호음이 들리고 늙은 여성의 목소리가 들렸다.

"여보세요?"

"거기 최달진 집이죠?"

"마, 맞는데요."

"달진이 친굽니다. 바꿔주세요."

"다, 달진이 죽었어요."

뜻밖의 얘기에 신철은 제대로 듣지 못했다고 생각했다.

전화기 너머로 흐느껴 우는 소리가 들린 다음에야 정신을 차리고 다시 물었다.

"당신 누굽니까?"

"달진이 누나예요. 달진이가……."

우는 소리에 짜증이 난 신철이 목소리를 높였다.

"울지 말고 제대로 말 좀 해봐요!"

"미두장에서 돈을 크게 잃고 상심이 컸어요. 이번에 제대로 벌 수 있다면서 그동안 모아놨던 돈 다 털어갔거든요."

"그런데요?"

---

9) '몇 번으로 바꿔드릴까요' 라는 뜻. 일제 강점기 전화교환수들이 했던 말이다.

"뭐가 잘못되었는지 술에 잔뜩 취해서 들어와서는 일본놈들 욕을 하며 한참을 울다가 밖에 나갔는데, 바다에 뛰어들었다고……."

"달진이가 어떤 놈인데 돈을 좀 잃었다고 자살을 합니까!"

"와타나베인가 하는 사람을 만나서 따지러 간다고 하고는 소식이 끊겼는데, 월미도 쪽에서 물에 빠졌대요."

"물에 뛰어든 거 본 사람 있답니까?"

"아뇨, 경찰이 그렇게 알려주니까……."

신철은 자살이라는 지점에서, 그것도 바다에 뛰어들었다는 방법에서 묘한 이질감을 느꼈다. 와 닿지 않는 것이다. 가장 친한 자신이 그동안 그 어떤 자살의 전조도 느끼지 못했기 때문이다. 충동적으로 그런 일을 저지를 만큼 그는 모질지도 못했다.

"어떻게 죽었는지도 모르는데 경찰이 그냥 자살이라고 했다고 그냥 믿어요?"

"그럼 어쩌라고요! 물에 불은 시신을 눈으로 버젓이 봤는데!"

흐느껴 우는 소리에 신철은 더 이상 통화를 할 수 없었다.

수화기를 걸어놓는 것도 잊은 채 밖으로 나온 신철은 지나는 인력거를 세웠다.

숨을 헐떡거리던 인력거꾼이 물었다.

"어디로 모실까요, 나리."

"경성역으로."

목적지를 간단히 알려주고 신철은 등받이에 무거운 몸을 파묻었다. 온몸에 맥이 빠지는데, 주먹만큼은 저절로 꽉 쥐어졌다.

1919년 2월 20일, 조선 경성

오후 다섯 시가 되자 보성사 직원들이 하나둘씩 퇴근했다.

며칠 동안 야근에 지친 직원들은 일찍 들어가라는 이종일 사장의 얘기에 얼씨구나 했다.

사장인 이종일, 공장장인 김홍규와 총무 장효근만 남았다.

인쇄소에 더 이상 남은 자가 없는 걸 확인하고 문을 굳게 닫은 이종일이 2층으로 올라갔다.

사장실에서 기다리던 최린과 장덕수가 문이 열리는 소리에 고개를 돌렸다.

이종일이 한 손으로 문을 잡은 채로 말했다.

"모두 퇴근했습니다."

"문은?"

최린의 물음에 이종일이 고개를 끄덕거렸다.

"모두 잠갔습니다."

"시작하지."

품속에서 독립선언서를 꺼낸 최린이 1층으로 내려갔다.

인쇄기 옆에 선 공장장 김홍규에게 독립선언서를 넘겼다.

김홍규가 탁자 위에 조심스럽게 독립선언서를 펼쳐놓고 한 글자씩 찬찬히 살펴봤다.

그 사이 총무인 장효근이 인쇄기에 잉크를 보충했다.

검수를 마친 김홍규가 나무 서랍들이 있는 곳으로 가서 안에 있는 납활자를 하나씩 꺼내 금속판 위에 끼워 넣었다. 능숙한 손놀림으로 납활자를 모두 끼운 다음 다시 살펴봤다. 이상이 없는 걸 확인하고 금속판을 장효근에게 넘겼다.

장효근은 금속판을 둥근 인쇄기 아래 놓고는 뒤로 돌아가 종이 뭉치를 쌓았다.

김홍규가 최린에게 떨리는 목소리로 말했다.

"일단 한 장 찍어보고 문제없으면 그대로 찍겠습니다."

"얼마나 찍을 수 있지?"

"모아놓은 종이를 다 찍으면 4천 장 정도 됩니다."

"시간은 얼마나 걸릴까요?"

옆에서 지켜보던 장덕수가 묻자 김홍규가 얼추 계산을 했다.

"기계만 잘 돌아가면 네 시간이면 충분합니다."

"보관할 안전한 장소는요?"

두 번째 물음은 최린이 대답했다.

"일단 교당에다 옮겨놓아야지. 일본 놈들이 손 댈 수 없는 데니까."

두 사람이 얘기를 주고받는 사이 기계가 돌아가면서 한 장을 먼저 인쇄했다.

롤러 사이에서 툭 튀어나온 종이에 빼곡하게 글씨가 적혀 있었다.

꼼꼼하게 살펴본 김홍규가 최린에게 말했다.

"이상 없습니다."

"시작하게."

잠시 후, 롤러가 돌아가면서 종이들을 뱉어냈다.

장효근이 롤러 사이를 돌아보면서 기계를 살펴보고 종이를 보충하는 동안 김홍규는 인쇄된 독립선언서들을 차곡차곡 정리해 옆에 있는 손수레에 반듯하게 담았다.

생각보다 일이 순조롭게 돌아간다고 생각한 장덕수가 안도의 한숨을 쉬려는 찰나, 갑자기 문이 벌컥 열렸다.

장덕수가 돌아보자 납작한 모자에 콧수염을 한 남자가 태연한 표정으로 들어섰다.

"누구요!"

장덕수가 반사적으로 묻자, 인쇄기 옆의 김홍규와 최린이 동시에 시선을 돌렸다.

둘은 사내를 보자마자 아무 소리도 못 내고 입만 딱 벌렸다. 예상치 못한 인물이 등장한 것이다.

사내는 장덕수 옆을 지나 인쇄소 안을 슥 훑어보았다. 이것저것 집기들을 건드리며 무언가 찾는 흉내를 냈다.

최린에게는 아는 척하듯 가볍게 눈인사까지 했다. 그리고는 인쇄기로 다가와 막 인쇄된 독립선언서를 한 장 집어들었다. 모두의 시간이 멈춘 듯 다들 꼼짝도 하지 않았지만, 사내의 시간만이 유유하게 흐르는 것 같았다.

사내는 집어든 선언서를 천천히 읽어 내려갔다.

장덕수는 어렵지 않게 분위기를 짐작했다. 자신만 빼고 모두 이자를 알고 있으며, 이자가 위험한 작자라면 뻔했다. 노출된 것이다!

장덕수가 최린에게 확인했다.

"누굽니까?"

"신철. 종로경찰서 형사……."

예상했지만 막상 대답을 들으니 장덕수는 아찔한 기분이 들었다.

"저자가 어떻게 안 겁니까?"

최린이 고개를 저었다.

"나도……."

절망한 최린의 어깨 너머로 신철을 바라보던 장덕수가 중얼거렸다.

"밖에서 아무런 기척도 안 들립니다."

"설마……."

장덕수가 최린을 지나 열린 문으로 다가가 바깥 동정을 살폈다.

어둠 속에서는 벌레 우는 소리만 들려왔다.

가만히 문을 닫은 장덕수가 아예 문을 닫아 걸고는 최린에게 다가가 속삭였다.

"밖에 아무도 없습니다."

"진짜 혼자 온 모양이군."

최린이 믿기지 않는다는 듯 고개를 저었다.

장덕수가 벽에 걸려 있는 삽을 슬쩍 바라봤다.

장덕수의 동태를 느낀 신철이 코웃음을 치며 권총을 꺼내 까닥거렸다.

"다들 내 앞으로 좀 모여 봐. 뒤통수가 근질거리는 거 아주 질색이거든."

장덕수는 상황을 파악하려고 머리를 굴렸다.

종로경찰서 소속의 조선인 고등계 형사가 독립선언서를 인쇄하는 현장을 덮쳤다. 하지만 혼자서 왔고, 딱히 위협적이지도 않았다.

거기다 술 냄새도 풍기는 것 같았다.

장덕수는 속으로 천운이 따르길 빌었다. 제발, 이자의 목적이 생각한 대로이길 바라며 최린에게 속삭였다.

"돈 같습니다. 이자의 목적."

최린도 같은 생각이었는지 천천히 고개를 끄덕거렸다.

"그럼 자네가 시간을 좀 끌어보게."

"방법이 있습니까?"

"보성학교에 등록금으로 받은 돈이 몇 천 원 있네. 그걸 가져와 거래를 해볼 테니까 자네는 그동안 저자를 붙잡아놓게."

장덕수의 어깨를 두드린 최린이 뒷문으로 사라졌다.

어쩐지 신철은 아무런 반응을 하지 않았다. 그의 목적이 더욱 뚜렷하게 느껴졌다. 일부러 독립선언서에서 눈을 떼지 않는 것처럼 보였지만, 그는 기다리고 있는 것이다.

그가 기다리는 것이 돈뿐이라면 일은 의외로 간단하게 풀릴 수 있었다. 장덕수는 침착하게 말했다.

"위층으로 올라갑시다. 할 얘기가 있을 테니."

그제야 독립선언서에서 눈을 뗀 신철이 장덕수를 쏘아봤다.

"무슨 얘기?"

"우리의 운명을 결정짓는 얘기. 당신에게 달려 있으니까."

장덕수가 김홍규와 장효근을 지나 계단을 천천히 올라갔다. 신철이 휘파람을 불어 두 사람도 올라가게 하고는, 권총을 집어넣고 자신도 뒤따랐다.

2층 사장실로 들어간 장덕수가 먼저 의자에 앉았다.

신철이 맞은편에 앉더니 일부러 탁자에 권총을 탁 올려놓았다.

쇠 비린내가 나는 권총을 물끄러미 내려다보며 장덕수가 입을 열었다.

"오늘 인쇄한다는 건 어떻게 알았소?"

어디까지, 얼마나 알고 있을까? 장덕수는 그걸 확인해야 했다.

종교계와 교육계가 손잡고 대대적인 시위를 할 것이라는 것은 참여자들이 많았기 때문에 들통날 수도 있었다. 하지만 독립선언서를 어디서, 언제 인쇄하는지 아는 사람은 다섯 손가락에 꼽을 정도였다.

자신을 제외한 네 사람 중 하나 이상이 밀정일 수도 있고, 그들을 통해 정보가 새어 나갈 수도 있다는 얘기였다.

신철은 한 번 피식거리고는 고개를 까닥거렸다. 대답하지 않겠다는 의사 표시였다.

장덕수는 혼란스러웠지만, 이럴 때 실마리는 단순하게 풀어야 한다는 걸 경험으로 알고 있었다. 아무것도 예측할 수 없는 상황에서는 결국 서로가 원하는 것에만 집중하는 것이다.

장덕수는 직접 부딪쳐보기로 했다.

"얼마가 필요합니까? 적당한 액수라면 해결해드릴 수 있습니다."

신철이 장덕수의 초조해진 눈을 가만 들여다보더니, 다시 권총을 집어들었다. 그러더니 돌연 고개까지 뒤로 젖히고 웃기 시작했다.

엊그제 기차를 타고 인천에 가서 최달진의 시신을 봤다. 가족들의 말대로 물에 빠져서 퉁퉁 부어 있었다.

미두장에서 엄청난 손해를 보고 충격에 빠져 스스로 목숨을 끊은 것 같다는 말에 신철은 오열했다. 아내가 죽었을 때보다 더 서럽게 울었다. 달진이 자신에게 돈 문제를 털어놓지 않은 이유도 알 것 같았다. 자신도 해결해줄 수 없었기 때문이다.

장례 준비를 하던 중에 와타나베라는 사채꾼이 낭인들을 끌고 들이닥쳤다. 달진의 가족들에게 달려들어 빚을 갚으라고 행패를 부렸다.

경찰 신분을 내세워 일단은 그들을 쫓아낼 수 있었지만, 임시방편에 지나지 않았다. 고위 경찰들에 줄을 댄 그자의 배경도 만만치 않았다.

남은 가족들이 빚을 피하려면 야반도주를 해야 하나. 그러려면 어린 식구들이나 앓아 누운 노모를 버려야 했다. 누구 하나 더 죽어 나가도 빚은 계속 남아 있을 것이다. 살려면 와나타베에게 진 5천 원이라는 거금의 빚을 갚는 수밖에 없었다.

　경성으로 돌아와 술을 퍼마시다 오늘이 그날이라는 걸 알았다. 그래서 무작정 보성인쇄소에 들이닥친 것이다. 미칠 것 같은 울분을 어디론가 터트려버리고 싶었다.

　눈에 핏발이 선 신철이 장덕수의 이마 위로 권총의 차가운 총구를 들이댔다.

　그때 벌컥 하는 소리와 함께 문이 열렸다.

　숨을 헐떡거린 최린이 하얀 보따리를 탁자 위에 던지듯 올려놓았다.

　"5천 원. 이게 전부야."

　신철이 총구를 겨눈 채 보따리에서 눈을 떼지 못했다. 장덕수 역시 마른침을 삼켰다.

　김규식 박사를 파리로 보내기 위해 필사적으로 자금을 모았던 적이 있어 이 돈이 얼마나 큰 금액인지 알았다. 쌀 한 가마니가 대략 40원을 했으니까 120가마 넘게 살 수 있는 거액이었다.

　최린이 사정하듯 말했다.

　"자네가 몇 년 동안 꼬박 월급을 모아도 못 만져볼 돈이야. 완전히 덮어달라는 게 아니라 열흘 정도만 눈감아주게. 그 이후에는 신고를 하든 우리를 잡아가든 상관없네."

　신철의 눈빛이 흔들리는 걸 보고 장덕수가 말했다.

　"열흘이야. 그때까지만 잠자코 있으면 이 돈은 다 네 거야."

　신철이 고개를 저었다.

"곤란해."

"더 필요해?"

신철이 장덕수의 이마에서 천천히 총을 거두며 의자에 등을 기댔다.

"내 임무가 너희 놈들을 감시하는 건데, 일이 터질 때까지 손을 놓고 있다가는 나도 의심을 살 수 있거든."

장덕수가 지체 없이 물었다.

"그 문제만 해결해주면 되는 거야?"

신철이 대답 대신 고개를 끄덕거리자 장덕수가 바로 말했다.

"해결해줄 수 있어."

"어떻게?"

장덕수가 말했다.

"날 잡아가."

그리고 덧붙였다.

"2월 8일 도쿄에서 일어난 유학생 만세 시위의 배후로."

신철이 눈을 가늘게 뜨고 노려보자, 장덕수가 말했다.

"그 대신 며칠만 시간을 줘."

"얼마나?"

"그건 내가 결정할 거야. 시간은 이틀 정도."

"이틀 동안 버티겠다는 생각이야?"

"그 정도면 해볼 만하지."

신철은 장덕수를 비롯해 한 사람씩 훑어보더니, 벌떡 일어나 책상 쪽으로 걸어갔다.

그리고 책상의 펜을 집어 종이에 쓱쓱 쓴 다음 최린에게 건넸다.

"돈은 나 말고 이쪽으로 보내."

"누, 누군가?"

공모자가 더 있다고 생각했는지 최린의 목소리가 떨려서 나왔다.

신철이 장덕수를 보며 대답했다.

"내 친구의 가족."

1919년 3월 1일, 조선 경성 탑골공원

탑골공원의 팔각정에는 학생 대표들이 모여 초조하게 기다리고 있었다.

두 시에 독립선언서를 발표할 것이라는 소문이 돌자, 공원으로 수천 명의 사람들이 몰려든 상태였다. 하지만 정작 독립선언서를 발표할 민족 대표들은 보이지 않았다.

그들 중 한 명인 정재용이 한쪽을 연신 주시하다가 반색을 했다. 사람들을 헤치고 동갑이자 같은 학생 대표인 강기덕이 달려오는 걸 봤기 때문이다.

혼자서 온 그를 보고 의아해서 정재용이 물었다.

"어떻게 된 거야?"

"아무도 오지 않는다고 했어."

"대체 왜?"

강기덕이 안타까운 듯 탄식을 내뱉으며 말했다.

"자칫하면 폭력 사태가 날 수 있다면서……. 자기들끼리 독립선언서를 낭독하겠다고 했어."

"그럼 어쩌란 말이야? 당장이라도 경찰들이 밀고 들어오면 끝장이라고!"

정재용은 점점 불어나는 사람들을 보면서 중얼거렸다.

일본 경찰들은 일단 먼발치에서 지켜보고 있지만, 언제 공원 안으로 들이닥칠지 모르는 상황이었다.

숨을 고른 강기덕이 비장한 표정으로 말했다.

"우리가 해야지."

그 말에 모두 얼어붙은 듯 말이 없었다. 웅웅거리는 군중들의 소리에 귀가 먹먹한데도 서로 침 넘어가는 소리만은 또렷하게 들렸다.

강기덕이 학생 대표들과 하나씩 눈을 맞추며 말했다.

"오늘은 우리 민족에게 역사적인 순간이야. 두려워하지 말고 앞으로 나아가자."

정재용이 고개를 끄덕거리자 다들 어깨를 걸었다. 서로에게서 그들은 비릿한 땀 냄새를 맡았다.

정재용이 마침내 독립선언서를 펼쳤다.

며칠 전부터 보고 또 봐서 보지 않고도 외울 수 있을 정도였지만, 막상 수많은 사람들 앞에서 읽으려고 하니 어쩔 수 없이 떨렸다.

거기다 이후의 일들을 생각하지 않을 수 없었다.

섶을 지고 불길로 뛰어들 때는 불에 활활 타기 위해서 그러는 것이다. 몸이 타지 않고 불길이 번져나가도록 할 수 없다는 걸 너무도 잘 알았지만, 얼마나 많은 이들이 그렇게 몸을 태우며 스러지게 될지 몰랐다.

두려움에 머뭇거리는 정재용의 어깨로 강기덕이 손을 얹었다.

"우리, 저들만 생각하자."

정재용이 간신히 눈을 들어 공원을 빼곡하게 매운 수많은 군중을 훑어보았다. 갑자기 어디선가 들려오는 함성이 귓전을 때리는 것만 같았다. 그들의 수많은 눈들이 자신만을 쳐다보는 것만 같았다.

강기덕의 격려에 기운을 낸 정재용이 이마에 난 땀을 훔치고는 단상에 섰다.

그리고 목소리가 아닌 가슴을 울려 독립선언서를 낭독하기 시작했다.

우리는 이제 조선이 독립국임과 조선인이 자주민임을 선언한다.

이를 세계만방에 알려 인류가 평등하다는 큰 뜻을 분명히 하고, 자손만대에 알려 민족자존의 올바른 권리를 영원히 누려 가지도록 하는 바이다.

반만년 역사의 권위에 의지하여 독립을 선언하는 것이며, 이천만 민중의 마음을 모아 우리의 독립을 널리 퍼뜨려 알리는 것이다. 겨레의 염원인 자유 발전을 위하여 독립을 주장하는 것이며, 전 인류가 바라는 세계평화의 큰 뜻을 따르고 같이 나아가기 위하여 독립을 주창하는 것이다.

이것은 하늘의 뜻이며 시대의 흐름이며 전 인류가 서로 평등하게 살아가는 권리를 얻기 위한 활동이며 정당한 주장이다. 따라서 그 무엇도 우리의 독립을 막지 못할 것이다.

구시대의 유물인 침략주의와 강권주의에 의해 오천년 역사 이래 처음으로 다른 민족에게 자유를 억압당하는 뼈아픈 고통을 겪은 지 오늘로써 십 년을 넘어섰다. 우리의 생존권을 빼앗긴 지 몇 년이며, 정신 발전의 장애를 입은 것이 얼마나 크며, 민족적 자긍심이 훼손당한 것 또한 막심하다. 우리의 지식과 재능, 독창적인 발상으로 인류

문화의 큰 발전에 이바지하고 도울 기회 역시 무수히 많이 잃고 말
았다.

오호라, 예로부터 쌓인 억울함을 호소하자면, 지금의 고통으로부
터 벗어나자면, 다가올 미래에 대한 두려움을 없애자면, 민족의 양심
과 국가의 위신과 도의가 억압당하여 힘없이 사그라진 것을 다시 살
리고 키우려면, 저마다 자신의 인격을 올바르게 발달시키려면, 불쌍
한 아들딸들에게 부끄러운 유산을 물려주지 않으려면, 우리의 후
손들이 길이 완전한 행복을 누리게 하려면, 가장 필요한 것이 민족의
독립을 이루는 것이다.
이천만이 모두 마음속에 독립을 향한 마음을 품고, 인류 공통의 가
치와 시대의 양심이 정의를 지키는 군대가 되고, 인류와 도덕이 무기
가 되어 우리를 지켜주는 오늘, 우리가 나아가 얻고자 하면 어떤 강
적인들 물리치지 못할 것이며, 물러서서 계획을 세우면 어떤 뜻인들
펴지 못하겠는가!

조일수호조규 이래 일본이 수시로 양국 간의 굳은 약속을 저버렸다
고 해서 신의 없음을 비난하지는 않겠다. 일본은 우리가 선조로부터
물려받은 터전을 식민지로 삼았다. 아울러 우리 문화민족을 마치
미개한 사람들처럼 취급하여, 지배자의 기쁨만을 누릴 뿐이다.
하지만 우리의 오랜 역사와 전통, 뛰어난 민족의 마음을 무시한다
고 해서 일본의 옳지 못함을 책망하지 않겠다. 자신을 탓하고 격려하
기에 다급한 우리는 남을 원망할 수 없기 때문이다.
현재를 돌보기에 바쁜 우리는 예로부터의 잘못을 따질 상황이 아

니다. 오늘 우리가 할 일은 오로지 자신을 세우는 것이지 결코 남을 헐뜯는 것이 아니다. 엄숙한 양심의 명령으로써 우리 민족의 새로운 운명을 개척하는 것이다. 절대로 해묵은 원한과 일시적인 감정으로 남을 시기하고 배척하는 것이 아니다.

낡은 사상과 낡은 세력에 얽매여 조선을 핍박하고자 했던 일본인 위정자들에 의해 만들어진 부자연스럽고 불합리한 지금의 그릇된 현실을 고쳐야만 한다. 아울러 강자가 약자를 힘으로 지배하지 않는 자연스럽고 합리적인 올바른 세상으로 되돌아가는 것이다.

양국의 병합은 처음부터 우리 겨레가 원해서 된 일이 아니었다. 무자비하고 강력한 억압과 차별에서 오는 불평등과 삶이 나아졌다고 거짓된 통계가 난무하고 있다. 하지만 두 민족 사이의 이해가 엇갈리면서 결코 화합하고 치유될 수 없는 원한이 깊어지고 있다.

지금까지의 사정을 한번 살펴보라. 용감하고 과감하게 예전의 잘못을 바로잡아야 한다. 그래서 참된 이해와 인도주의를 바탕으로 친하게 지내는 새 시대를 열어야만 한다. 그것만이 서로에게 행복과 만족을 가져다 줄 수 있는 지름길이라는 사실을 똑똑히 알아야만 할 것이다.

또한 울분과 원한이 산처럼 쌓인 이천만 조선인을 힘으로 억누르는 것은 결코 동양의 영원한 평화를 보장하는 방법이 아니다. 뿐만 아니라 동양의 안전과 위기를 좌우하는 사억 중국인들의 일본에 대한 두려움과 시기를 갈수록 깊게 할 것이 분명하다. 따라서 이런 상황이 지속된다면 동양 전체가 함께 쓰러져 망하는 비극을 초래할 것이 분명하다.

오늘 우리가 조선 독립을 선포하는 까닭은 조선 사람으로 하여금 정당한 번영을 이루게 하려는 것이다. 또한, 일본으로 하여금 잘못된 길에서 벗어나 동양의 안전을 지켜나갈 무거운 책임을 통감케 하는 것이다.

아울러, 중국으로 하여금 일본에 대한 불안과 공포로부터 해방시킬 것이다. 세계 평화의 중요한 요소로서 동양 평화를 실현하는 첫 걸음이 바로 조선의 독립이다. 전 인류의 행복과 평화를 위해 반드시 거쳐야 할 단계이기도 하다. 따라서 이것이 어찌 졸렬한 감정상의 문제이겠는가?

아! 새로운 하늘과 땅이 펼쳐지는구나.

힘의 시대는 가고 도덕의 시대가 올 것이다. 지나간 세기를 통하여 쌓여온 인도적 정신이 바야흐로 새로운 길로 향하는 빛을 우리들에게 던져준다. 새 봄이 온 누리에 찾아들어 만물의 소생을 불러온다. 지난 시대가 찬바람과 꽁꽁 언 얼음 때문에 숨도 제대로 쉬지 못했다면, 온화한 바람과 따뜻한 햇볕으로 서로 통하는 것이 다가올 시대의 상서로운 기운이다. 하늘과 땅에 새 생명이 되살아나는 이때에 우리는 세계 변화의 도도한 물결에 올라탔다. 따라서 주저할 만한 아무런 이유가 없다.

우리는 원래 주어진 타고난 자유로운 삶과 권리를 가지고 풍성하고 즐거운 삶을 누릴 것이다. 우리가 가지고 있는 독창적 능력을 발휘하여 봄기운이 가득한 이때에 조선 민족의 우수함을 꽃피울 것이다. 그래서 우리는 분연히 일어나는 것이다.

양심이 우리와 함께 있고, 진리가 우리 곁에 있으니, 남녀노소 구별

없이 음침한 기억을 떨쳐버리고 세상에 존재하는 모든 것들과 더불어 다시 태어날 것이다. 천만년을 이어오는 조상들의 넋이 우리들을 지키고, 전 세계가 우리를 보호해줄 것이기 때문이다.

이제 시작하면 곧 성공을 이룰 것이다. 오로지 저 앞의 빛을 따라 힘차게 전진할 뿐이다.

공약삼장

하나, 오늘 우리들의 거사는 정의와 인도, 생존과 번영을 위한 정당한 요구이다. 오직 자유를 쟁취하고자 하는 것이니, 결코 배타적 감정으로 치닫지 말라.

하나, 최후의 일인까지, 최후의 일각까지 민족의 올바른 의사를 당당하게 발표하라.

하나, 모든 행동은 먼저 질서를 존중해서 우리들의 주장과 태도를 어디까지나 공명정대하게 하라.

조선 나라를 세운 지 사천이백오십이 년 되는 해 삼월 초하루

독립선언서에 이어 공약삼장까지 발표되자, 탑골공원에 모인 군중들이 일제히 만세를 불렀다.

공원 구석에서 지켜보고 있던 신철은 파도처럼 번져나가는 만세 소리를 들으면서 온몸에 소름이 돋았다. 처음 보는 광경이었다. 이렇게 많은 사람들이 모여 하나의 구호를 터트리고 있다는 게 도무지 실감나지 않았다.

신철은 정보원을 통해 오늘 만세 시위가 있을 거라는 정보를 입수했지만, 상관인 쓰기우치 부장은 물론 동료들에게도 말하지 않았다.

왜 그랬을까. 신철은 스스로도 침묵한 이유에 대한 답을 구할 수 없었다. 가족과 동료의 잇따른 죽음이 자신의 무엇을 뒤흔들어놓은 것일까? 장덕수가 떠오르기도 했지만, 그에게서 받은 인상은 그저 꿈에 사로잡힌 무모한 청년이라는 것 말고는 없었다.

그리고 오늘 아침, 분위기가 심상치 않다는 정보 보고가 들어오자 동태를 살펴보겠다며 곧장 탑골공원으로 나왔다.

고종의 장례식에 참석하러 지방에서 올라온 사람들, 학교에서 소식을 듣고 달려온 학생들이 모여들었고, 소문을 듣고 백방에서 찾아온 사람들까지 더해져 탑골공원은 그야말로 발 디딜 틈 없이 가득 찼다.

그 사람들이 모두 한 목소리로 만세를 불렀다.

종로경찰서에서 출동한 순사들이 서넛씩 무리지어 지켜보고 있었지만, 압도적인 인파에 어떻게 하지 못하고 지켜볼 뿐이었다.

빼곡하게 모인 군중들 사이로 삽시간에 터져 나온 만세 소리가 공원을 넘어 점점 더 멀리 퍼져나갔다.

군중들 손에는 어느새 종이로 만든 태극기가 하나씩 들리기 시작했다. 독립선언서를 낭독한 학생들이 주먹을 들어 올려 외쳤다.

"여러분! 우리의 결의를 저들에게 보여줍시다! 저들이 총칼로 우리를 막을 수 없다는 걸 보여줍시다!"

학생들이 선두에 선 시위 대열이 탑골공원 밖으로 나섰다. 신철도 인파에 휩쓸리듯 따라서 밖으로 나왔다.

공원을 나온 만세 행렬은 곧장 육조 거리로 향했다. 밀물처럼 몰려가는 대열이 거리를 순식간에 집어삼켰다.

때마침 행렬을 향해 오던 인력거가 중간에 갇혀버렸는데, 안에 타고 있던 일본인 관리가 당황한 표정을 지었다. 몇몇 학생들과 청년들이 둘러싸 윽박지르자 모자를 벗고 두 팔을 들어서 만세를 부르는 흉내를 냈다. 지켜보던 사람들이 환호성을 질렀다.

육조 거리로 나온 만세 행렬은 사방으로 흩어졌다.

한 패는 북쪽의 경복궁으로 향했고, 다른 한 무리는 일본인들이 몰려 사는 남쪽으로 몰려갔다.

거리 한쪽에는 머리에 수건을 두른 할머니들이 나와 시위를 하는 군중들에게 바가지로 퍼서 물을 나눠줬다. 멀리서 기마경찰들이 나타났지만 어마어마한 숫자 때문인지 섣불리 덤벼들지 못했다.

거기에 더 용기를 낸 군중들이 목청껏 만세를 부르면서 행진을 계속했다.

남쪽으로 내려간 행렬은 숭례문을 지나 진고개로 향했다. 북쪽에서는 총소리가 들려오고 바람결에 비명소리가 퍼졌지만, 겁을 먹는 이는 거의 없었다.

만세를 부르며 행진하는 조선인들이 다가오자, 거리 양쪽에 있던 일본인 상점들이 서둘러 문을 닫는 것이 보였다.

거리가 좁아지면서 행렬이 느슨해지자 멀리서 뒤따라오던 기마경찰들이 달려들었다.

커다란 말이 달려오자 겁을 먹은 학생들이 비명을 질렀다. 어린 학생 한 명이 말발굽 사이에 거의 깔릴 뻔한 걸 본 신철은 고개를 절레절레 저으며 중얼거렸다.

"바보 같으니라고."

다행히 행렬이 진고개로 접어들면서 기마경찰은 더 이상 따라오지 않았다.

시위 행렬이 거의 다 빠져나가고 뚝 떨어진 끄트머리 사람들이 진고개 상점들을 막 벗어나는 와중에 양쪽에서 일본인 종업원들이 뛰쳐나왔다. 진고개는 순식간에 난장판이 되었지만, 조선인들은 일본인 종업원들에게 두들겨 맞으면서도 끝까지 만세를 불렀다.

뒤늦게 달려온 경찰들이 종업원들이 붙잡은 조선인들을 양손에 하나씩 붙잡고 통감부 쪽으로 끌고 올라갔다. 끌려가면서도 만세를 부르는 모습을 지켜보다 신철은 발길을 돌렸다.

만세 시위는 밤늦게까지 계속되었다.

경성역에서는 집결한 무장 경찰이 맨몸의 군중들을 향해 총검을 휘둘러 사상자가 발생했고, 기마경찰이 칼을 내리치고 채찍으로 때리는 폭력 진압이 강도를 더해갔다.

신철이 본 시신만 해도 수십여 구였고, 피를 흘린 채 주저앉은 부상자도 수백 명이었다. 사람들끼리 백여 명이 넘게 죽었다고 수군거리는 소리가 들려왔다.

시위대는 창덕궁과 덕수궁을 비롯한 궁궐 앞은 물론 거리를 가득 메웠다. 전차가 지나가기 어려울 지경이었는데, 전차의 승객들도 모두 내려 만세 대열에 합류했다.

해가 떨어질 때까지 만세 시위는 이어졌다.

하루 종일 그들을 지켜보던 신철은 해가 떨어진 다음에야 종로경찰서로 돌아왔다.

무장한 경찰이 지키는 정문을 지나 안으로 들어가자 텅 비어 있었다. 순사 보조원 김씨만 보였다. 여기저기서 전화음이 터져 나오고 있었지만, 김씨가 혼자서 어찌할 바 몰라 애를 먹고 있었다.

　문을 열고 들어선 그를 보자 김씨가 달려왔다.

　"어디 갔다 오십니까?"

　"시위대 동태 파악하고 돌아오는 길이야. 다들 어디 갔지?"

　"어디 가긴요. 지금 폭도들이 죄다 들고 일어나 밖으로 나갔지요. 좀 잠잠해졌습니까?"

　신철은 자리에 앉으면서 대답했다.

　"아니, 수그러들 기미가 안 보여."

　"이, 이러다가 세상이 뒤집혀지는 거 아닙니까?"

　"그럴 수도……."

　신철의 대답에 김씨는 금방이라도 울 것 같은 표정이었다.

　"그러면 나 같은 사람이 제일 먼저 몰매 맞아 죽는 거 아닙니까?"

　"겁나면 나가서 만세 대열에 합류해. 그럼 용서해줄지도 모르잖아."

　농담처럼 한 얘기였지만 순사 보조원 김씨가 진지하게 물었다.

　"저, 정말입니까?"

　어처구니가 없어진 신철이 피식 헛웃음을 터트렸다.

　"쓰기우치 부장은?"

　"순사대를 이끌고 출동하셨습니다. 아까부터 총독부에서 찾는 전화가 계속 오는데 어떡하죠?"

　안절부절 못하는 순사보조원 김씨의 물음에 신철은 가볍게 어깨를 으쓱거렸다.

　"출동 중이라고 얘기해."

　"당장 나가 찾아오라는데 어쩝니까? 나갔다가는 몰매 맞아죽기 십상인데요."

"그러니까 얼른 나가봐야지."

김씨의 등을 떠밀어 밖으로 내보낸 신철은 유치장이 있는 지하로 내려갔다.

전구에서 뿜어져 나오는 희미한 빛이 어두컴컴한 복도를 비췄다. 제일 안쪽에는 이틀 전에 체포된 장덕수가 갇혀 있었다.

바닥에 쪼그려 앉아 있던 그는 신철을 향해 웃어 보였다.

"여기서도 만세 소리가 똑똑히 들리는군."

"탑골공원에서 시작해 경성 시내가 온통 시위대로 가득 찼어."

"이로써 조선인들이 일본의 지배를 어떻게 생각하는지 증명했군."

"그걸로 세상이 변할 것 같아?"

신철이 빈정거리자, 장덕수가 간신히 몸을 일으켜 창살 쪽으로 다가왔다. 창살을 부여잡고 말했다.

"적어도 너는 변하게 한 것 같아."

"나는 하나도 변하지 않았어."

"그럼 나는 왜 찾아온 거야?"

장덕수의 물음에 신철은 따로 대답할 말을 찾지 못했다.

서로를 응시하는 두 사람의 침묵 너머로 만세 소리가 메아리처럼 울려 퍼졌다.

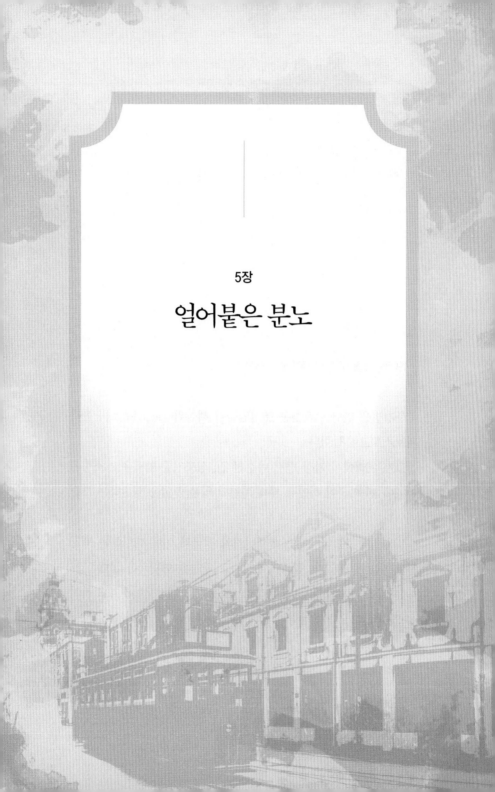

5장

얼어붙은 분노

1919년 3월 5일, 러시아 블라디보스토크

문창범을 만난 여운형은 조선인들이 해삼위라고도 부르는 블라디보스토크에 들렀다.

그가 거리에서 가장 먼저 마주친 건, 성조기를 앞세우고 소총을 어깨에 멘 미군이 하얀색 제복 차림의 일본군 앞을 행진하는 모습이었다.

10월혁명 후, 러시아는 볼셰비키의 적군과 이에 대항하는 백군 간에 내전 중이었다. 영국과 프랑스로 구성된 연합국은 군대를 보내 혁명을 저지하려 했다. 블라디보스토크는 간섭군이라고도 불리는 연합국의 군대가 점령한 상태였다. 일본군은 그 중 가장 많은 군대를 보냈다.

블라디보스토크를 뒤덮다시피 한 일본군을 보면서 여운형의 마음은 무거웠다. 만약 일본이 독일의 편을 들었다면 이번 전쟁이 끝나고 조선은 독립했을 것이다. 하지만 일본은 독일이 가지고 있던 태평양과 중국 청도의 식민지를 차지하기 위해 연합국에 가담했다. 기세등등한 일본군을 볼 때마다 여운형은 가슴이 미어졌다.

미군의 행진을 지켜본 일본군이 흩어지자 여운형도 발걸음을 떼었다. 그가 향한 곳은 체코 군단의 사령부가 있는 오리엔트 호텔이었다.

호텔 주변은 예상처럼 경비가 삼엄했다.

본래 체코 군단은 오스트리아 제국의 속령에 속한 체코인들로 조직된 군대였다. 오스트리아군에 징집된 체코인들은 오랫동안 지배자였던 오스트리아를 위해 죽을 마음이 눈곱만큼도 없었다. 그래서 연합국에 항복을 했는데, 특히 같은 계통의 민족인 러시아에 집중적으로 투항했다.

병력이 부족했던 연합국은 항복한 체코인들로 부대를 편성해 전투에 투입했고, 이들을 체코 군단이라 불렀다.

문제는 1917년, 러시아 혁명이 터지면서였다. 정권을 잡은 레닌과 볼셰비키들은 독일과의 즉각 정전을 맺고 전선에서 물러났다. 그러면서 체코 군단의 입지가 모호해졌다.

결국 체코 군단은 블라디보스토크로 가서 배를 타고 유럽으로 돌아가기로 한다. 하지만 중간에 볼셰비키들이 무장을 해제하려 하자 이에 반발해 반란을 일으킨다. 볼셰비키들을 격파한 체코 군단은 그렇게 간섭군이 점령한 블라디보스토크에 입성했다.

호텔 입구로 들어선 여운형은 경비 중인 체코 군단 병사에게 용무를 밝혔다.

미리 연락을 받았는지 병사는 즉시 문을 열어주었다.

하얗게 회칠한 호텔 내부는 갈색 군복을 입은 병사들로 가득했다. 대리석과 황동으로 치장된 계단을 올라 2층으로 향한 여운형은 부관의 안내를 받아 응접실로 들어갔다.

화려한 커튼이 드리워진 창가 테이블에 라돌라 가이다 장군이 앉아 있었다.

여운형보다 어린 28살의 장군은 단정하게 넘긴 머리와 짧은 콧수염, 단단해 보이는 턱을 가지고 있었다. 들고 있던 커피 잔을 내려놓은 그가 여운형에게 손을 내밀었다.

"만나서 반갑습니다. 라돌라 가이다입니다."

"신한청년당의 여운형이라고 합니다."

여운형은 자신보다 나이가 어린 그에게 공손하게 대답했다.

"만나자는 편지를 받고 조선에 대해 알게 되었습니다. 우리 체코와 처지가 너무 비슷하더군요."

"조선도 오랫동안 독립국으로, 독자적인 문화와 언어를 가지고 있습니다. 결코 남의 나라 식민지가 될 곳은 아니었지요."

라돌라 가이다 장군이 고개를 끄덕거렸다.

"우리 민족 역시 마찬가지입니다. 그래서 다들 죽음을 무릅쓰고 전쟁터로 나갔던 것이고. 공을 세워야만 조국의 독립을 얻을 수 있으니까요. 이제 새로 탄생한 조국으로 돌아가더라도 같은 처지인 조선의 독립을 기원하겠습니다."

"우리는 아직 갈 길이 멉니다."

여운형이 씁쓸한 표정으로 말하자 장군이 어깨를 두드려줬다.

"우리도 처음 전쟁이 시작되었을 때 과연 독립할 수 있을지 장담할 수 없었습니다. 하지만 벼락같이 찾아왔지요. 그러니 귀국 국민들도 포기하지 말고 끝까지 투쟁하시기 바랍니다."

"일본이 승전국 편에 서면서 우리의 꿈도 멀어지고 말았습니다."

여운형은 서글픈 기색을 감추지 않았다. 장군이 찻잔을 내려놓으며 말했다.

"비록 일본이 승전을 했다고는 하지만 세계가 일본의 군국주의를 용납하지는 않을 겁니다. 그러니 국민들 모두가 손을 잡고 용감하게 싸운다면 머지않아 독립을 쟁취할 겁니다."

장군은 진심으로 조선의 독립을 응원하는 듯했다.

분위기가 잡혔다고 판단한 여운형이 본론을 꺼냈다.

"조선의 독립……. 바로 그 목적을 위해 장군께 도움을 요청하러 왔습니다."

"부탁이란 게?"

"장군과 체코 군단은 곧 귀국길에 오른다고 들었습니다. 그래서 보유한 무기와 탄약 처리를 고심하는 줄로 압니다. 저희가 그 무기들을 전량 구매할 수 있는 길을 열어주십시오. 우리 독립군이 살 수 있는 기회입니다."

예상치 못한 제안에 장군의 표정이 굳어졌다.

의자에서 일어난 그가 구석에 서 있던 급사와 부관에게 나가라는 손짓을 했다. 그리고는 벽난로 쪽으로 걸어가 뒷짐을 졌다.

잠자코 대답을 기다리던 여운형을 향해 말했다.

"우리 사정에 대해 잘 모르시는 모양인데, 들어주기 곤란한 부탁입니다."

"일본을 의식하시는군요."

장군은 두 손을 펼치면서 고개를 끄덕거렸다. 예상은 했지만 벽에 부딪친 것 같아 여운형은 한숨을 쉬었다.

"그래서 더더욱 부탁을 드리는 겁니다."

창가로 걸어간 장군이 거리를 내려다봤다.

"간섭군이 다국적군으로 이뤄졌다고는 하지만 대다수는 일본군입니다. 우리 체코 군단은 어쨌든 일본군과 같은 연합국인데, 그들과 싸우는 자들에게 무기를 공급할 수는 없습니다. 거기다 조선 독립군의 상당수는 볼셰비키와 깊은 관련이 있는 것으로 알고 있고."

장군 곁으로 다가서며 여운형이 말했다.

"장군님의 곤란한 심정 충분히 이해할 수 있습니다. 하지만……."

"나와 내 부하들은 지난 2년간 오직 조국으로 돌아가겠다는 일념으로 싸워왔습니다. 이제 돌아갈 날이 코앞으로 다가왔는데, 그런 위험한 거래를 할 수는 없어요."

단호한 대답에 여운형은 머릿속이 복잡해졌다. 목소리가 자신도 모르게 떨려서 나왔다.

"저희는 이렇게라도 싸우지 않으면 안 되는 처지에 놓여 있습니다. 일본군과 싸워 이기기 위해 필요한 무기가 아닙니다. 그들로부터 살아남기 위해 필요한 마지막 수단입니다. 창밖의 제국주의자들을 보십시오. 그들은 오직 자신들의 지배에 이익이 되는지 안 되는지만 따집니다. 그래서 우리가 아무리 호소를 해도 귀를 기울이지 않습니다. 저는 장군님에게 우리를 도와줘야 하는 이유를 말씀드리고자 온 게 아닙니다. 단지 도와 달라 애원하기 위해 온 것입니다."

여운형의 호소에도 장군은 뒷짐을 진 채 말없이 창밖만 바라봤다.

숨이 막힐 것 같은 침묵이 지나간 후, 그가 냉담하게 입을 열었다.

"그들은 공산주의자들입니다."

여운형은 바로 반박했다.

"아닙니다. 그들은 그저 살아남아야 했기에 그들 편이 된 겁니다."

"말도 안 되는 소리……."

"장군님만은 그 심정을 잘 아실 게 아닙니까! 일본과 싸우려면 누구의 도움을 받아야겠습니까? 연합국인 미국이나 영국이요? 아니면 제 앞가림에 급급한 중국이 도와줄 수 있습니까!"

장군의 이마에 뚜렷하게 주름살이 파였다. 그 틈을 놓치지 않고 여운형이 말했다.

"새로 독립한 조국으로 귀국하면서 병사들에게 선물을 쥐어줘야 하지 않겠습니까?"

"독립한 조국이 선물인데, 따로 무슨 선물이 필요합니까?"

너털웃음을 지은 장군에게 여운형이 날카롭게 질문했다.

"병사들은 장군님을 따라 여러 해 동안 시베리아에서 싸워왔습니다. 살아남은 다음에는 살아갈 일을 궁리하게 됩니다. 그런데 빈손으로 돌아간다면 장군님을 달리 볼 수도 있습니다. 장군님이 그들의 목숨은 살려서 가지만 그들의 삶을 모두 책임질 수는 없을 테니까요."

"내 병사들을 모욕하는 거요!"

장군이 자존심이 상한 듯 거세게 반응했지만, 여운형 역시 물러서지 않았다.

"천만에요! 독립된 체코 조국의 군대! 장군님의 그 원대한 계획의 기초가 될 첫 번째 자금에 대해 말씀드리는 겁니다. 장군님이 꿈꾸실 신생 체코군 말입니다."

"우리의 군대는 우리가 알아서 만들 겁니다."

"그렇다면 함께 한 병사들의 지지가 필수적이겠죠."

핵심을 파고든 여운형의 말에 장군은 입을 다물었다. 때마침 거리를 행진하는 한 무리의 체코군을 본 여운형이 덧붙였다.

"지금이야 머나먼 타국에 있으니 장군님의 명령에 복종하겠지만, 조국으로 돌아가 배에 내리는 순간 얘기가 달라질 겁니다. 저 병사들을 노리는 정치인과 장군들이 한둘이 아닐 텐데, 과연 그들로부터 병사들을 지킬 수 있는 것이 무엇이겠습니까?"

장군이 주먹을 불끈 쥔 채 그를 노려봤다. 하지만 여운형은 냉정함을 잃지 않았다.

"장군님의 미래를 위해서는 우리를 돕는 것이 최선이라는 점을 알려드리고자 한 겁니다."

냉정한 현실을 일깨운 여운형은 다시 간곡하게 말했다.

"장군님과 부하들은 이제 배를 타고 집으로 돌아가면 됩니다. 하지만 우리는 아직도 갈 길이 멉니다. 그러니 부디 도와주십시오."

한 동안 말이 없던 그는 슬며시 고개를 옆으로 돌려 여운형을 바라봤다.

여운형은 더 이상의 말이 필요 없다는 걸 알았다.

장군의 흔들리는 마음이 저울질하는 방향이 고정될 때까지 기다려야 한다. 기다리는 매 초가 가슴을 후벼 파는 것처럼 고통스러웠다.

손가락을 잠시 까닥거리던 장군이 한숨을 깊이 내쉬었다.

여운형의 눈을 정면으로 응시하더니, 그의 고개가 살짝 떨어졌다.

"그럽시다. 우리는 힘없는 약자니까. 우리가 도울 수 있다는 것도 큰 명예고."

여운형은 자기도 모르게 장군의 어깨를 잡고 소리쳤다.

"체코 만세!"

감격에 찬 여운형에게 장군이 악수를 건네면서 대답했다.

"동방의 체코도 곧 독립해 스스로 일어서길 기원하겠습니다. 실무적인 문제는 제 부관과 진행하도록 하시죠."

방을 나온 여운형은 부관과 인사를 나누고 이름과 연락할 장소를 적은 쪽지를 받았다.

여운형은 오리엔트 호텔을 나오자마자 어지러운 듯 휘청거렸다.

벽을 짚고 한동안 물속에 빠졌다 나온 것처럼 깊이 숨을 몰아쉬었다. 어디선가 불어온 찬바람이 몸을 훑자, 그때야 등짝이 흥건하게 젖었다는 걸 알았다.

살았어…….

여운형은 자기도 모르게 이 말을 중얼거렸다.

만나기 전까지 무엇도 장담할 수 없는 막막한 벽이었는데, 가슴이 뻥 뚫린 기분이었다. 정말 일이 성사되리라고 확신할 수 없었기에 아직도 믿기지가 않았다.

자동차들이 오가는 거리를 지나 여운형은 우체국으로 들어갔다. 거기서 니코리스크의 문창범에게 전보를 보냈다.

다시 거리로 나서는데 서늘한 느낌이 들었다.

걸음을 천천히 늦춘 여운형은 가판대에서 신문을 하나 사는 척하며 주변을 살폈다.

오가는 사람들 사이로 검은색 치파오에 갈색 모자를 쓴 사내의 시선이 느껴졌다.

잔돈을 받고 신문지를 옆구리에 낀 여운형은 자동차와 사람들로

혼잡한 도로를 건너며 발걸음을 빨리했다. 갈색 모자를 쓴 남자도 걸음이 빨라졌다.

미행이 더 있는지 확인하기 위해 일부러 좁은 골목길로 들어섰다. 그리고 중간에 서서 입구를 노려봤다.

갈색 모자와 검정색 양복이 나란히 들어오려다가 여운형과 눈길이 마주치자 황급히 시선을 돌렸다.

'젠장.'

혀를 찬 여운형은 곧장 달리기 시작했다.

누군지 모르지만 만약 일본과 관련이 있는 자라면 어떻게든 피해야만 했다. 자신이 가진 정보가 너무 많아 잡히면 거사 전체가 어긋날 수도 있었다.

미로처럼 좁은 골목길을 뛰던 여운형은 길거리에 쪼그리고 앉은 중국인들을 보고는 눈치챘다. 이곳이 블라디보스토크의 차이나타운이라는 걸.

비쩍 마른 중국인들은 곰방대 같은 걸 물고 있었는데, 바로 아편 냄새라는 걸 알 수 있었다.

여운형은 뒤쪽에서 들려오는 타닥거리는 발소리에 마음이 급해졌다.

달리는 와중에 앞쪽에서도 발소리가 나자 여운형은 멈춰서고 말았다.

미행자들은 일본어로 서로의 위치를 확인해가면서 거리를 좁혀왔다. 미로 같은 골목길 안으로 들어오면 쉽게 따돌릴 수 있을 것 같았는데, 오히려 덫에 걸린 꼴이 되고 말았다.

그때 누군가 발목을 잡아당겼다. 거적을 뒤집어 쓴 아편쟁이가 몽롱한 눈으로 그를 올려다봤다. 뿌리치고 도망가려는데 뜻밖의 일이 벌어졌다. 그가 거적을 벗으며 제 옆자리를 손가락으로 톡톡 쳤다.

대번에 무슨 뜻인지 알아챈 여운형이 얼른 거적을 뒤집어쓰고 웅크렸다. 아편쟁이가 살짝 몸을 움직여 거적 밖으로 나온 구두를 가려줬다.

잠시 후, 거친 발자국 소리와 함께 갈색 모자와 미행자들이 나타났다.

숨을 헐떡거린 그들은 거적을 뒤집어쓴 여운형 바로 앞에 모였다. 갈색 모자가 다른 방향에서 온 미행자들에게 일본어로 물었다.

"못 찾았나?"

"저희가 왔던 방향에는 없었습니다."

"어디로 갔지?"

"골목이 워낙 미로 같아 다시 뒤져봐야겠습니다."

거적 속에서 여운형은 속이 바짝 타들어갔다. 설상가상으로 거적에서 풍겨오는 쾌쾌한 냄새 때문에 기침이 나올 것 것만 같았다.

일그러진 여운형의 표정을 본 아편쟁이가 느닷없이 갈색 모자의 바지자락을 움켜쥐었다.

그리고는 한 푼만 달라는 듯 두 손을 모았다.

갈색 모자가 발을 빼며 소리 질렀다.

"더러운 지나 놈이 어딜 만져!"

갈색모자가 발로 걷어차려고 할 때 골목길 너머에서 앙칼진 목소리가 들렸다.

"뭣들 하고 있어!"

어디선가 들어본 적 있는 목소리.

여운형이 살짝 고개를 틀자 골목길 끝에서 검정색 드레스를 입은 여성이 걸어오는 게 보였다. 하얼빈으로 오는 기차 안에서 봤던 배정자였다.

그때와 달리 서양식 드레스에 굽이 있는 구두 차림이었지만, 분위기는 똑같았다.

갈색 모자가 얼른 자세를 고쳐 잡고는 고개를 숙였다.

"그자가 감쪽같이 사라졌습니다."

"내가 반드시 잡으라고 했지!"

"아편굴로 들어온 것까지는 확인했으니까 살살이 뒤져서 찾아보겠습니다."

갈색 모자의 말에 배정자가 미행자들을 쏘아보면서 말했다.

"중요한 자니까 반드시 체포해야 한다. 서둘러라!"

"예!"

갈색 모자와 미행자들이 사방으로 흩어졌다.

홀로 남은 배정자가 아편쟁이를 쏘아보고는 뚜벅뚜벅 걸어갔다.

발소리가 멀어지자 여운형은 참았던 기침을 터트렸다.

거적을 벗은 여운형이 아편쟁이에게 중국어로 감사를 표하자, 뜻밖에도 조선말이 돌아왔다.

"조선 사람인 것 같아 도와줬네."

"당신도?"

놀란 여운형이 채 말을 잇지 못하자 그가 쓸쓸하게 웃었다.

"어쩌다 보니 이렇게 되었지. 그냥 나가면 저자들에게 들킬 거야."

"빠져나갈 방법이 있습니까?"

아편쟁이는 떨리는 손으로 남쪽을 가리켰다.

"그 거적을 뒤집어쓰고 저쪽으로 계속 가. 그러면 강이 하나 나오는데 건너편에 성당이 있지. 거긴 왜놈들이 못 들어가는 곳이니까 거기 숨었다가 해가 떨어지면 움직이게."

여운형은 주머니에서 동전을 꺼내 건넸다. 아편쟁이가 손사래를 치자 여운형은 손을 잡아 꼭 쥐어주었다.

"거적 값입니다."

동전을 챙긴 아편쟁이가 얼른 가라는 손짓을 했다.

여운형은 거적을 말아 쓴 채 골목길을 걸었다. 그리고 강을 건너 성당으로 들어갈 수 있었다.

한숨을 돌린 여운형은 의자에 쓰러지듯 앉았다.

여유를 찾은 여운형은 옆구리에 끼고 온 신문을 펼쳤다. 1면에는 조선에서 일본의 식민 지배에 반대하는 대대적인 시위가 벌어졌다는 내용이 적혀 있었다.

여운형은 정신없이 기사를 읽어 내려갔다.

일본이 경찰은 물론 군대까지 동원해 진압하면서 막대한 인명피해가 났지만 이에 굴하지 않고 계속 시위를 벌이는 중이라는 게 골자였다. 배정자가 왜 기를 쓰고 자신을 잡으려고 했는지 알 것 같았다.

아울러 장덕수를 비롯해 선우혁 같이 일본과 조선으로 들어간 동료들이 제대로 일을 벌였다는 생각에 가슴이 벅차올랐다. 결과를 예측할 수 없는 안개 속 길들로 뿔뿔이 흩어져 지금은 어디 있는지도 몰랐지만, 그들이 바로 옆에 있는 것처럼 생생하게 느껴졌다.

그러나 동료들에 대한 감격은 오래가지 못했다.

시위에 나선 조선의 민중들이 숫자를 셀 수 없을 정도로 막대한 인명 피해를 입었다는 내용을 읽고 또 읽었다. 읽을수록 그날의 현장이 얼마나 참혹했을지 고스란히 떠오르는 듯했다. 기어이 눈망울이 젖고 말았다. 이내 감격과 설움이 동시에 치밀어 올랐다.

그가 고개를 숙인 채 입을 틀어막고 흐느껴 울자, 다가오던 서양인 신부가 못 본 척 지나갔다.

1919년 3월 13일, 프랑스 파리

마르세유에서 출발한 열차가 기적 소리를 내면서 멈추자 반쯤 잠들어 있던 김규식은 눈을 떴다.

상하이에서 중국인 김중문으로 변장하고 프랑스 우편선인 포르토스를 탄 지 42일 만이었다.

오래 걸리기는 했지만 본회의가 개최되기까지 여유가 있어 준비할 시간이 충분하다는 게 그나마 다행이었다.

슈트케이스를 양손에 들고 기차에서 내린 김규식은 전선에서 돌아온 귀환병들을 뚫고 파리역 밖으로 나갔다. 팔다리를 잃은 귀환병들의 얼굴에는 전쟁의 그늘이 채 가시지 않았다.

역 광장에는 택시 운전수들이 손님을 기다리는 중이었다.

김규식은 그중 한 대에 올라탔다. 그리고 주소가 적힌 쪽지를 건넸다.

"이곳으로 가주시오."

김규식의 유창한 프랑스어에 택시 운전수가 관심을 보였다. 백미러로 슬쩍 그를 바라본 택시 운전수가 물었다.

"일본인입니까?"

그는 창밖을 바라보면서 짧게 대답했다.

"중국인입니다."

택시 운전수는 호기심 가득한 눈길로 바라봤지만 김규식이 입을 다물자 더 이상 묻지 못했다.

김규식이 창밖으로 바라본 파리는 상처투성이였다.

어둠에 잠긴 에펠탑 아래 거리는 생동감이 전혀 느껴지지 않았다. 수백만 명이 죽고 국토는 잿더미가 되어버린 전쟁이 끝난 지 얼마 안 된 탓일 것이다.

좁은 골목길로 접어든 택시는 2층 저택 앞에 멈췄다.

택시비를 계산하고 내린 김규식은 슈트케이스를 든 채 집을 올려다봤다.

창문들은 굳게 닫혔고, 커튼이 쳐 있었다. 김규식은 대문에 달린 사자 모양의 문고리를 두드렸다.

현관문이 열리고 누군가 발을 질질 끌고 나오는 소리가 들렸다. 삐걱대는 소리와 함께 문이 열리고 늙은 노인이 김규식을 바라봤다.

"닥터 김이요?"

"그렇습니다. 불가베 시인 댁 맞습니까?"

"들어오세요."

상하이에서 파리로 떠나기 전 인맥을 통해 파리에 머물 곳을 찾았다. 얼마나 지내야 할지 몰랐기 때문에 호텔을 잡을 수는 없었고, 인터뷰를 해야 하니 너무 작은 곳도 안 됐다. 다행히 상하이에 있는 여운형의 프랑스 친구가 동양 문제에 관심이 많은 불가베 시인을 소개했다.

파리 강화회의가 열리는 베르사유 궁전과 가까웠고, 집도 제법 넓어 안성맞춤이었다.

그를 데리고 집 안으로 들어간 불가베 씨가 부엌 쪽을 쳐다봤다.

잿빛 앞치마를 두르고 머리를 틀어 올린 할머니가 고개를 내밀었다.

"멀리서 오느라 고생 많았어요. 저녁 준비할 테니 짐 풀고 내려와요."

고맙다는 말을 남기는데 불가베 씨가 신문들을 가져다줬다.

"조선에서 혁명 같은 게 난 모양이야."

김규식은 신문의 큰 글씨들만 빠르게 읽었다.

"조선에서 일본의 지배에 반대하는 평화적인 시위 발생. 일본은 경찰과 군대를 동원해 무자비하게 진압. 사상자 다수 발생."

"사상자가 꽤 난 모양이네."

불가베 씨가 안타까운 말투로 위로하자 김규식이 딱 잘라 말했다.

"원래 혁명은 피를 마시는 법이니까요."

"우리도 전에는 그랬지. 건방진 독일 놈들의 콧대를 꺾기 위해 그깟 전쟁쯤은 얼마든지 감당할 수 있다고 말이야. 하지만……."

불가베 씨가 말을 잇지 못하자 김규식은 머뭇거리다가 대답했다.

"힘이 없으면 제 목소리를 내기 위해 목숨을 걸어야만 합니다."

건네받은 신문을 옆구리에 끼고 계단을 올라 방으로 들어간 김규식은 짐을 정리하는 대신 의자에 앉아 떨리는 손으로 신문을 폈다.

여운형과 신한청년당 회원들이 제대로 일을 해냈다는 기쁨보다 수많은 사람들이 죽거나 다쳤다는 소식에 먹먹해졌다.

제길! 그는 스스로를 자책했다. 목숨을 걸어야 목소리가 나온다고? 자신이 한 말에 욕을 내뱉고 싶었다.

얼마나 많은 목숨을 걸어야 목소리가 온전한 문장이 되어 만방에 전달될 수 있단 말인가! 그저 목소리로만 그친다면 이 많은 희생들을 어찌하라고…….

어디선가 아우성치는 비명 소리들이 그의 귓전을 잡아당기는 것만 같았다.

김규식은 다음 날, 우체국으로 가 무사히 도착했다는 내용의 전보를 상하이로 보냈다.

타이프라이터를 비롯해 홍보 활동에 필요한 것들을 구했고, 파리에 있는 언론사들의 주소와 연락처도 확인했다.

그렇게 며칠을 바쁘게 일하고 돌아온 김규식을 기다리던 불가베 씨가 조심스럽게 말을 건넸다.

"오늘 낮에 사람들이 찾아왔네."

"누가요?"

"딱히 밝히지는 않았지만 일본인들 같았네."

나름 각오하기는 했지만 이렇게 빨리 찾아낼 줄은 몰랐다.

불가베 씨가 어깨를 으쓱거렸다.

"조선인이 머무는 곳이 여기냐고 물어서 상관하지 말라고 했네. 다시 나타나면 경찰을 부르겠다고 하니까 물러나더군."

김규식은 무거운 몸을 이끌고 2층에 마련된 방으로 올라갔다.

커튼을 잠시 열고 바깥 동태를 살폈는데, 골목길 끝에 누군가 서 있는 게 보였다.

담뱃불을 붙이기 위해 잠시 멈춘 행인인지, 여길 감시하는 일본인인지 분간이 안 갔다.

조용히 커튼을 닫은 김규식은 촛불을 켜놓은 책상에 앉았다. 당분간 밖에 나가지 않고 강화회의에 제출할 탄원서를 쓰기로 했다.

펜을 든 김규식은 준비해놓은 종이 위에 생각했던 내용을 써나가기 시작했다.

조선은 4,200년의 유구한 역사를 가진 나라입니다. 조선을 계승한 대한제국은 외국과의 조약 체결을 통해 독립국의 지위를 인정받았습니다.

대한제국의 주권은 국제적으로 인정을 받은 것이기 때문에 한 국가가 일방적으로 변경하거나 처리할 수 없습니다.

일본은 국제적으로 인정받은 대한제국의 주권을 침해했으며 한국인들은 거기에 대해서 강력하게 저항했습니다. 일본 정부의 식민정책은 대단히 강압적이고 불법적이기 때문에 저항은 계속되고 있습니다.

일본 정부는 교육 정책을 통해 한민족을 억압하고 있으며, 종교 역시 탄압하고 있는 중입니다. 아울러 일본 정부는 개혁 정책을 실시하고 있다고 했지만 실제로는 일본인에게 유리한 정책만을 시행 중입니다.

일본 정부가 조선을 식민지로 삼은 것은 오로지 자국의 이익만을 위해서입니다. 이러한 일본의 정책은 극동에서의 영국과 프랑스의 이익을 심각하게 침해하고 있습니다.

일본은 식민지를 발판삼아 영국과 프랑스를 비롯한 유럽 각국에게 대항할 것입니다. 이미 일본은 중화민국을 압박하면서 침략의 야욕을 드러내고 있습니다.

한민족이 일본의 식민통치에 반발하는 것은 3·1 만세운동으로 이미 증명되고 있습니다. 파리에 설치된 신한청년당의 한국공보국에는 관련 정보들을 담은 전보들이 계속 도착하고 있으며 임시정부가 조직된 상태입니다.

탄원서에 마침표를 찍는 순간 와장창, 유리창이 깨지는 소리가 들렸다.

주먹만 한 돌이 유리창을 깨고 방 안으로 떨어졌다.

놀란 김규식이 벌떡 일어나 창밖을 내다봤다.

어둠 속에서 달아나는 발소리가 들렸다.

문이 열리고 불가베 씨가 소리쳤다.

"닥터 김! 무슨 일인가?"

김규식은 대답 대신 바닥에 떨어진 돌과 깨진 유리조각들을 바라봤다. 창가로 걸어간 불가베가 어둠을 향해 소리쳤다.

"비겁한 일본 놈들! 내 집에 다시 이런 짓을 했다가는 가만 놔두지 않아!"

거친 프랑스어로 있는 대로 욕설을 퍼부은 불가베가 씩씩거렸다.

김규식은 책상으로 돌아가 탄원서의 내용을 다시 읽었다. 불가베가 다가와서 말했다.

"옆 집 마크롱 씨 집에 총이 한 자루 있네."

"곧 동료들이 올 겁니다. 그러면 섣불리 이상한 짓을 못 할 겁니다."

김규식은 태연하게 대답하면서 떨리는 손을 뒤로 감췄다.

김규식이 도착하고 며칠 후, 스위스에서 유학 중이던 이관용을 시작으로 상하이에서 온 김탕과 독일에서 온 황기환이 속속 합류했다.

특히 미국 출신의 황기환은 미군으로 베르당 전투에 참전했던 군인 출신이라 든든했다. 전쟁이 끝나고 현지에서 제대한 그는 소식을 듣고 파리로 찾아온 것이다.

김규식은 군인 출신에 영어에 능통한 황기환을 서기장으로 임명했다.

만드는 자료를 타이프로 쳐줄 타이피스트와 비서까지 고용하자 얼추 진영이 갖춰졌다. 불가베 씨는 자신의 집을 한국공보국이라고 불렀다.

사람이 늘어난 만큼 일 역시 늘어났다. 상하이에서 출발할 때 가져온 자료들과 이후 상하이의 신한청년당에서 보내준 3·1 만세운동 관련 자료들을 냉철하게 분석해 글을 쓰는 건 김규식의 몫이었다.

김탕을 비롯한 동료들은 우체국을 들락거리며 상하이에서 온 자료들을 받아오고, 작성한 글들을 우편으로 보내는 일을 했다.

불가베가 식구들이 안 쓰는 2층의 방들은 물론 거실까지 내줬기 때문에 김규식은 1, 2층을 수십 번 오르내리며 바쁘게 일했다.

김규식은 도착 첫날 정리했던 탄원서를 항목별로 다시 나눠 정리하고 거기에 '한국 민족의 주장'이라는 내용의 글을 덧붙였다.

김규식은 일본의 팽창과 침략은 계속될 것이며, 최종적으로는 영국과 프랑스, 미국의 이익을 침범할 것이라고 지속적으로 언급했다.

타이피스트가 깨끗하게 정리해 팸플릿으로 만들어 대량으로 인쇄했다. 그리고 파리 강화회의에 참석할 정치인과 언론사 등에게 우편으로 발송했다.

특히 파리 강화회의를 사실상 주최한 미국의 윌슨 대통령과 프랑스의 클레망소 강화회의 의장, 영국의 로이드 조지 수상에게는 여러 차례 발송했다.

인원이 늘어나고 여유가 생기자 한국공보국 명의로 된 회보도 발행하기 시작했다.

파리 시내에 있는 언론사는 김규식이 직접 찾아가 문서를 전달하고 짧게나마 얘기를 나눠 설득해보려고 했다. 김규식은 능숙한 영어를 발휘해 취재 기자들과 정치인들의 보좌관에게 일제 침략의 부당성을 호소했다.

프랑스를 대표하는 신문인 르 피가로를 찾아가 정치부 담당 기자와 간단하게 인터뷰를 마치고 나온 김규식은 때 마침 택시에서 내린 동양인과 마주쳤다.

검정색 코트에 납작한 헌팅캡을 쓰고 짙은 콧수염과 두툼한 뿔테 안경 차림. 딱 봐도 일본인처럼 보였다.

"하필이면."

난처해진 김규식은 피하려고 했지만 그를 알아본 상대방이 다가왔다.

"혹시 조선에서 오셨습니까?"

"그런데?"

"얘기는 들었는데 직접 뵐 줄은 몰랐습니다. 저는 마이니치신문의 하세가와 무토 기자라고 합니다."

김규식은 그를 본 적은 없지만 그의 기사는 몇 번 읽은 적이 있었다. 그의 기사에서 받은 인상은 편향적이지 않았다는 것이다. 그래서일까, 다소 안심이 되었다.

품에서 담배 케이스를 꺼낸 하세가와가 말했다.

"들어가기 전에 한 대 피울 생각이었는데, 어떠십니까?"

김규식은 담배 케이스에서 담배를 하나 꺼냈다. 지포 라이터를 꺼낸 하세가와가 불을 붙여줬다.

"이곳에는 언제 오셨습니까?"

"며칠 안 되었습니다. 기자님은 언제 오셨습니까?"

"저도 엊그제 마르세유에 도착했습니다. 여기 분위기는 어떤가요?"

"조선 문제에 꽤 많은 관심을 기울이고 있습니다."

기자가 설마, 하는 표정으로 씩 웃었다. 그러자 콧수염에 가려 보이지 않았던 상처가 드러났다.

"우리가 승전국 대열에 섰는데 조선 문제가 언급될 리가요!"

"일본이 승전국이라고는 하지만 유럽 전선에서 싸운 적도 없고 단지 산둥반도의 청도에 있는 독일 조차지를 공격한 게 전부였지요. 유럽의 어떤 나라가 일본을 동맹국으로 보겠습니까?"

바쁜 와중에도 틈틈이 읽은 신문의 사설에서 본 내용을 떠올린 김규식의 말에 하세가와가 어깨를 으쓱거렸다.

"대신 시베리아에 출병해 적백 내전에서 백군을 지원 중이죠. 우리 일본군이 아니었다면 극동의 백군은 진즉 무너졌을 겁니다. 안타깝지만 포기하시죠."

김규식은 어쩌면 이런 만남이 우연이 아닐 수도 있겠다는 생각이 들었다. 담배 연기를 한 모금 뱉어내며 그가 말했다.

"저는 이번 강화회의 기간 동안 일본의 팽창이 서구에게 큰 위협이 될 수 있다는 걸 적극 강조할 생각입니다."

"그런 얘기는 망상으로 치부될 겁니다."

"일본인들이 아무리 서양 옷을 입고, 영어를 몇 마디 할 줄 안다고 해서 그들이 과연 자신과 같은 동료로 보겠습니까?"

유학 시절 동양인에 대한 모멸과 멸시를 경험했던 김규식은 냉소적으로 말했다.

하세가와 역시 쉽사리 반박하지 못했다.

김규식은 약간 상기된 하세가와의 눈빛을 보며 생각했다. 그를 단순히 기자로 보아서는 안 된다고. 신분이 기자이긴 하지만 분명 일본 정부의 정보원 노릇을 할 것이 분명했다.

그렇다면 오히려 대담하게 나가기로 했다. 담배 연기를 훅 내뿜은 김규식이 자신감 있는 말투로 덧붙였다.

"미국 특사로 상하이에 온 찰스 크레인이 이번 특사 파견에 대해 지지를 표명했습니다. 베이징에 있는 대사관을 통해 미국과 접촉 중이고. 우리는 찻잔 안의 돌풍이 아니라 태풍이 될 겁니다."

하세가와가 담배를 바닥에 버리며 말했다.

"우리 일본은 이번 파리 강화회의에 승전국 자격으로 참여했으며 이사국 가운데 하나입니다. 당신도 돌아가는 정황을 알고 있다면 어떤 나라들이 독립을 얻을 수 있는지 아실 겁니다."

하세가와는 현실에 대한 두터운 벽을 다시 한 번 인지시키고는 인사도 없이 자리를 떴다.

무례하고 상대를 우습게 보는 태도가 영락없이 작금의 일본을 보여주는 듯했다.

홀로 남은 김규식은 참았던 숨을 내뱉었다.

오랫동안 그 자리에 붙박인 듯 서서 기자가 사라진 방향을 노려보았다.

억지로 반박하긴 했지만 일본 기자의 말은 사실이었다. 서구 열강들이 조선을 위해 일본에 등을 돌리지는 않을 것이기 때문이다.

그럼에도 불구하고 실낱같은 희망을 안고 이곳까지 왔다는 게 서

글퍼졌다. 그래서 더욱 의욕을 다져야 한다. 질 줄 알고 싸워야 하는 경기에서는 위축되지 않는 것만이 유일한 무기다. 그런 의욕마저도 놔버린다면 앞으로 닥칠 험난한 일들을 다 맞아보지도 못한 채 중도에 쓰러지고 말 것이다.

김규식은 길이 가로 막힌 길목의 끝을 한참이나 노려보았다.

1919년 3월 15일, 조선 경성

서대문감옥의 독방에 갇혔던 장덕수는 갑자기 들이닥친 간수들에게 양팔을 붙잡혀 끌려 나왔다. 시멘트와 벽돌로 만들어진 감옥은 바깥보다 더 추웠다.

양쪽에 감방이 있는 복도로 끌려가던 장덕수는 지붕의 채광창을 통해 쏟아지는 빛을 올려다봤다. 중앙사라고 부르는 감시구역으로 나온 장덕수는 밖을 둘러보았다.

엄청나게 높은 담장과 우뚝 솟은 정문 그리고 그 옆에 서 있는 팔각형 망루가 보였다.

장덕수가 끌려간 곳은 보안과 청사였다. 보안과 청사 지하가 죄수들을 고문하는 곳이었기 때문에 장덕수는 저절로 움찔했다. 하지만 그가 끌려간 곳은 지하가 아니라 2층의 소장실이었다.

안으로 들어가자 앞니가 돌출되어 쥐를 연상시키는 소장 대신 처음 보는 사람이 뒷짐을 진 채 서 있었다.

장덕수를 소파에 앉힌 간수들이 그에게 절도 있게 경례를 붙이고는 방을 나갔다.

어떤 상황인지 머리를 굴려보는데, 상대방이 다가와 두툼한 잎담배를 권했다.

"쿠바 산 시거네. 피워보겠나?"

대화를 하자는 제스처라는 걸 알아차리고 장덕수가 고개를 끄덕였다.

시거를 들자 그가 불을 붙여줬다. 오랫동안 독방에 갇혀 지냈던 장덕수는 독한 시거 냄새를 참지 못하고 기침을 쏟아냈다.

장덕수를 물끄러미 내려 보던 상대방이 소장이 쓰는 의자에 앉았다.

"일본어를 잘한다고 하니 그냥 얘기하지. 내가 누구인 것 같나?"

"소장이 쓰는 방을 독차지한 걸 보면 그 이상이라는 얘기군."

장덕수의 말에 상대방이 피식 웃었다.

"조선총독부 경무총감 마루야마 쓰루기치일세."

서대문감옥에서 악명 높은 경무총감을 직접 대면하게 될 줄은 꿈에도 몰랐던 장덕수는 시거를 입에 문 채 눈만 껌뻑거렸다.

의자에서 일어나 소장의 책상에 걸터앉은 마루야마가 장덕수를 빤히 바라봤다.

"자네의 심문기록은 다 읽어봤는데, 궁금한 게 있어 직접 찾아왔네. 자네가 곧 경성을 떠난다고 들어서."

"하의도라는 섬으로 유배를 간다고 들었소. 조선시대도 아니고 유배라니 좀 너무하지 않습니까?"

감옥에 갇혀 있는 동안 그의 몰골은 말이 아니었다. 온몸이 치료받지 못한 상처 투성이였다. 게다가 장기도 좋지 않은지 숨소리도 투박하고 목소리도 쇳소리처럼 거칠었다.

마루야마가 측은하다는 듯 그를 빤히 쳐다보며 말했다.

"안타까운 얘기지만 폭동은 실패로 돌아갔네. 구심점이 없으니 진압 당하는 건 시간 문제였지."

"왜 날 보자는 거요?"

장덕수가 바로 용건을 물었다. 더 듣고 싶지 않다는 의사였다.

심기가 불편해졌는지 마루야마의 얼굴이 금세 굳어졌다.

"본론으로 들어가지. 총독부에서는 이번 폭동의 시발점이 신한청년당이 파리 강화회의에 자칭 대표라는 김규식이라는 자를 보낸 것으로 파악하고 있네."

"……."

마루야마의 목소리가 단조롭고 딱딱해졌다.

"신한청년당 구성원이 누군지 말해봐."

"조선을 독립시키고자 애국자들이 모여 만든 단체요."

"수괴가 여운형이고?"

"왜 그렇게 생각하는데?"

마루야마가 히죽 웃었다.

"여운형. 경기도에서 태어났고, 전도사를 하다 금릉대학으로 유학을 간 것으로 파악되는데. 상하이로 가 서양인 목사 밑에서 일하다 조선에서 도피한 지식인들 몇 규합해 신한청년당을 만들었고."

장덕수는 마루야마의 정보가 꽤 정확하다는 사실에 놀랐지만, 내색하지는 않았다. 오히려 혀를 차면서 고개를 저었다.

"조직의 창설에 핵심적인 역할을 한 건 사실이지만, 그가 리더는 아닙니다. 총재는 베일에 가려져 있어 나도 누군지 알지 못하고."

"거짓말은 안 통해."

"그는 겉으로 내세운 리더일 뿐이라니까."

"어쨌든 그자가 파리로 대표를 보내고 당원들을 만주와 조선으로 보내 폭동을 일으키라고 선동한 것은 사실이지?"

"심문조서에서 말한 그대로요. 그가 제안하고 날 비롯한 당원들이 찬성했소."

"그가 당원들을 어떤 식으로 설득했나? 비용은 어떻게 구했고?"

장덕수는 심문을 받으면서 여러 차례 대답한 문제를 또 물어보는 이유를 생각해봤다. 아마도 확인하기 위해서일 것이라고 짐작한 그는 최대한 비슷하게 대답했다.

"여운형이 일부 내놨고, 대부분은 상하이의 조선인들이 십시일반으로 나눠서 채워줬고."

"국내에 잠입해 자금을 가져갔다는 첩보가 있던데?"

"몇 번 얘기했지만 그렇게 잠입했다가 잡히기라도 하면 일이 모두 물거품이 되지. 계획을 세우기는 했지만 실행에 옮기지는 않았어. 어차피 돈도 부족하지 않았고."

마루야마는 시거를 물고 그에게 가까이 다가왔다. 혹시 시거로 눈이나 얼굴을 지지지 않을까 움찔한 그에게 마루야마가 차갑게 말했다.

"우린 필요할 때만 고문을 하지 아무 때나 하지 않아."

"아니지, 고문이 아무 때나 일어나고 있으니, 모든 때가 고문이 필요한 때겠지."

마루야마가 고개를 휘휘 저으며 말했다.

"여운형이 어떤 인물인지나 좀 더 얘기해봐."

"여운형……. 그 사람 보시면 아마 누구라도 흠뻑 빠져들 거요. 사람을 잘 챙기니까. 일이 터지면 자기 일처럼 나서서 도와주고. 자기 지갑 여는 거 망설이는 걸 본 적이 없소. 함께 밥을 먹으면 항상 자기가 계산을 다 해버렸지. 그래서 월급날이 되면 우리끼리 연락을 안 받거나 선약이 있다고 둘러댔고."

"왜?"

"그래야 그가 집에 돈을 가져가니까. 최근까지 상하이에서 미국으로 건너가는 조선인들의 여권 발급 업무를 도와줬소. 자기 일처럼 뛰어다녀서 부탁이 끊이질 않았지."

"그런 시시껄렁한 것 말고, 약점 같은 건?"

"그건 고문을 해도 얻기 어려운 대답일걸."

마루야마가 피식 웃었다.

"우리도 충분히 정보는 있어. 측근이 생각하는 약점이 궁금한 것뿐이야."

"아! 있소. 너무 인간적이라는 게 흠이군."

마루야마가 재떨이에 시거를 비벼서 껐다.

"조만간 여운형이 죽었다는 소식을 듣게 될 거다."

그가 밖에다 대고 끌고나가라고 소리치자 문이 열리고 간수들이 들어와 장덕수를 끌고 나갔다.

1919년 3월 22일, 중국 상하이

여운형은 한 달 만에 돌아온 상하이의 분위기가 완전히 바뀐 것을 느꼈다.

경성에서 시작된 만세 시위는 전국으로 퍼져나갔고, 일본의 탄압에도 불구하고 좀처럼 가라앉지 않았다.

외국 신문에도 떠들썩하게 실리면서 조선이라는 나라를 처음 알게 되었다는 반응도 있었다.

독립운동을 시작한 이래 이렇게 큰 반응을 얻은 것은 처음이라 신한청년당 회원들은 물론 여운형 역시 흥분되기는 마찬가지였다. 그 와중에 일본에서 조선으로 잠입했던 장덕수가 체포되었다는 소식이 전해졌다.

낙담한 여운형을 위로해준 건 평양에 잠입해 기독교계 인사들과 접촉하고 돌아온 선우혁이었다.

"일이 잘 성사되었으니 그 친구도 기뻐할 거야."

"나중에 어떻게든 구해낼 겁니다. 그런데 어디로 가는 겁니까?"

어디 가야 할 곳이 있다는 말에 따라 나선 여운형이 생각난 듯 묻자 선우혁이 골목 끝 교회를 가리켰다.

자그마한 교회였지만 지붕 위에 커다란 나무 십자가가 우뚝 서 있었다.

문 앞으로 다가간 선우혁이 문고리를 쾅쾅 치고는 기다렸다.

잠시 후, 회색 양복 차림의 남자가 문을 열어줬다. 둥그런 얼굴에 축 처진 눈매 덕분에 부드러운 인상을 주었지만 눈빛이 예사롭지 않았다.

선우혁과 포옹을 하고는 뒤에 서 있던 여운형에게 악수를 건넸다.

"처음 뵙겠습니다. 현순 목사라고 합니다."

"만나서 반갑습니다."

정중하게 인사를 나눈 현순 목사가 두 사람을 교회 안으로 안내했다. 텅 빈 교회의 예배석에 앉은 선우혁이 옆에 앉은 여운형에게 설명했다.

"현 목사는 인천 쪽에서 목회 활동을 하시던 분이네. 하와이로 갔다가 돌아와 상동교회에서 전도를 하셨지. 이번에 경성에서 만세 시위를 준비한 민족대표 33인의 위임을 받아 이곳으로 오셨네."

"어려운 걸음을 하셨군요."

현순 목사가 곧바로 용건을 말했다.

"기독교를 대표해 민족 대표를 후원했던 함태영 목사의 부탁을 받았습니다. 국내에서 많은 사람들이 목숨을 걸고 만세 시위에 나섰으니, 그 여파를 몰아 국외에서 독립운동을 총괄할 수 있는 기관을 만들어 달라고 말입니다."

현순 목사의 말에 선우혁이 기쁜 표정을 감추지 못했다.

"안 그래도 독립운동을 총괄하려는 단체를 만들려면 국내에서 활동한 운동가들의 위임이나 참여가 필요한 것 아니냐는 말들이 있었네."

"상하이가 그럴 여건이 되겠습니까?"

여운형이 부정적인 뜻을 비치자 선우혁이 고개를 저었다.

"작년까지만 해도 그랬지. 하지만 국내에서 만세운동이 시작되고 상하이로 온 독립운동가들이 한둘이 아니야. 당장 국내에서 현목사님과 최창식, 일본에서 이광수와 신익희가 왔고, 만주와 러시아에서 김동삼과 이동휘, 조성환, 이회영과 이시영 형제가 와 있네."

선우혁의 말에 현순 목사가 덧붙였다.

"만세 시위를 하느라 죽거나 다친 사람이 부지기수고, 왜놈들 유치장에는 잡혀온 사람들로 가득 찼습니다. 이럴 때 눈에 띄는 성과를 내야 한다는 게 민족 대표들의 생각입니다. 실제로 각지에서 임시정부나 의회들이 생겨나고 있고 말입니다."

상하이로 돌아오면서 관련 소식을 들었던 여운형이 시큰둥하게 대답했다.

"만세운동으로 다들 바빠지는군요."

현순 목사가 고개를 끄덕거렸다.

"국내에서 한성정부라는 임시정부가 만들어졌다는 격문이 돌았습니다. 시베리아의 니코리스크에서도 전로한족 중앙총회가 주동이 되어 대한국민의회가 만들어졌습니다. 그밖에 천도교 측에서도 독자적인 임시정부를 만든다는 소문이 돌고 있고요."

여운형은 생각에 잠겼다.

선우혁이 여운형의 미지근한 반응을 보고 나섰다.

"상하이에서도 임시정부가 세워질 모양이야."

"이미 만들어진 정부들이 많은데 또 만들 필요가 있겠습니까?"

여운형의 반문에 선우혁이 고개를 저었다.

"결국 정부라고는 해도 사상과 생각들이 같은 사람들끼리 모인 단체라고 봐야 하네. 일단 만들고 나서 통합을 해 힘을 하나로 모아야만 일본과 제대로 싸울 수 있어."

"자칫하다가 주도권 싸움으로 번질 가능성도 그만큼 커질 거고요."

"의견을 모으는 과정이 필요하긴 하겠지. 하지만 그 역시 독립을 향해 가는 과정이지 않겠나?"

두 사람의 얘기를 듣던 현순 목사가 끼어들었다.

"상하이로 와서 독립운동가들을 만나 국내의 상황을 전하고 언론과 접촉해왔습니다. 신한청년당의 적극적인 협조가 필요합니다."

현순 목사의 얘기를 들은 여운형은 장덕수가 옆에 없다는 사실이 더 없이 안타까웠다. 그가 있었다면 분명 현명한 중재안을 내놨을 것이기 때문이다.

"그런데 문제가 있습니다."

문제? 여운형이 딴 생각을 하다 현순 목사를 빤히 쳐다보았다.

"일단 국내외에 생긴 다른 임시정부나 의회와 어떤 식의 관계를 맺어야 하는지 그리고 단체를 언제 만들어야 하는지 의견이 제각각 다릅니다. 특히 후자는 지금 당장 만들어야 한다는 쪽과 나중에 국내와 연락을 충분히 한 후 조직해야 한다는 의견이 팽팽하게 나뉜 상태입니다."

곤혹스러워하는 현순 목사의 말에 선우혁 역시 난감한 표정을 지었다.

"그래서 자네와 상의하기 위해 오라고 한 거야. 자칫하다가는 시작하기도 전에 갈등만 생길 수 있어서 말이지."

두 사람의 얘기를 다 듣고 난 여운형이 팔짱을 낀 채 생각에 잠겼다가 입을 열었다.

"일단 사람들을 모아 얘기를 들어보는 게 좋겠습니다. 하지만 가급적 빨리 단체를 구성하는 게 좋습니다."

"국내에서의 연락을 기다리지 않고요?"

현순 목사의 물음에 여운형이 고개를 저었다.

"물론 연락을 주고받아야 하지만 그랬다가는 시간이 너무 지체될 겁니다. 차라리 단체를 먼저 구성하고 국내와 연락을 취하는 게 여러모로 유리합니다."

여운형의 주저없는 대답에 현순 목사가 조심스럽게 말했다.

"하지만 국내에서 만세운동을 주도한 33인과의 적절한 협의 없이 진행했다가 나중에 문제가 생길 수도 있습니다. 거기다 국내외에서 우후죽순처럼 생기는 임시정부와 의회들과의 관계도 어찌해야 할지 고민이고요."

"그 33인이 민족 전체를 대표하는 것도 아니고, 그들의 승인을 받아야만 정통성이 생기는 것도 아니지 않습니까? 다른 단체들이야 여기서 만든 후에 통합 논의를 하면 됩니다. 지금은 주도권이나 정통성 문제를 따지기보다는 어떻게 독립운동을 하는 게 효율적인지를 따져봐야 합니다."

현순 목사가 수긍한다는 표정으로 고개를 끄덕거렸다.

마른침을 삼킨 여운형이 덧붙였다.

"지금 이렇게까지 상황이 좋아진 건 맨손으로 만세를 부르다가 피를 흘리며 죽어간 민중들 덕분입니다. 가장 먼저 생각해야 하는 건 그들이 아니겠습니까?"

쐐기를 박는 듯한 말에 현순 목사가 대답했다.

"조만간 다들 모여 논의를 하는 자리를 만들도록 하겠습니다."

선우혁이 물었다.

"그러기 위해서는 사무실이 필요할 것 같습니다만."

"안 그래도 보창로 329호에 적당한 곳이 나왔네. 그곳에 일단 독립 임시사무소를 열도록 하지. 그 후에 의견들을 모아 앞으로 나아갈 방향을 정해봐야지."

1919년 4월 4일, 프랑스 파리

파리에 도착한 직후부터 일본의 방해는 노골적으로 이어졌지만 김규식은 흔들리지 않았다. 하루 한 번씩 오후에 회의가 열렸는데, 불가베 씨의 부인이 차와 비스킷을 내왔다.

김규식은 한국공보국 명의로 된 회보를 들여다봤다.

"가장 중요한 건 언론과의 접촉이야. 어차피 우린 정식 대표 자격이 없기 때문에 할 수 있는 건 동정 여론밖에 없어."

김규식의 단정에 황기환이 한숨을 쉬었다.

"발바닥이 닳도록 찾아다니기는 하는데, 도통 반응이 없습니다. 그리고 이걸 보십시오. 어제 자 신문에 실린 만평입니다."

황기환이 내민 신문을 본 김규식은 눈살을 찌푸렸다.

만평은 부둣가에서 민족자결호의 윌슨 선장이 여신으로 상징되는 인도를 배에 태우려고 했다. 하지만 사관인 로이드 조지가 승차권이 없다는 이유로 태울 수 없다고 얘기하는 장면이 그려졌다.

로이드 조지 뒤로는 오스만투르크와 아랍 민족이 탑승 중이고, 간판에는 청나라와 체코슬로바키아가 보였다.

만평 자체는 영국이 자국의 식민지인 인도가 파리 강화회의에 참석하는 것을 노골적으로 방해하는 것을 비꼬는 내용이었다. 김규식의 눈에 띄는 건 그 와중에 조선의 존재는 보이지도 않았다는 점이다.

의자에 앉은 김탕이 투덜거렸다.

"결국 민족자결주의라는 건 승전국들의 이익에 의해 결정될 수밖에 없습니다. 패전국들의 식민지인 체코슬로바키아와 아랍은 독립을 하는데, 영국과 프랑스의 식민지는 그대로 유지되네요."

고개 숙인 동료들을 보면서 김규식이 말했다.

"사람이 개인의 이익을 위해 움직이는 게 당연하듯 국가 역시 마찬가지야. 그걸 설득하지 못하면 조선의 독립은 물거품이 될 거야."

"어떻게 설득한다는 말입니까?"

"일본의 팽창이 서구에게 큰 위협이 되니까 그걸 막으려면 조선을 독립시켜야 한다고 말이야. 잘못하면 일본으로 인해 세계대전을 겪을지 몰라."

김규식의 전망에 서기장 역할을 하던 참전군인 출신 황기환이 고개를 절레절레 흔들었다.

"설마 이렇게 사람들이 죽고 다쳤는데 또 전쟁을 벌이겠습니까?"

"사람의 욕심은 끝이 없으니까. 지금이야 거리에 상이군인들이 넘쳐나고 생활이 어렵지만 몇 년 후에도 과연 이대로일까?"

황기환은 별다른 얘기를 못 했다.

동료들을 독려하기는 했지만 김규식 역시 뾰족한 돌파구가 없기는 마찬가지였다. 상하이에서는 기대가 컸는지 추가로 모집한 자금과 함께 각종 자료들을 전보와 우편으로 보내오는 중이었다.

수심에 잠긴 김규식에게 차 주전자를 가져온 불가베 씨 부인이 슬쩍 말했다.

"파티를 열어보지 그래."

김규식이 주전자를 테이블에 올려놓는 그녀를 빤히 쳐다보았다.

"우리 어머니가 그랬는데 자고로 사람을 모이게 하려면 잔치를 여는 게 최고라고 했지."

불가베 씨 부인은 농담이었다는 투로 말하고는 부엌으로 들어가 버렸다.

김규식은 부인의 말에 찬물을 뒤집어쓴 것처럼 순식간에 머리가 맑아졌다.

'잔치라고? 누가 혼례라도 하면 동네 사람들이 다 모였던 그런 잔

치…….'

부인은 대수롭지 않게 한 말인지 몰라도 김규식에게는 솔깃하게 들렸다.

지혜는 부엌에 많이 있다더니, 프랑스도 예외는 아닌 모양이었다.

지체할 이유가 없었다. 김규식이 동료들에게 말했다.

"파티를 열 장소를 찾아보자."

"한가하게 파티를 열자는 말씀입니까?"

김탕이 눈살을 찌푸리자 김규식이 고개를 저었다.

"그러니까 더더욱 열어야지. 우리가 여유가 있다는 걸 보여줘야 해."

"파티를 연다고 해도 누가 오겠습니까?"

김탕이 부정적인 어조로 반문하자 김규식은 서기장인 황기환을 바라봤다.

"프랑스나 회담에 참석한 관리들 중 조선과 인연이 있는 사람들을 찾아봐. 그리고 중국 측이 우리에게 호의적이니까 그쪽 인원들을 부르면 될 거야."

활기를 찾은 김규식이 일사천리로 지시를 내렸다.

1919년 4월 5일, 조선 경성

그는 남산의 오르막길을 천천히 걸었다.

경성이 한눈에 내려다보이는 한양공원을 지나자 총독부가 보였다. 통감부 건물로 지어진 2층 목조 건물은 유럽 양식으로 지어졌다.

총독부 앞을 지키고 있던 검문소에서 총검을 장착한 소총을 든 군인이 앞을 가로막았다.

그는 대답 대신 손에 들고 있던 출입증을 건넸다.

총독의 인장을 확인하자 군인의 태도가 정중해졌다.

"누굴 만나러 오셨습니까?"

"마루야마 쓰루기치 경무총감."

"2층 오른쪽 끝에 경무총감실이 있습니다."

출입증을 돌려받은 그는 현관으로 들어섰다.

좁고 긴 복도에는 양복 차림의 총독부 직원들이 바쁘게 오갔다.

2층으로 올라가자 다소 한산해졌다. 방에 붙은 팻말들을 확인한 그는 복도 끝에 있는 경무총감실을 노크했다.

안에서 들어오라는 소리가 들리자 문고리를 돌렸다.

"어서 오게!"

마루야마 경무총감은 빡빡 깎은 머리에 제복을 차려입었다. 그는 경무총감에게 가볍게 고개를 숙였다.

마루야마는 안에 있던 경찰에게 지시를 하는 중이었다.

"그 문제는 쓰기우치 부장이 책임지고 처리하도록."

"알겠습니다."

쓰기우치 부장이 나가자 일부러 한숨을 내쉰 마루야마가 그에게 말했다.

"만주에서 고생이 많았네. 정착촌은 조만간 뿔뿔이 흩어질 거라 더군."

마루야마가 담배 상자에서 시거를 꺼내 권했다. 그는 고개를 저었다.

"괜찮습니다."

마루야마가 시거를 한 모금 빨았다가 연기를 길게 내뿜었다.

"시거는 쿠바 산이 최고지."

그는 건조한 음성으로 물었다.

"직접 호출하신 이유는요?"

단도직입적인 질문에 마루야마는 거슬린다는 기색도 없이 곧바로 서랍을 열어 종이뭉치를 꺼냈다.

"지난달 이태왕의 승하를 계기로 폭동이 일어났었네. 경성을 시작으로 전국으로 퍼져나갔지. 지방의 경우는 아직도 무지몽매한 자들이 선동에 휩쓸려서 치안을 어지럽히고 있는 중일세."

"오면서 신문에서 봤습니다."

"폭동을 안 일으키는 곳을 찾기가 더 어려울 지경이지."

마루야마는 피우던 시거를 재떨이에 비벼 껐다. 자리에서 일어나더니 창가로 걸어갔다.

"이번 사태는 본국과 총독부에서도 엄중하게 보고 있네."

"대책의 규모가 남다르겠군요."

"자네를 부른 건."

마루야마는 종이 뭉치에서 몇 장을 골라냈다. 가까이 다가가 종이를 들여다본 그가 중얼거렸다.

"한성정부?"

"글자 그대로 전단지 정부야. 만세 폭동을 기회로 삼아 몇몇 불령선인들이 말도 안 되는 일을 꾸미고 있네. 자기들끼리 모여 집정관이랑 국무총리를 뽑고 정부 조직을 만든 것이지. 한성정부뿐만 아니라 해외에도 여러 개가 만들어지고 있어."

"그 중에서도 가장 골치 아픈 데는요?"

그의 물음에 마루야마가 창밖을 바라보던 시선을 돌렸다.

"상하이 쪽."

"거긴 조선인들이 별로 없을 텐데요."

"그래서 우리 감시망에서도 없던 곳이지. 그런데 올 초에 여운형을 비롯한 조선인들 몇이 신한청년당이라는 조직을 만들어 자칭 대표를 파리로 보냈네."

"파리라면 강화회의에 참석시키려고 말입니까?"

"우리가 승전국이니 그자들 주장이 먹힐 가능성은 없어. 하지만 파리 한복판에 한국공보국이라는 걸 차려놓고 악의적인 모략을 거듭하고 있는 중이야."

"파리는 너무 먼데……."

마루야마가 씩 웃었다.

"대신 상하이로 가주게."

"거기서 누굽니까?"

"일 순위는 여운형."

책상으로 돌아온 마루야마가 여운형의 정보가 든 종이 뭉치를 건넸다.

사내가 중요한 대목들을 읽어 내려갔다.

호는 몽양. 출생지는 경기도 여주, 올해 나이는 33세. 배재학당과 흥화학교를 나와 평양의 장로교회연합 신학교를 거쳐 중국 난징의 금릉대학으로 유학. 거기서 영문학을 전공하다가 중퇴. 이후 상하이 협화서국에서 일하면서 불령선인들을 선동 중.

"전형적인 몽상가이자 교회에 빌붙어 명성을 얻으려는 나약한 지식인이지. 하지만 이자가 파리로 특사를 보내는 데 성공하면서 상황이 좀 달라졌다네."

"그렇다고 뭐 달라질 게 있나요."

마루야마의 눈썹이 꿈틀거렸다.

"파리로 대표를 보냈다는 걸 핑계 삼아 곧 독립이 될 것처럼 선동을 하고 있어. 문제는……."

시거를 한 모금 빤 마루야마의 말이 이어졌다.

"기세가 오른 놈들이 상하이에 모여 임시정부를 세우려는 움직임을 보인다는 거야. 벌써 경성의 조선인들 사이에서는 소문이 파다하다고 보고가 들어왔네."

"그 우두머리가 여운형인 거고요?"

"나이나 경력으로 봐서 그 정도는 아니겠지. 하지만 결정적인 역할은 맞아. 상하이에 모인 불령선인들 중에서도 발언권이 높을 걸세."

"이자를 제거하면 임시정부 수립이 무산될 수 있을까요?"

"우리가 파악하기로는 그렇네."

"수십 명이 모이는데 이자 하나 없다고 실패로 돌아가겠습니까?"

그가 의문을 제기하자 마루야마가 시거를 낀 손가락으로 종이들을 툭툭 쳤다.

"자료를 보면 알겠지만, 왕실을 복원시키자는 복벽주의자부터 러시아처럼 사회주의 혁명을 일으키려는 공산주의자까지 다양한 성향들을 가진 자가 몰려들고 있어."

"만주 정착촌처럼 갈등을 조정할 만한 인물을 없애 와해시키라는 뜻입니까?"

"다를 게 없지. 총독부에서는 상하이에 임시정부가 세워지는 것을 크게 우려하고 있네. 장기적으로 볼 때 조선을 통치하는 데 문제가 될 수 있기 때문이지."

그가 수긍한다는 듯 고개를 끄덕거렸다.

"조직이 생기면 가담자들이 늘어나는 법이니까요."

"불령선인들을 모두 찾아내 제거할 수는 없겠지. 대신 최대한 혼란을 야기해 와해되도록 하는 게 최선일세. 이번 일도 하세가와 총독께서 최대한 지원하라고 명령하셨네."

"상하이는 한 번도 가본 적 없는 곳이라 세심하게 준비해야 합니다."

"상하이 영사관 소속 경찰 중 프랑스 조계지를 잘 아는 자를 붙여 주겠네. 그리고 종로경찰서 소속의 조선인을 정보원으로 쓰게."

"조선인인데 믿을 수 있습니까?"

"이번 만세 폭동의 배후인 장덕수를 체포한 자야. 너무 믿지는 말고 적당히 쓰다 버려."

"제가 일하는 방식 아시잖아요."

"마지막에 움직이는 것만 자네가 하라는 거야. 상하이의 프랑스 조계지라는 점을 감안해 내린 결정일세. 혼자서 은밀히 처리하는 건 불가능한 데란 말이야."

"조선인들끼리의 분쟁으로 꾸미란 말씀이시군요."

마루야마가 당연한 걸 묻는다는 듯 고개만 까닥거렸다.

"바로 그거야. 일을 벌이고 현장에 저자의 흔적이나 시신이 남으면 다들 그렇게 생각하겠지. 일본인이 프랑스 조계지에서 공작을 하다 발각된다면, 그 비난은 감당하기가 쉽지 않아. 하지만 발각된 자가 조선인이라면 큰 문제가 없겠지."

"언제 출발합니까?"

"최대한 빨리. 현지에서의 일은 모두 재량권을 주겠네."

"목표를 제가 선택해도 됩니까?"

"여운형만 죽여도 좋고 몽땅 다 죽여도 좋아. 임시정부라는 게 세워지는 것만 어떻게든 막아내."

1919년 4월 8일, 프랑스 파리

김규식은 속속 도착하는 손님들을 보면서 안도의 한숨을 쉬었다.

걱정이 많았는데 다행히 조선과 인연이 있던 프랑스 관리들과 중국 영사들이 참석하겠다는 의사를 밝히면서 파티가 열릴 수 있었다.

무엇보다 프랑스 하원의회 부의장인 샤를 르북이 사회를 맡아주면서 기대 이상의 호응을 얻어냈다. 평소 아시아 문제에 관심이 많았던 그를 직접 찾아가 설득했던 게 주효했다.

재건국장으로 일하고 있던 빠예 장군은 대한제국 포병학교에서 일을 한 인연으로 초대에 응했다. 그밖에도 의회의원들과 기자들이 참석했으며, 무엇보다 반가운 이들은 뉴욕타임즈와 하퍼즈의 기자들이었다.

파리 주재 중국총영사 리오 역시 일찌감치 찾아왔다.

한국공보국을 차린 불가베 씨 집 근처 카페에 마련된 파티장은 태극기로 뒤덮였다. 불가베 씨 부인이 밤새 장식하고 만들어준 것이었다.

손님들이 계속 들어차자, 쉬지 않고 활동하느라 지친 공보국 요원들 김탕과 황기환, 이관용도 다시 힘을 얻었다.

시간이 되자 사회를 맡은 샤를 르북 부의장이 자리에서 일어났다.

"한국공보국에서 주최하는 파티의 시작을 알리도록 하겠습니다."

정원과 테라스에 삼삼오오 모여 얘기를 나누던 참석자들의 시선이 모였다.

샤를 르북 부의장이 옆에 앉은 키 큰 프랑스인을 소개했다.

"조르주 뒤크로 씨입니다. 여행가이자 작가로서 우리들이 알지 못한 조선에 대해 들려주신다고 합니다."

조르주 뒤크로가 자리에서 일어나 인사를 했다. 바로 자신이 느낀 조선에 대한 인상부터 얘기하기 시작했다.

"조선은 신비로운 나라로 알려져 있습니다. 우리와는 사소한 오해에서 비롯된 충돌이 있긴 했지만, 조선은 나라의 문을 닫고 외국과의 교류를 하지 않았습니다. 그것은 조선과 그 앞의 나라들이 수없이 많은 외침을 당했기 때문입니다. 그래서 많은 사람들에게 조선은 조용한 은둔의 나라로 알려지게 된 것입니다."

조르주 뒤크로의 얘기에 참석자들이 귀를 기울이자 김규식은 안도하면서 뒤쪽을 바라봤다.

며칠 전 그에게 받은 글을 인쇄한 '가련하지만 정다운 나라 조선'이라는 책자가 쌓여 있었다.

그리고 그 위로 며칠 전 상하이에서 우편으로 도착한 서류들을 올려놨다. 서류를 확인하고 김규식은 초청장을 한 군데 더 보내놓았다.

"그들은 비록 가난하게 살았지만 친절하고 우아했습니다. 난생처음 보는 타인에게도 아낌없는 친절을 베푸는 그들에게 저는 한순간도 어둠을 보지 못했습니다. 그들의 유일한 꿈은 조상들처럼 평화롭게 사는 것뿐이었습니다. 하지만 조선은 주변의 열강들에게 부당한 시달림을 당하고 있었습니다. 그래서 제가 여행을 다녀온 지 6년 만에 일본의 식민지가 되고 말았죠."

조선에 대해 호의적인 조르주 뒤크로의 연설은 사람들의 시선을 끌었다.

그의 얘기가 끝난 후 부의장이 김규식을 소개했다.

"다음 연사는 한국공보국 대표이자 신한청년당의 특사로 파리를 방문한 김규식 박사입니다."

터져 나오는 박수소리를 받으며 김규식은 사회자 옆에 섰다.

그는 참석자들을 찬찬히 바라봤다.

그의 눈망울이 의식하지 못한 채 촉촉하게 젖어들었다.

조선에 대해 아는 게 별로 없는 이들에게 어떤 나라인지부터 설득해야 한다는 사실이 서글펐지만, 가볍게 헛기침을 하고 차분하게 말을 꺼냈다.

"많은 분들이 생각하실 겁니다. 우리 영토가 절반이나 파괴당하고 수백만의 사람이 죽은 큰 전쟁이 끝나고 얼마 되지 않았는데, 왜 지구 반대편 일에 신경 써야 하냐고 말이죠. 그것은 바로 일본이라는 섬나라 때문입니다. 뭐, 영국처럼 그곳에서도 일본이 좀 골칫거리입니다."

김규식의 농담에 여기저기서 웃음소리가 터져 나왔다. 비록 연합국으로 함께 싸우긴 했지만 프랑스가 영국에 악감정이 많다는 걸 잘 알기에 가능한 농담이었다. 웃음이 적당히 가라앉자 그는 얘기를 이어갔다.

"일본은 아주 예전부터 호전적인 국가였습니다. 틈만 나면 외부로 쳐들어갔죠. 조선은 수백 년 전에 그들에게 침략을 당해 7년 동안 전쟁을 겪었고, 중국 역시 그들에게 큰 고통을 겪었습니다. 그런데 어리석게도 영국은 그런 일본과 영일동맹을 맺고 군사적으로 지원을 해줬습니다. 물론 이유는 있었습니다. 바로 러시아의 남진을 막는다는 것이었죠. 한 마디로 적을 막는답시고 야만인을 집 안으로 끌어들인 꼴이 된 겁니다."

김규식은 사람들의 이목을 집중시키기 위해 일부러 천천히 물을 한 잔 마셨다. 그리고 이번에는 목소리를 좀 더 높였다.

"일본은 지금 연합국의 일원으로 승전국의 자격을 얻었습니다. 하지만 마른이나 베르됭, 솜 전선에서 일본군은 없었습니다. 그들은 자신들이 탐낸 중국 청도와 태평양의 독일 식민지를 공격하기 위해 연합국의 편에 섰던 것뿐입니다."

참석자 중 한 명이 옳소, 하고 외치자 잠시 박수소리가 터져 나왔다.

박수소리가 가라앉을 때까지 잠시 기다렸던 김규식이 입을 열었다.

"만약 독일이 노린 것이 인도차이나였다면 어땠을까요? 마다가스카르였다면 과연 연합군의 편에 섰을까요? 아마 여러분이 마른과 베르됭에서 피를 흘리며 싸우는 동안 아주 여유롭게 그곳을 빼앗았을 겁니다."

사방에서 일본에 대해 투덜거리고 화를 내는 소리가 들려왔다. 김규식은 조선을 독립시켜달라고 감성적으로 호소해봤자 먹히지 않을 것이라는 사실을 잘 알고 있었다. 대신 일본이 자국에게 위협이 된다고 설득하는 방향으로 나아갔다. 어쨌든 일본은 유럽의 국가가 아니라는 점을 교묘하게 파고든 것이다.

"로마가 카르타고와의 기나긴 전쟁을 끝내고 기뻐했을 때 바다 건너 그리스에서 사절들이 찾아옵니다. 그들은 마케도니아의 침략에 시달리고 있다면서 로마에 도움을 요청했지요. 하지만 로마의 시민들은 오랜 전쟁이 지쳤다면서 거절합니다. 그때 호민관이 나서서 말합니다."

한참 열변을 토하던 김규식의 눈에 파티장으로 들어오는 하세가와 무토 기자가 보였다.

김규식의 눈빛이 예리해졌다. 목소리도 더 묵직해졌다.

"만약 한니발이 처음 도발을 했을 때 제대로 응전을 했다면, 우린 그 길고 참혹한 전쟁을 치르지 않아도 되었을 것이라고 말이죠. 호민관의 설득에 동의한 로마 시민들은 무기를 들고 전쟁터에 나가 마케도니아 왕국을 무너뜨렸습니다. 덕분에 제2의 한니발은 나타나지 않았습니다. 지금 지치고 힘들다고 외면하면 일본은 더 큰 괴물이 되어 프랑스와 유럽을 악몽에 빠트릴 겁니다."

김규식의 연설에 열광적인 박수소리가 터져나왔다.

박수소리가 작아질 무렵, 그는 파티장 구석에 조용히 서 있던 하세가와 기자를 바라봤다.

"마침 여기 일본 기자가 와 있으니 직접 물어보겠습니다. 기자님, 최근 일본은 조선에서 일어난 시위를 총칼로 무자비하게 진압했습니다. 과연 그것이 문명국으로서 할 만한 일입니까?"

갑작스러운 질문에 하세가와가 움찔하는 것이 보였다.

김규식은 지난번 만남에서 그가 단순한 기자가 아니라 정보원 노릇도 함께 하고 있다는 것을 느꼈다. 그래서 이번 파티에도 모습을 드러낼 것이라고 확신했다.

느닷없는 질문에 놀라 잠시 입을 다물고 있던 하세가와가 쏟아지는 시선을 느꼈는지 황급히 입을 열었다.

"조선에서 벌어진 시위를 말씀하시는 모양인데, 일본 경찰과 민간인들도 피해를 입었습니다. 시위대가 경찰 주재소와 동사무소를 파괴하고 일본인 가옥에 불을 질렀습니다. 그 와중에 어쩔 수 없이 발포가 이뤄졌고, 사상자가 발생했습니다만 그건 전적으로 과격 시위를 저지른 쪽이 잘못입니다."

"그래서 집계된 일본 경찰과 민간인들의 피해가 얼마나 됩니까? 뉴욕 타임스를 비롯해 서구의 신문에 실린 조선인들의 피해는 사망자가 7천 명에 달하고 민가와 교회가 여러 채 불탔습니다."

"일본 정부가 집계한 피해자는 5백 명에 불과합니다."

하세가와의 반박에 김규식은 싸늘한 목소리로 반문했다.

"불과 5백 명이요? 비무장 시위대를 상대하면서 5백 명이나 죽였으면서 불과라는 단어를 붙일 수 있습니까?"

김규식이 파놓은 함정에 빠진 하세가와는 아차 싶은 표정으로 참석자들을 바라봤다.

영국이었다면 모르겠지만 혁명의 나라 프랑스는 시위에 관해 굉장히 관대했다. 거기다 김규식이 일부러 7천 명이라고 언급한 숫자에 참석자들은 더더욱 격앙되었다. 하세가와는 분위기를 진정시키기 위해 다급하게 입을 열었다.

"일부 과격한 시위대와 경찰의 충돌로 사상자가 나긴 했지만 어디까지나 우발적인 일입니다. 상황은 진정되었습니다."

하세가와의 말에 김규식이 따져 물었다.

"정말로 우발적이라고 장담할 수 있습니까? 꼭 직접 본 것처럼 말하다니!"

"시위대의 난동 때문에 경찰들이 발포했을 뿐입니다. 치안을 유지하는 것은 국가가 해야 할 일입니다."

하세가와의 반발에 김규식은 천천히 조르쥬 뒤크로가 쓴 책 '가련하지만 정다운 나라 조선'이 있는 곳으로 걸어가 그 위에 놓인 서류 봉투를 집어 들었다. 그리고 안에서 꺼낸 사진들을 참석자들을 향해 흔들어 보였다.

"이 사진은 일본이 3·1 만세운동을 진압하는 와중에 수원에서 벌인 무자비한 학살을 담은 것입니다. 출동한 일본군이 교회에 주민들을 몰아넣고 총을 쏴서 수십 명을 사살했습니다. 심지어 부모가 밖으로 내보내려던 갓난아이조차 총검으로 찔러 사살했습니다. 그리고 교회를 비롯한 마을에 불을 질렀습니다. 이것은 명백한 보복이고, 학살입니다!"

김규식이 격앙된 목소리로 말하는 동안 한국공보국 직원들이 재빨리 사진들을 배포했다.

참석자들이 술렁거리는 와중에 하세가와의 얼굴이 파랗게 질려버렸다.

조국인 일본을 변호하기 위해 나섰다 함정에 휘말린 것이다.

김규식은 술렁거리는 분위기에 쐐기를 박았다.

"참고로 그 사실을 밝힌 건 캐나다에서 온 선교사이자 수의사인 프랭크 윌리엄 스코필드 씨입니다."

사진 중에는 잿더미가 되어버린 교회가 포함되어 있었다. 그 사진을 본 프랑스 여성이 성호를 긋고는 눈을 감았다.

분위기가 격앙되자 사회를 맡은 샤를 르북 부의장이 진정하라고 했지만 분위기는 좀처럼 가라앉지 않았다.

김규식이 하세가와의 팔을 잡았다.

"나와 같이 여기서 나갑시다. 혼자 나갔다가는 무슨 봉변을 당할지 모르오."

"동정은 필요 없어."

"동정이 아니라 에스코트입니다. 당신은 손님이고 내가 주최자이니 당신의 안전은 내 몫입니다."

김규식은 그의 팔을 잡은 채 싸늘한 시선들을 지나 정원을 가로질러 밖으로 나왔다.

하세가와가 구겨진 양복을 손으로 펴면서 말했다.

"자국민이 죽은 걸 이용해 멋진 선전을 펼쳤군. 축하드립니다."

"약한 자가 쓸 수 있는 무기는 동정과 위로뿐이니까. 잘 가시오."

김규식이 돌아서려는데 하세가와가 불렀다.

"상하이에서 조선의 독립운동가들이 모여서 임시정부를 세운다죠?"

김규식은 모른 척했다.

"이곳에 온 이후에 상하이에서 벌어지는 일들은 잘 모릅니다."

"당신 친구들에게 조심하라고 하십시오."

협박이라고 생각한 김규식이 어깨를 으쓱거렸다.

"프랑스 조계 안에서 지내고 있으니 염려 마시오."

"그런 뜻이 아니라……. 조선총독부에서 상하이로 시운을 보낸다기에……."

"시운이 누굽니까?"

이상한 낌새를 느낀 김규식이 되묻자 하세가와가 속삭이듯 대답했다.

"모든 게 베일에 싸인 일급 암살자입니다."

"그자가 상하이로 간다는 건?"

하세가와가 고개를 끄덕거렸다.

"총독부에서 독립운동가들의 단체가 결성되는 것을 막기 위한 것으로 보입니다."

"상하이의 조계지는 일본의 손길이 닿을 수 없소."

김규식의 반박에 하세가와가 고개를 저었다.

"그건 공식적일 때 얘기죠. 시운 같이 흔적을 남기지 않는 암살자라면 소용이 없습니다."

설명을 들은 김규식은 등골이 서늘해졌다. 그런 와중에도 냉정함을 잊지 않고 물었다.

"그런 정보를 왜 나에게?"

씁쓸한 표정을 지은 하세가와가 대답했다.

"그런 방식으로 조선을 통치하는 게 우리 일본에게 도움이 안 된다고 생각하기 때문입니다. 조국을 사랑하기 때문이오. 이런 방식으로는 일본이 조선의 마음을 얻을 수 없으니까."

모자를 벗어 인사를 한 하세가와가 돌아서서 멀어져갔다.

한숨을 돌린 김규식은 다시 파티가 열리는 곳으로 돌아왔다.

격앙된 분위기가 다소 누그러졌다. 그들과 어울린 김규식은 얘기를 주고받으면서 파티를 이끌어갔다.

파티가 끝날 즈음에는 연설을 했던 조르주 뒤크로의 책과 작은 태극기 장식을 선물로 나눠줬다.

선물을 챙긴 손님들이 모두 떠나자 한국공보국 동료들이 짐을 정리하기 시작했다.

긴장이 풀린 김규식에게 현기증이 찾아왔다.

동료들의 눈길을 피해 정원 구석으로 간 김규식은 담장 아래 쪼그리고 앉아 숨을 몰아쉬었다.

　파리에 온 이후 계속된 긴장감과 압박감에 시달렸지만, 오늘의 파티가 절정이었다. 특히 신문에 소개된 동포들의 참혹한 모습은 믿기 어려울 정도였다.

　다른 곳에서도 인명 피해가 발생하지 않은 곳이 없었다. 어린 학생들이 붙잡혀 심한 고문을 받았다는 기사를 보면서 하염없는 분노와 무력감을 느꼈다.

　하세가와를 일부러 초대해 극적인 장면까지 연출했지만, 그의 말대로 동포의 죽음과 고통으로 서구인들의 동정을 산 것에 불과했다.

　거칠게 숨을 몰아쉬면서 쪼그리고 앉아 있는 그에게 황기환이 다가왔다.

　"괜찮으십니까?"

　"우리가 과연 잘하고 있는 걸까?"

　김규식의 흔들리는 눈빛을 본 황기환이 먼 하늘로 시선을 돌렸다.

　"전투가 끝나면 하늘을 올려다봤습니다. 그러면 내가 살아있다는 것을 느낄 수 있죠. 그 다음에는 무슨 감정이 느껴지는지 아십니까?"

　김규식이 고개를 젓자 황기환이 대답했다.

　"살아있다는 것에 대한 고통입니다. 동료들 중 누군가는 죽었을 테니까요. 전쟁이라는 게 그렇습니다. 뻔히 이길 수 없는 전투에 나서야 할 때가 있고, 죽을 줄 알면서도 진격해야 할 때가 있죠. 우리가 바로 그런 상황 아니겠습니까?"

　"우리가 결국 실패할 수밖에 없단 얘긴가?"

　"전투에서는 이기고 지는 게 분명하지만 전쟁은 그렇지 않으니다. 살아남는 게 이기는 것이고, 그러면 반격할 수 있는 기회는 얼마든지 있으니까요 힘들겠지만 기운 내십시오."

김규식이 황기환의 어깨를 짚으며 말했다.

"잠시 우체국에 좀 갔다 오겠네."

"좀 쉬시는 게 어떻겠습니까?"

황기환의 만류에 김규식이 가볍게 고개를 저었다.

"상하이의 동지들에게 급하게 알려줘야 할 일이 있어서 말이야."

6장

신이 역사를 지나는 순간

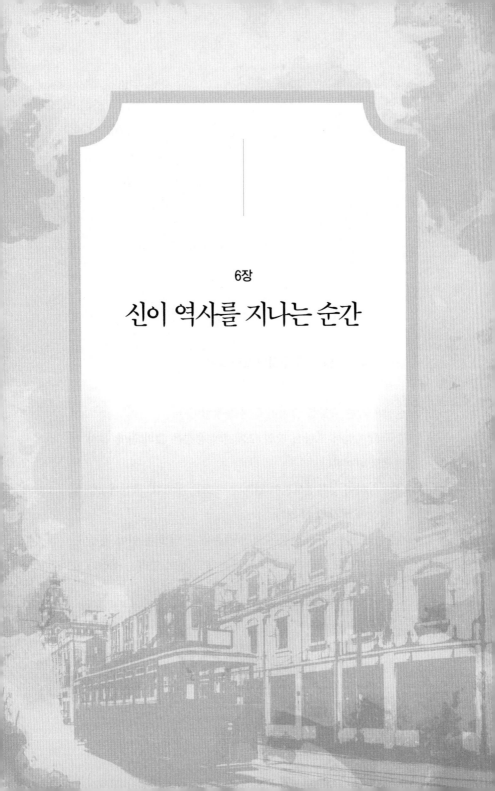

1919년, 4월 10일, 중국 상하이 프랑스 조계지

신철은 걷는 속도를 줄이며 주변을 살폈다.

중국 땅이면서 프랑스 땅인 조계지의 풍경은 그의 눈에 몹시 이 질적으로 비춰졌다.

그는 상하이 일본영사관이 알려준 주소를 찾았다. 하얀색 2층 양 옥집 담장에 빨간 꽃이 폈다.

대문 안으로 들어간 신철은 먼저 권총을 문 옆 화분 안에 숨겼다.

문을 두드리고 기다리는데 자물쇠를 풀고 문이 열리는 소리가 들 렸다. 두건으로 얼굴을 가린 남자가 일본어로 물었다.

"누구십니까?"

"꽃 배달 왔습니다."

신철이 미리 들었던 암호로 대답하자 남자가 재차 물었다.

"벚꽃인가?"

"동백꽃."

문이 열리면서 가장 먼저 보인 건 그를 겨눈 권총이었다.

다른 손이 그의 몸을 뒤졌다.

무기가 없다는 걸 확인한 그가 옆으로 물러나서는 들어오라는 눈짓을 했다.

안으로 들어간 신철은 문이 닫히는 소리를 들으면서 물었다.

"당신이……."

대답 대신 차가운 총구가 목덜미에 닿았다.

"이봐, 조센징!"

상대방이 신경질적으로 뇌까렸다.

"나는 상하이 일본영사관 소속 하시모토다. 쓸데없는 질문은 삼가도록."

그때 계단 아래로 누군가 내려왔다. 회색 바지에 멜빵을 두른 셔츠 차림의 남자였다. 단정하게 빗은 머리 아래 날카로운 눈빛이 번득였다.

그가 소매를 접으면서 그의 앞에 섰다.

가만히 선 채 고개만 살짝 비트는 데도 왠지 모를 긴장감이 느껴졌다. 그가 눈짓을 하자 목덜미의 총구가 치워졌다.

"내가 누군지 알려고 하지 마."

신철이 못마땅한 듯 고개를 끄덕거리자 그가 말했다.

"앞에 계단으로 올라가."

시키는 대로 계단으로 올라가자 나무가 깔린 복도와 방문들이 보였다.

"오른쪽 제일 끝 방."

복도를 천천히 걸어가서 문을 열자 맞은편에 커다란 창문이 보였다.

오른쪽 벽에는 서양인들이 쓰는 침대가 놓였고, 그 옆에는 거울이 달린 옷장과 테이블이 있었다. 신철이 방 안으로 들어가자 그가 슬며시 문을 닫았다.

"침대 머리맡에 망원경과 종이가 있다. 확인해봐."

침대로 걸어간 신철은 망원경과 옆에 있는 종이 뭉치를 봤다.

종이에는 일본인들이 불령선인이라고 부르는 독립운동가들의 각종 기록과 사진, 몽타주가 빼곡했다.

"길 끝에 있는 파란 지붕 주택이 목표다. 그곳에 드나드는 불령선인들 중 기록에 있는 자들과 대조한다."

"참석자들을 확인하라는 말씀이십니까?"

"특히 이자가 오는지 확인해."

신철은 무덤덤한 눈길로 그가 넘겨준 종이를 들여다보았다.

콧수염에 양복 차림의 조선인이 사진관에서 찍은 흐릿한 사진이 보였다. 그 옆에는 한자로 이름이 적혀 있었다.

"여운형? 이자가 수괴입니까?"

"알 필요 없어. 문은 밖에서 잠글 거니까 쓸데없는 짓 하지 말고, 감시 잘해."

그가 문을 닫고 나가자 열쇠를 잠그는 소리가 들렸다.

의자를 창가에 가져다 놓은 신철은 망원경으로 파란지붕의 집을 건너다봤다.

야트막한 담장에 나무로 지은 양옥이 보였다. 그리고 양복 차림이긴 하지만 한눈에 봐도 조선 사람들이 주변에 보였다.

신철은 그들을 보고 있는 것만으로도 긴장되었다. 그들이 사냥의 목표물이기 때문인지, 은밀하게 일을 작당하는 경계의 대상이라 그런지는 판단하기 어려웠다.

경성에서의 만세운동 이후 희망을 얻은 독립운동가들이 모여 독립선언서를 발표하고, 여기저기다 임시정부들을 세운다고 했다. 여기 오기 전에 쓰기우치 부장이 알려준 내용을 떠올린 신철은 나지막하게 중얼거렸다.

"여기도 임시정부를 세우려는 건가?"

망원경으로 살펴보는데 낯익은 얼굴이 눈에 띄었다. 신철은 방금 전 봤던 서류의 사진을 들여다보며 중얼거렸다.

"여운형……."

밤이 깊어지자, 현순 목사가 상하이 프랑스 조계지 김신부로 60호에 마련한 집에 불을 켰다.

이곳은 서양인이 쓰던 2층짜리 양옥으로, 수십 명이 모여 회의를 열기에 적당했다.

먼저 와 있던 여운형은 들어오는 사람들과 일일이 악수를 나누면서 자리를 권했다.

여운형과 상의한 후에 독립 임시사무소를 만든 현순 목사는 각지에서 온 독립운동가들과 만나 협상을 한 끝에 독립운동 단체를 결성하기로 했다.

정해진 날짜가 되자, 김철과 선우혁, 조동호 등 신한청년당 당원들은 물론 이동녕과 이시영, 안창호, 이회영, 신익희, 조완구, 한진교, 백남칠, 현창운, 김동삼, 신석우 같은 거물급 독립운동가들이 속속 모여들었다.

미국 오하이오의 우스터 대학에서 공부 중이던 친동생 여운홍도 왔고, 동경에서 오다가 부두에서 장덕수를 만났던 이광수도 한자리를 차지했다.

글재주가 뛰어났던 이광수는 박은식과 함께 신한청년당 명의로 발간되는 잡지인 신한청년을 맡았다.

성격이 괄괄하기로 이름 난 신채호도 도포자락을 휘날리며 들어섰다.

옷차림과 나이는 달랐지만, 얼굴에는 벅찬 기대감이 깃들어 있었다. 밤이 깊어져도 아무도 피곤해 보이지 않았다.

독립운동가들 중에는 대한독립의군부 부주석인 조용은도 앉아 있었다. 세상에는 본명보다는 호를 딴 조소앙이라는 이름으로 더 잘 알려진 그는 재작년 대동단결선언을 발표했다.

'모든 국민에게 주권이 있다는 국민주권설을 주장하면서 임시정부의 구성을 촉구하는 내용이었는데.'

여운형은 고집스럽게 생긴 그의 얼굴을 훔쳐보면서 내용을 떠올려봤다.

짧은 머리와 작은 눈에 큼직한 체구를 한 그는 열성적인 기독교 신자였지만, 자신만의 독특한 신흥 종교인 육성교를 창설하기도 했다. 참석자들이 속속 모여들고 시간이 다 되어가자 좌장격인 이동녕이 입을 열었다.

"다들 모이셨으니 바로 회의를 시작하겠습니다."

누군가를 시작으로 참석자들이 박수를 치기 시작했다.

의자에 앉지 않고 여운홍, 선우혁과 함께 서 있던 여운형도 박수
대열에 합류했다.

이동녕이 구석에 앉아 있던 조소앙을 소개한 후 할 말을 이어갔다.

"경중은 모두 잘 아시리라 믿소. 우리가 이곳에 모인 이유는 일제
에 맞서 싸울 수 있는 새로운 정부를 만들기 위해서입니다. 지난 3
월 1일 경성에서 시작된 만세운동은 전국으로 퍼져나가고 있습니
다. 하지만 일본은 총칼로 우리 민족을 학살하고 있으며, 정당한 요
구도 묵살하고 있습니다. 따라서 우리의 힘을 결집해 조직을 만들
고 독립을 위해 최후까지 항쟁해야 할 것입니다."

여운형은 이동녕의 연설에 열중해 있는 참석자들을 하나씩 바라
보았다.

독립운동을 한다는 공통점을 빼고는 다른 점들이 더 많은 사람들
이었다. 미국에서 이승만과 함께 활동하는 사람들부터 만주에서 총
을 들고 일본군과 혈전을 벌였던 사람, 베이징이나 상하이에서 조
용히 지내다 만세운동이 벌어지자 독립운동에 뛰어든 이도 보였다.

지역도 달랐고, 신분도 차이가 있었다. 이회영과 이시영 형제들처
럼 삼한갑족이라 불릴 정도의 부호이자 권력가 집안부터, 자신처럼
관직에 나아가지 못하고 고향에 세거하던 몰락한 양반들까지 다양
하기 그지없었다.

"대단하지 않습니까? 형님."

동생 여운홍이 다소 들뜬 목소리로 감탄했다. 명망 있는 독립운
동가들을 한자리에서 이렇게 많이 보게 되었으니 놀랄 만도 했다.
여운형은 대답 대신 고개를 끄덕거렸다.

이동녕의 말이 이어졌다.

"정부가 만들어지려면 헌장이 필요하니, 그것부터 만들어야 합니다. 그 전에 나라 이름을 비롯해 각 부의 책임자들을 정해야 하고 말입니다."

여운형은 연설이 진행되는 와중에도 다양한 부류의 참석자들 사이에서 묘한 긴박감이 흐르는 걸 느꼈다. 서로 다른 생각들을 가진 사람들이 모였으니, 자연스럽게 우러나는 감정일 것이다.

옆에 서 있던 선우혁이 속삭였다.

"이틀 전에 경성에서 경성독립단원 강대현이라는 사람이 왔었네."

"무슨 일로요?"

"경성의 독립운동가들이 임시정부를 세운 모양이야. 그 명단이랑 헌법 원문을 가져왔다고 하더군."

선우혁이 뜸을 들였다가 말을 이었다.

"경성만 해도 한성정부와 조선민국 임시정부가 있고, 평안도에 신한민국정부가 만들어졌다네. 노령에도 대한국민의회가 세워졌고 말이야."

"그야말로 난립이군요."

"3·1 만세운동 이후 억눌렸던 세력들이 한꺼번에 터져 나왔으니까. 자칫하다가는 주도권을 놓칠 수 있다는 생각이 드는 모양이야."

선우혁의 설명을 들은 여운형은 답답해졌다.

"이 와중에 주도권 다툼이라니."

"이상하게만 보지 말게. 어떤 방식으로 싸우느냐도 굉장히 중요하니까 말이야."

"이기는 것보다 더 중요한 게 있습니까? 목표에 집중해야 하는데, 방식에만 얽매일까 봐 걱정입니다."

"저 사람들을 봐."

선우혁이 낮은 목소리로 속삭이며 참석자들을 휘둘러보았다.

"눈 딱 감고 일본에 고개를 숙였으면 지금쯤 고향에서 떵떵거리면서 살았을 사람들이야. 그런데 가진 걸 다 포기하고 이역만리에 온 건 고집 때문이지. 목에 칼이 들어와도 자기 고집을 꺾지 않을 사람들이잖아. 그러니 어떤 방식으로 싸우느냐는 굉장히 중요하지."

여운형이 쓴웃음을 지었다. 유연하지 못한 태생적인 고집이 문제를 발생시키는 예는 숱하게 봐왔다.

"왕실을 복원하자는 복벽주의자부터 러시아처럼 공산주의 혁명을 일으켜야 한다는 사람들까지 다양한 사람들이 모였어. 결론을 내리기가 쉽지 않을 거야."

얘기를 나누는 사이, 회의 내용을 적기 위해 펜과 노트를 준비한 조소앙이 말했다.

"가장 먼저 해야 할 것은 회의의 명칭을 정하는 것입니다."

생각지도 못한 건의에 좌중이 술렁거리자, 조소앙이 펜을 든 손을 치켜들었다.

"회의가 어떤 목적을 가지고 있고, 무엇을 하고자 하는지를 드러내려면 어떤 이름을 지을지가 반드시 필요합니다. 저는 임시의정원이라는 명칭을 썼으면 합니다."

"그게 무슨 뜻입니까?"

누군가의 물음에 조소앙이 대답했다.

"일단 정부를 구성하기 위해서는 법이 필요합니다. 의정원은 법을 만드는 입법기관이라는 뜻이 담겨 있죠."

"법을 만든다 함은 정부를 구성한다는 말씀이십니까?"

조소앙은 참석자들을 천천히 돌아본 후에 고개를 끄덕거렸다.

"당연히 그렇습니다."

올 게 왔다는 생각이 든 여운형이 손을 머리 위로 들며 헛기침을 했다. 모두의 시선이 그에게로 쏠렸다. 좌중이 일시에 고요해졌다.

며칠 동안 고민했던 부분을 얘기할 상황이 왔다. 여운형은 스스로에게 묻고 또 물으며 자신의 판단이 옳은지 그동안 고민해 왔다. 자칫하면 건설적인 분위기에 찬물을 끼얹을 수 있었고, 비난을 받을 수도 있었기 때문이다. 하지만 잘못된 방향으로 가는 건 막아야 한다.

분란을 일으킬 수 있는 발언이었으므로 그는 최대한 조심스럽게 입을 열었다.

"저는 회의에 앞서 먼저 논의할 문제가 있다고 봅니다."

"어떤 문제 말인가?"

이동녕의 물음에 여운형은 차분하게 대답했다.

"우리에게 정부라는 조직이 필요한지 말입니다."

이동녕이 덤덤하게 대답했다.

"지금 우리는 정부를 만들기 위해서 모였네."

"정부를 조직하는 것보다 중요한 건 우리가 어떻게 싸워서 해방을 쟁취하느냐, 하는 겁니다. 우리가 만드는 조직도 거기에 맞춰야 하고 말입니다."

"몽양의 말도 일리가 있지만, 나뿐만 아니라 대부분의 사람들이 정부를 만들어야 일본에 저항하는 민심을 모을 수 있으리라 믿네."

이동녕의 말에 참석자 대부분은 동조하는 눈빛이었다.

여운형이 말하고자 하는 의미를 간파한 이회영이 나섰다.

"내 생각도 몽양과 비슷하오. 대개 운동의 조직이라는 것은 어떤 형태를 가지고 있느냐가 중요한 것이 아닙니다."

명망 있는 집안 출신인 이회영은 조선이 식민지가 되자 형제들과 함께 간도로 망명했다. 그런 영향으로 그의 발언은 힘이 있었다.

"실제로 독립운동을 하는 데 중요한 건 정부의 존재 유무가 아닙니다. 중요한 건 상호간에 중복과 마찰 없이 신속하고 효율적으로 이뤄질 수 있도록 지도할 수 있는 조직을 만드는 것입니다."

이회영이 참석자들을 잠시 바라보다 말을 이어갔다.

"그런 측면에서 보자면 정부 형태는 비효율적일 수 있습니다. 정부라면 집정관 내지는 총리가 이끌어야 하는데, 만약 그에게 반대하는 사람이 있다면 참여할 마음이 나겠습니까? 오히려 파벌 간의 대립을 심화시킬 수 있기 때문에 나는 반대하오."

이회영 다음으로 이광수가 나섰다.

"저 역시 같은 생각입니다. 무릇 정부라 함은 영토와 국민과 주권이 있어야 하는데, 우리들은 그 중 한 가지도 없습니다. 뿐만 아니라 정부를 조직하고 체제를 갖춘다면 일의 절차가 너무 복잡해져 독립운동을 하는 데 방해가 될 수도 있습니다."

여운형은 충분히 수긍할 수 있었다. 만주로 갔을 때 문창범이 했던 얘기가 떠올랐다. 이곳에 독립운동을 하는 사람들이 더 많고, 활동도 더 많이 하는데 왜 저 멀리 상하이로 가야 하느냐는 그의 논리는 여운형으로 하여금 많은 생각을 하게 만들었다.

정부를 설립하면 자칫 그들을 통제하거나 간섭하는 걸로 비춰질 수 있다는 점도 정부 설립을 반대하는 이유 중 하나였다. 또 하나는 선우혁과 이회영의 생각대로 정부 형태로 만들 경우 주도권을 차지하기 위한 다툼이 커질 수 있다는 점이었다.

여운형이 제기한 논점에 대해 동조하는 발언들이 계속되자 참석자들 사이에서는 묘한 긴장감이 흘렀다.

빼앗긴 나라를 되찾겠다는 사명 이외에는 출신 성분부터 독립운동에 뛰어든 배경, 최선의 방안이라고 생각하는 것 모두 달랐다. 서로 다르기 때문에 무엇이든 논쟁거리가 되기 십상이라는 걸 다들 알고 있었다.

무거운 침묵이 이어지자 이동녕이 나섰다.

"몽양을 비롯한 여러분들의 의견 잘 들었소. 정부라는 것이 거추장스럽고 번거로울 수 있다는 점은 나도 동의하오. 그럼에도 불구하고 나와 많은 사람들이 정부 설립을 주장하는 것은 시대적 흐름과 상황 때문이오."

"혹시 우후죽순처럼 생기는 정부들 때문에 그러는 것 아닙니까?"

누군가 삐딱하게 묻는 질문이 터져 나오자 술렁거림으로 이어졌다.

모두에게 진정하라는 눈빛을 던진 이동녕이 입을 열었다.

"우리가 나라를 일본에게 빼앗겼을 때 사람들이 크게 반항하지 않았던 것은 나라에 대한 생각이 없었기 때문이오. 예전의 나라라는 것은 임금과 소수의 대신들이 국정을 운영하고 결정을 내렸기 때문에 백성들은 나라가 무언지, 그걸 빼앗기면 어찌 되는지 전혀 알지를 못했소. 거기다 일본이 국권을 빼앗으면서 자국민과 동등하게 대해주겠다 선전했기 때문에 많은 사람들은 그걸 믿었다오."

모두들 침통한 표정으로 말을 이어가는 이동녕에게서 눈을 떼지 못했다.

"왜놈들이 조선을 집어삼키고 억압적인 정책을 펴자 비로소 사람들이 눈을 뜨게 되었소. 나라가 없는 설움이 어떤 것인지 말이오. 우리의 독립은 프랑스 같은 외국인들이 아니라 조선 사람들의 마음을 움직여야 얻을 수 있소."

"그 마음을 얻기 위해 정부를 만든다는 얘기입니까?"

이동녕은 여운형의 물음에 고개를 끄덕거렸다.

"몽양에게 조선은 어떤 나라였소?"

뜻밖의 질문이었지만 여운형은 지체 없이 대답했다.

"썩어 문드러진 나라였습니다!"

"내가 몽양을 높이 평가하는 이유가 바로 거기 있소. 나라를 욕한 자들은 대부분 썩어 빠진 나라를 버리고 일본 편에 선 매국노가 되었으니 말이오. 나는 선비 집안에서 태어나 선비로 자라났소. 나에게 나라는 일편단심의 대상이었을 뿐이었소. 나 같은 사람들을 위해 정부가 필요하오. 번거롭고 복잡하지만 굳이 정부를 가져야 하는 이유가 바로 그것이오."

이동녕의 얘기에 신석우가 찬성의 뜻을 표했다.

"나라를 잃은 지 어언 10년이 넘었습니다. 민심을 얻고자 한다면 마땅히 정부를 세워야 한다고 생각합니다."

여운형이 고개를 저으며 반문했다.

"정부를 조직한다면 그에 걸맞는 체면을 유지해야 합니다. 우리에게 그럴 자금과 사람이 있는지 냉정하게 생각해봐야 하지 않을까요?"

"그럼 몽양께서는 어떤 복안을 가지고 계십니까?"

"정부 말고 당을 만들어야 하지 않겠습니까?"

"신한청년당처럼 말입니까?"

신석우의 반문에 여운형이 대답했다.

"당을 만들면 조직도 복잡하지 않고, 강령을 통해 목표를 뚜렷하게 드러낼 수 있으니까요."

얘기가 길어질 기미를 보이자 이동녕이 나섰다.

"좋은 논의이긴 하지만 지금은 시간이 없네. 지금 이 시간에도 왜놈들이 총칼을 앞세워 맨 주먹으로 만세를 부르는 동포들을 학살하고 있는 와중이야."

묵묵히 상황을 지켜보던 조소앙이 좌중을 향해 입을 열었다.

"그러면 정부 조직으로 할지 당 조직으로 할지 거수로 결정하는 게 어떻겠습니까?"

이동녕이 찬성하면서 바로 표결에 들어갔다.

대다수는 정부를 조직하자는 제안에 손을 들었다.

당을 조직하자는 제안에는 여운형을 비롯해 이광수와 이회영, 최근우만 거수를 했다.

예상은 했지만 압도적인 반대에 부딪치면서 여운형은 더 이상 입을 열지 못했다.

조소앙이 정식으로 의장을 정하자는 제안을 했고, 내친 김에 부의장과 서기까지 같이 뽑자는 제안으로 이어졌다.

의장은 좌장격인 이동녕이 맡았고, 부의장은 선교사 출신의 독립운동가 손정도가 뽑혔다. 서기는 이광수와 백남칠이 선출되었다.

정부를 조직하는 문제가 결론이 나자 이동녕이 다음 문제로 넘어갔다.

"다음으로 논의할 안건은 황실 우대 문제를 헌장에 넣는지 여부입니다. 거기에 대해서 자유롭게 논의를 해주십시오."

황실 얘기가 나오자마자 여운형이 가장 먼저 반대 의사를 피력했다.

"우리가 여기 모인 이유는 새로운 나라를 세우기 위해서입니다. 그런데 황실을 우대하다니요? 우리가 여기서 왜 이런 고생을 하고 있는지 잊어버리지 않았다면 황실은 거론되지 않아야 합니다."

다들 침묵을 지키는 사이 대한제국 시절 내부의 주사로 일했고, 대종교의 간부로 일하던 조완구가 나섰다.

"황실을 우대하자는 주장을 넣자고 한 건 나일세."

"그들은 5백 년 동안 이어온 나라를 팔아넘긴 자들입니다. 새로운 나라를 만들기 위해서는 과거와 철저하게 결별해야 하는데, 황실의 존재는 분명 걸림돌이 될 겁니다."

여운형은 강력하게 반대하고 나섰다. 황실의 처우 문제를 잘못 논의할 경우, 정부의 발목이 잡힐 수 있다는 점을 우려했기 때문이다.

그의 반박에 조완구가 수긍한다는 투로 말했다.

"나를 포함해 여기 모인 사람들 중 누구도 황실을 옹호하는 사람은 없네. 하지만 이번 3·1 만세운동이 성공할 수 있었던 것은 국상일에 사람들이 모였을 때 거사를 할 수 있었기 때문이야. 그들의 마음을 얻기 위한 것이라 생각해주게."

"저도 그런 사정을 모르는 바는 아닙니다. 하지만 새로운 정부에 흠집을 남긴 채 시작할 필요는 없지 않겠습니까!"

여운형의 반발이 수그러들 기미를 보이지 않자 조완구가 다시 나섰다.

"민심을 수습하고 국민들을 단합하기 위해서는 황실의 존재가 필요하네. 임시 헌법에 일단 우대한다는 내용만 넣고 나머지는 독립을 쟁취한 후에 논의해도 늦지 않는다는 게 나의 뜻일세. 그들이 독립하는 과정에서 어떠한 역할을 할지 아직 아무도 모르지 않는가?"

"물론 황실 사람들이 독립운동에 동참한다면 저는 두 팔을 벌려 환영할 것입니다."

여운형의 말에 조완구가 고개를 끄덕거렸다.

"본래는 일생 동안이라는 조항을 넣으려 했지만 몽양의 뜻이 그렇다면 그 부분은 삭제하겠습니다."

조완구가 좀 더 완화된 내용을 피력하자 참석자들이 찬성의 뜻을 드러냈고, 여운형은 더 이상 나서기가 곤란했다.

동생 여운홍이 진정하라는 듯 어깨를 토닥거렸다.

"형님 마음 잘 압니다."

그 역시 형과 생각이 다르지 않았다. 새로운 길을 걷기 위해서는 허리를 묶은 과거를 끊어내야 하고, 그때야 비로소 독립으로 가는 길이 열릴 것이기 때문이다.

토론이 대략 마무리가 되자 현순 목사가 다음 의제로 넘어갔다.

"다음은 관제와 국무원에 대한 것을 논의하는 게 좋겠습니다."

조소앙이 동의를 하면서 주제는 관제와 국무원 선출로 넘어갔다.

기다리고 있었다는 듯 신석우가 손을 들었다.

"관제는 국무총리제로 하고, 각 부의 총장을 두는 것을 제안합니다. 그리고 국무총리로는 이승만 박사를 추천합니다."

"추천한 이유는 무엇이오?"

이동녕의 물음에 신석우가 대답했다.

"이승만 박사는 한성에서 조직된 임시정부인 한성정부의 국무총리로 지명된 사람입니다. 한성정부와 통합하기 위해서는 그들이 추대한 인물을 국무총리로 지명해야만 합니다. 그리고 이승만 박사는 미국에서 오랫동안 활동했던 인물로 외교 문제를 처리할 적임자입니다."

신석우의 얘기가 끝나자 조완구가 외쳤다.

"재청합니다."

그렇게 이승만을 국무총리로 지명하는 분위기가 이어지나 싶었는데 아까부터 침묵을 지키고 있던 신채호가 벌떡 일어나면서 외쳤다.

"나는 이승만을 국무총리로 지명하는 것에 반대합니다."

격앙된 그의 목소리에 현순 목사가 물었다.

"왜 반대하십니까?"

"그자는 이완용보다 더한 놈이기 때문이오."

신채호의 거친 말에 참석자들이 술렁거렸다.

이승만에 대한 호불호는 갈릴지 모르겠지만, 그가 가지고 있는 위상은 어마어마했다. 그런데 신채호가 강력하게 반발하는 것은 물론 독설까지 퍼부은 것이다.

학구적인 신채호의 모습과는 사뭇 거리가 있었기 때문에 여운형도 속으로 많이 놀랐다.

이승만을 국무총리로 지명하는 것을 재청했던 조완구가 나섰다.

"아무리 그래도 너무 심한 말 아닙니까?"

"심하다니! 이완용은 있는 나라를 팔아먹었지만 그자는 없는 나라를 팔아먹은 놈이오! 서양말을 할 줄 알고 서양 사람과 가깝게 지낸다고 어찌 떠받들 생각만 한단 말이오."

"없는 나라를 팔아먹다니, 그게 무슨 억지십니까?"

조용한 성격의 조완구가 차분하게 묻자 신채호가 화를 냈다.

"그자가 윌슨 미국 대통령과 파리 강화회의에 조선을 국제연맹이 위임통치 해달라는 청원서를 냈다고 들었네. 일본에 빼앗겼던 나라를 다른 나라에 팔아넘기겠다는 뜻이지 않은가?"

신채호의 얘기를 들은 여운형은 비로소 상황이 이해가 갔다. 미국에 거주 중인 이승만은 국제연맹을 통해 문제를 해결하려고 했다. 그런 행위는 당연히 신채호 같은 강경파의 눈에 곱게 보일 리가 없었다.

조완구가 신채호를 간곡하게 설득했다.

"자세한 사항을 알아보고 얘기하는 게 어떻겠습니까? 각자 사정이라는 게 있는데 말입니다."

"알아보다니, 위임통치를 청원했는데 뭘 더 알아봐야 하나?"

꼿꼿한 신채호가 참석자들을 쏘아봤다.

"위임통치를 청원한 자를 국무총리로 내세우다니, 그렇게 썩어빠진 정신으로 어찌 나라를 되찾을 생각을 한단 말이오!"

참석자들에게 서슴없이 호통을 친 신채호가 기어이 옷자락을 펄럭이며 밖으로 나가버렸다.

싸늘해진 분위기를 수습한 것은 조소앙이었다.

"신채호 동지의 뜻도 일리가 있으니 후보를 몇 명 더 지명해서 경선을 합시다. 각자 추천하고 싶은 후보를 지명하고 참석자 중 3분의 2의 동의를 얻으면 이승만 박사와 함께 경선할 후보로 확정하는 게 어떻겠습니까?"

그의 얘기가 끝나자 참석자들이 후보를 지명했다.

김동삼은 이상재를 후보로 추천했고, 현순 목사는 조성환을 지명했다. 그리고 다소 뜬금없이 조소앙이 박영효를 거론했다. 현창운은 자리를 박차고 나간 신채호를 명단에 올렸다. 이영근은 파리에 간 김규식의 이름을 말했다. 현순 목사는 이회영을 후보로 올렸다. 마지막으로 여운형이 손을 들었다.

"도산 안창호 선생을 후보로 지명합니다."

거수를 통해 이승만 박사와 경선을 할 후보로는 이상재와 안창호의 이름이 올랐다.

조소앙이 자리에서 일어나면서 말했다.

"이제 세 명의 후보를 놓고 정식 국무총리를 뽑도록 하겠습니다. 제 생각은 참석자들이 무기명으로 한 명을 지목해서 최종적으로 결정하는 게 좋겠습니다."

다들 동의하면서 투표가 시작되었다.

각자 후보 중 한 명의 이름을 적은 종이를 접어서 조소앙에게 건넸고, 조소앙과 이동녕 그리고 손정도가 확인했다.

이동녕이 헛기침을 하고는 참석자들에게 발표했다.

"투표 결과를 말씀드리겠습니다. 이승만과 안창호 그리고 이상재 후보에 대한 무기명 투표 결과 이승만이 최다 투표를 얻었으므로 국무총리로 임명합니다."

여기저기서 박수소리가 터져 나왔다.

이승만이 국무총리로 선출되는 과정을 지켜본 여운형의 심경은 복잡했다. 이승만의 방식이 과연 옳은지에 대한 문제부터 선출 과정에서 불거진 갈등들이 앞으로 어떻게 전개될지 몰랐기 때문이다.

김규식의 요청으로 만주로 갔다 오면서 지역에 따라 독립을 쟁취하는 방식이 다를 수밖에 없다는 것을 뼈저리게 느꼈다. 살아온 경험과 살고 있는 환경에 따라 다른 결정을 내릴 수밖에 없기 때문이다.

임시정부를 만든다면 그들 간의 간극에 따라 분쟁이 발생할 가능성이 높았다. 여운형이 임시정부 형태 수립을 반대했던 가장 큰 이유 중의 하나였다.

여운형의 그런 속마음과는 달리 내각의 구성은 일사천리로 이뤄졌다.

내무총장은 한성정부에서 역시 내무총장으로 임명된 안창호가 지명되었다. 외무총장은 파리에서 한국공보국을 이끌고 있는 김규식이 임명되었다.

그나마 재무총장과 교통총장에 만주에서 활동 중인 최재형과 문창범이 지명되어 연결고리가 생긴 것을 위안으로 삼아야 했다.

군무총장 역시 러시아에서 한인사회당을 만든 이동휘가 임명되었고, 법무총장에는 이회영의 동생 이시영이 지목되었다. 정작 임시정부 수립에 결정적인 역할을 했던 여운형은 별다른 직책을 맡지 못했다. 내각 요인으로 지목될 때마다 여운형이 계속 거절했기 때문이다.

지켜보던 동생 여운홍이 물었다.

"왜 모든 직책을 마다하십니까?"

"경계에 있어야 하니까……."

"그게 무슨?"

"직책을 맡아 안으로 들어가면 전체를 보는 눈이 좁아질 수밖에 없어. 지금이야 다들 같은 방향을 보며 나가려 애쓰지만, 조만간 벽에 부딪칠 거야. 초기 임시정부는 안에서 다양한 문제들이 발생하겠지. 내가 할 일은 그때 그들 사이의 갈등을 줄이고 조정해주는 것이야. 그러려면 경계에 서 있어야 하지. 안팎을 자유롭게 오갈 수 있도록."

자물쇠가 풀리면서 문이 열리는 소리가 들렸다.

고개를 돌린 신철에게 그가 말했다.

"명단은 확인했나?"

신철은 잠자코 파란 지붕 양옥에 출입한 독립운동가들의 명단을 보여줬다.

그의 눈길이 여운형이 있는 곳에서 잠시 멈춘 것을 보았다.

명단을 내려놓은 그가 신철에게 말했다.

"저택의 동태는?"

"사람들이 들어간 이후 현관문을 잠그고 창문은 모두 커튼을 내려놨습니다."

"여운형이 안에 들어간 건 확실한가?"

"네."

신철을 밀치고 창가로 다가간 그가 독립운동가들이 모인 집을 뚫어지게 쳐다봤다.

생각에 잠겨 있던 그가 신철에게 돌아섰다.

"저 집으로 가서 여운형을 만나."

"직접이요?"

"신분을 밝히든 뭘 하든 상관없으니까 그자와 독대할 기회를 만들어."

"만나서 뭘 합니까?"

"이쪽이 보이는 창가로 유인해 커튼을 걷어. 여기서 내가 볼 수 있게."

그는 더 이상 질문을 받지 않겠다는 표정으로 나가라는 손짓을 했다.

신철은 명단이 적힌 종이를 챙겨 밖으로 나왔다.

아래층으로 내려오자 거실에서 담배를 피우고 있던 하시모토가 일어나 현관문을 열었다.

따라 나온 그가 문을 잠그기 전에 말했다.

"이번 임무가 성공하면 높은 포상이 기다리고 있을 거야. 실수하지 말고 잘 수행해."

"들어가서 바로 움직이면 의심을 살 수 있습니다."

"새벽에 프랑스 경찰이 순찰을 올 때까지는 상관없어. 그 전까지만 기회를 잡아."

커튼을 연 이후 어떤 일이 벌어질지는 대략 짐작이 갔다.

아마 망원렌즈가 달린 저격 총으로 여운형의 이마에 총알구멍을 낼 것이다. 밤중이긴 하지만 저택 안에 불이 밝혀져 있을 것이니 조준하기에는 별다른 어려움이 없을 것 같았다. 문제는 총이 발사된 이후였다.

비로소 자신이 어떤 상황인지 깨달은 신철은 마음이 무거워졌다.

눈앞에서 문이 닫히고 자물쇠가 잠기는 소리가 들렸다. 신철은 돌아서서 대문을 나섰다.

화분 옆의 권총이 생각났지만 일단 챙겨가지 않기로 했다.

깊은 어둠에 묻힌 거리를 구석으로만 걸으며 신철은 생각에 잠겼다.

이제 조선에는 아무런 미련도 남아 있지 않았다. 가족도 잃었고, 하나밖에 없는 절친한 친구도 죽었다. 그래서 상하이로 왔을 때 마지막 기회가 주어졌다고 생각했다. 도피의 기회가!

일본의 손길이 미치지 않는 먼 곳으로 떠나고 싶은 마음이 간절했다. 자신이 의지하고 지탱했던 모든 것들이 사라지고서야 그는 깨달았다. 비로소 자신이 살아가야 할 의미. 그건 일본도, 사라진 조국도 아니었다. 그 둘로부터 온전히 사라지는 것. 아무도 찾지 않는 곳에서 남은 생을 소진하고 싶었다.

어느새 목적지인 파란 지붕 양옥에 도착했다.

반쯤 열린 대문을 지나 현관으로 다가간 그는 문고리를 잡고 쿵쿵 두드렸다.

잠시 후, 누군가의 목소리가 들려왔다.

"누구십니까?"

"여운형 선생님을 만나러 왔습니다."

"여기 그런 사람 없습니다. 잘못 찾아오셨어요."

"아까 들어가는 걸 봤소. 급한 용무가 있어서 왔는데."

신철이 버티자 잠시 후, 문이 살짝 열렸다. 아까 낮에 확인한 현순 목사의 모습이 보였다.

당혹스러운 표정으로 그가 물었다.

"누구요?"

"신철이라고 합니다. 여운형 선생님에게 장덕수의 친구라고 전해 주십시오."

주저하던 현순 목사가 말했다.

"지금 회의 중이니 잠시만 기다리시오."

국무총리를 비롯한 각 부 총장과 차장의 임명이 끝나자 참석자들 사이에서 큰 고비는 넘겼다는 분위기가 흘렀다.

잠시 분위기가 누그러지자 여운형은 커피를 마시면서 정신을 가다듬었다.

　그사이, 조소앙이 참석자들에게 임시헌법이 적힌 종이를 나눠줬다. 서기인 이광수가 말했다.

　"30분 정도 보시고 별 문제가 없으면 이대로 통과하는 걸로 하겠습니다."

　커피 잔을 내려놓은 여운형은 동생과 함께 임시헌법을 들여다봤다.

　　대한민국 임시헌장

　　제1조 대한민국은 민주공화제로 함

　　제2조 대한민국은 임시정부가 임시의정원의 결의에 통해서 통치함

　　제3조 대한민국의 인민은 남녀와 귀천 빈부의 계급이 없고 일절 평
　　　　　등함

　　제4조 대한민국의 인민은 종교·언론과 저작, 출판과 결사, 집회와
　　　　　개인서신, 주소 이전과 소유의 자유를 향유함

　　제5조 대한민국의 인민으로 공민 자격이 있는 자는 선거권과 피선거
　　　　　권이 있음

　　제6조 대한민국의 인민은 교육과 납세, 병역의 의무가 있음

　　제7조 대한민국은 신의 뜻에 따라 건국한 정신을 세계에 발휘하며,
　　　　　나아가 인류의 문화와 평화에 공헌하기 위하여 국제연맹에 가
　　　　　입함

　　제8조 대한민국은 구 황실을 우대함

　　제9조 사형과 태형, 공창제를 폐지함

　　제10조 임시정부는 국토 회복 후 만 1년 이내에 국회를 소집함

항목을 차례대로 읽던 여운형은 눈살을 찌푸렸다.

그의 표정을 읽었는지 동생 여운홍이 물었다.

"왜요? 형님."

여운형은 임시헌법이 든 종이를 움켜쥔 채 의장인 이동녕에게 외쳤다.

"이의 있습니다!"

"말씀하세요."

"임시헌법에 나오는 국호인 대한민국은 어떻게 만들어진 겁니까?"

여운형의 물음에 이동녕이 대수롭지 않게 대답했다.

"그냥 임시로 정했네. 일단은 대한제국에서 제국을 떼고 민주 공화정을 지향하는 만큼 민국을 붙인 것이지."

"뒤에 민국은 중화민국의 사례도 있으니까 이해할 수 있지만 왜 대한입니까?"

"그거야 마지막 국호였으니까 그렇지요."

펜을 들고 있던 조소앙의 말에 여운형이 고개를 저었다.

"대한제국은 고작 십 수 년밖에 명맥을 유지하지 못했습니다. 수백 년 동안 써온 조선을 버리고 대한을 택한 것은 납득하기 어렵습니다."

그의 말을 들은 조완구도 나섰다.

"저도 같은 생각입니다. 조선이라는 이름을 오랫동안 사용했으니, 그걸 내세우는 게 좋지 않겠습니까?"

여운형과 조완구의 반대에 만주에서 신흥학교를 운영 중이며 졸업생들로 구성된 서로군정서를 이끌고 있는 김동삼이 나섰다.

"저는 대한이라는 명칭을 쓰는 것에 찬성합니다. 대한으로 망한 나라를 대한으로 다시 흥하게 해야 하기 때문입니다."

"상징적인 측면에서 보자면 5백년을 이어 온 조선이 더 크다고 봅니다."

여운형의 반박에 김동삼이 고개를 끄덕거렸다.

"일리가 있는 말이오. 하지만 대한이라는 명칭은 이미 만주에서 도 많이 쓰이고 있으니 조선과 비교해서 짧다고 무시할 수는 없습니다. 얼마 전에 길림에서 독립운동가들이 모여 발표한 것도 '대한 독립선언서'였고 말입니다."

양측의 의견이 팽팽하자 법무차장으로 임명된 남형우가 나섰다.

"만세운동 현장에서 '대한독립만세'라는 구호가 나온 걸 똑똑히 들었습니다. 대한제국은 그냥 나라가 아니라 제국을 표방했으니 계 승해도 나쁘지 않다고 생각합니다."

남형우의 말을 들은 여운형이 반박했다.

"대한제국은 불과 13년밖에 존속하지 못했습니다. 을사년 이후에 는 사실상 국가로서의 기능을 상실했고요."

남형우와 여운형의 논쟁이 길어지면서 다른 의견들이 나왔다. 밀 양에서 대한광복단 활동을 하다가 만주로 이동했던 김대지가 입을 열었다.

"대한과 조선 모두 문제가 있다면 차라리 고려로 하는 게 어떻겠 습니까? 외세의 침입에도 굴하지 않고 맞서 싸운 강건한 이미지가 있으니까 말입니다."

그밖에도 여러 의견들이 나왔지만 조소앙과 남형우의 의견대로 대한민국으로 하자는 의견이 많았다.

대한으로 망했으니 대한으로 흥해야 한다는 논리가 참석자들에게 먹힌 것이다.

여운형이 어쩔 수 없다는 듯 입을 다물면서 임시정부가 내세울 국호는 대한민국으로 결정되었다.

격론이 이어지면서 이제 시간은 자정을 넘어 새벽으로 향했다. 다들 눈에 띄게 지쳐가자 의장인 이동녕이 선언했다.

"다들 피곤하실 테니 회의는 여기까지 하고, 한 시간 정도 쉬었다가 다시 열도록 하겠습니다. 남은 건 의정원 의원을 선출하는 것이니까 힘들어도 조금만 참아주시기 바랍니다."

의장인 이동녕이 휴회 선언을 하자 여기저기서 신음소리가 터져 나왔다.

나이가 많은 참석자들이 허리를 토닥거리면서 자리에서 일어났다.

2층에 커피와 음식이 마련되었다는 현순 목사의 말에 다들 계단을 올라갔다.

그들을 지켜보던 여운형에게 이동녕이 다가왔다.

"몽양, 괜찮으면 따로 회의를 했으면 하네."

그의 옆에 조소앙이 있는 걸 보고 여운형은 사안이 심상치 않다는 걸 예감했다.

"무슨 일입니까?"

이동녕이 긴장된 어조로 대답했다.

"자네와 긴히 논의할 게 있어."

한참 나이가 많은 이동녕의 말에 여운형은 더 이상 묻지 못하고 남았다.

이동녕은 조소앙과 함께 회의실로 썼던 곳 건너편에 있는 작은 서재로 여운형을 데려갔다. 동생 여운홍도 함께 서재로 따라 들어왔다.

가죽으로 된 소파에 앉은 이동녕이 여운형의 눈을 들여다보며 말했다.

"다른 사람들은 모르겠지만, 나는 오늘의 일이 몽양에서부터 시작된 줄 잘 알고 있네."

"해야 할 일이었습니다. 그뿐입니다."

"오늘 자네에게 또 하나 중요한 일을 맡겨야 할 것 같네."

"중요한……."

"현 목사가 누가 자네를 찾아왔다고 하더군."

조소앙이 덧붙였다.

"신철이라고."

뜻밖의 얘기를 들은 여운형이 눈살을 찌푸렸다.

"모르는 자입니다. 그자가 왜 저를?"

"현목사 말이 장덕수의 친구라고 하는데, 말하는 것이 꼭 밀정 같다고 하더군."

밀정이라는 말에 그는 직감했다. 며칠 전 파리에서 김규식이 보낸 전보가 자연스럽게 떠오른 것이다.

일본이 암살자를 보낼 계획이니 조심하라는 내용이었는데, 이렇게 빨리 현실로 다가올 줄이야.

그러나 그보다 더 심각한 건 이 자리가 노출되었다는 것이다.

"밀정이 여길 어떻게 알고 찾아온 겁니까?"

이동녕이 괴로운 표정을 지었다.

"나도 영문을 모르겠네. 오늘 일이 누설되면 타격이 심각할 거야. 어떤 사태가 터질지 모르고. 젊은 친구들을 시켜 근방의 동태를 살폈는데, 일본의 움직임은 전혀 포착되지 않았어. 프랑스 조계지에 외교 마찰을 감수하고 움직일 상황은 아니라고 본 거겠지. 그러니 일단 그자를 만나 돌아가는 상황을 파악해야만 하네."

여운형은 돌아가는 상황을 짐작했다. 일본에 위치가 노출되었지만, 프랑스 조계지라는 방패로 어느 정도 안전은 보장되는 상황.

마치 외줄타기를 하는 것처럼 아슬아슬한 형국이었다. 그렇다고 지금 이 많은 독립운동가들이 일제히 해산해버릴 수는 없었다. 이 정도 인원의 운동가들이 다시 날을 잡아 모인다는 것은 불가능하다는 걸 누구보다 잘 알고 있었다.

조금만 더 버티면 된다. 이제 얼마 남지 않았다. 만나서 시간을 벌어야 한다는 생각에 여운형이 물었다.

"그자가 지금 여기 와 있습니까?"

여운형이 마음의 결정을 내리자 옆에 있던 조소앙이 대답했다.

"밖에서 기다리라고 했네."

"제가 따로 만나겠습니다."

"알겠네."

이동녕이 눈짓을 하자 현순 목사가 밖으로 나갔다.

잠시 후, 낯선 남자를 데리고 들어왔다.

가죽 점퍼에 검정색 헌팅캡 차림이었다.

청년 둘이 곧바로 그의 몸을 수색했다.

무기가 될 만한 것이 발견되지 않았다는 눈짓을 보내자 여운형이 물었다.

"이름과 소속!"

"내 이름은 신철이라고 하오. 종로경찰서 소속이고."

그 자리에 있던 모두가 놀랐다. 버젓이 자신을 일본 경찰이라고 밝힌 것이다. 당장 살해되어 암매장당할 수 있는 상황이었다.

이 무모한 자신감이 무엇으로부터 비롯되는 것인지 여운형은 짐작조차 할 수 없었다.

여운형이 위압적으로 물었다.

"장소는 어떻게 알아냈나?"

"총독부에서 많은 관심을 기울이고 있소. 프랑스 조계 안이라 직접 진압은 못 하고 있지만, 철저하게 감시중이지."

여운형을 비롯해 서재 안에 있던 사람들은 암담함을 느꼈다.

신철이 담배를 꺼내며 여운형에게 말했다.

"괜찮으면 둘이서 조용히 얘기를 나누고 싶은데."

"……."

여운형은 잠시 망설였다. 그에게 그 말은 단순히 제안이 아니라 다른 정보가 있다는 말로 들렸다.

결심한 여운형이 이동녕에게 나가라는 눈짓을 했다.

이 자리에서 제거할 수도 있었지만, 알아내야 할 것이 많았기에 이동녕도 다른 이들을 데리고 서재 밖으로 나갔다.

문을 닫으면서 여운형에게 속삭였다.

"어떻게든 설득해. 안 되면 없애야 돼."

이동녕이 품속에서 작은 육혈포를 건넸다. 재빨리 상의 속에 쑤셔 넣은 여운형이 문을 닫고 돌아섰다.

벽난로 앞에 섰던 신철이 돌아보자 여운형이 자리를 권했다.

그가 자리에 앉자 여운형이 물었다.

"장덕수를 안다고 하던데, 그 친구는 지금 어디에 있나?"

"만세 시위 직전에 체포되었고, 형무소에 수감되어 있다가 하의 도로 유배를 갔을 거요."

"그 친구를 어떻게 알고?"

"내가 체포했으니까. 정확하게는 제안을 받았지. 자신을 체포하는 대신 보성인쇄소에서 독립선언서를 인쇄 중이라는 걸 함구해달라고."

여운형은 적잖이 놀랐지만, 내색할 수는 없었다. 장덕수가 유배까지 가 있을 줄은 몰랐다. 어딘가에 머물러 있을 것이고, 언제가 돌아오리라 속편하게 여기고 있었다. 그런데 유배라니.

장덕수가 겪었을 고초를 생각하면 온몸이 부르르 떨릴 일이었지만, 여운형은 참아내려 안간힘을 썼다. 장덕수와 자신의 관계를 노출시키는 건 그를 더 위험하게 만드는 일이었다.

신철이 뜬금없이 물었다.

"당신에게 조국은 어떤 의미가 있소?"

"당신이 나한테 물을 질문은 아니군."

"뭐 이런다고 조선이 과연 빛을 볼 수 있겠소?"

"그것 역시 당신이 궁금한 건 아닐테고."

여운형의 굳은 표정을 살피고는 신철이 입을 열었다.

"당신 꿈을 꾸고 있군."

여러 가지 의미가 담긴 질문이었지만 여운형은 진지했다.

"꿈을 꾸지 않으면 앞으로 나아가질 못하는 법이지."

신철은 응수했다.

"앞으로 나가봐야 안개 속인 걸, 뭐 하러."

여운형은 조금씩 갑갑함을 느끼기 시작했다. 시간이 흘러가고 있지만, 이렇게 흘러가는 시간이 자신의 편인지 이자의 편인지 판단하기 어려웠다.

조계지 밖에서 일본 경찰이 진을 치고 있는 것이 아닌지 걱정스러웠다.

그때 신철이 뜬금없이 어린 시절 얘기를 꺼냈다.

"나는 동대문 밖 왕십리에서 나고 자랐소. 할아버지는 무위영 군졸이셨고, 아버지는 난전에서 장사를 했지. 어릴 때 기억나는 건 청나라 군인들이 아버지가 하던 난전을 뒤집어엎고 물건들을 훔쳐갔던 거. 저항하던 아버지는 휘두른 총에 맞아 허리를 심하게 다쳐 오랫동안 누워서만 지냈고."

어쩌면 정작 이자가 시간을 벌려고 하는지도 모른다는 생각마저 들었다.

"일본과 청나라의 전쟁이 터질 즈음 아버지가 돌아가시고 어머니 친척이 있는 전라도 곡성으로 내려갔소. 거기서 외삼촌과 함께 소작을 했는데 어느 날, 외삼촌이 한문이 적힌 천을 가져옵디다. 뭐냐 물으니 척양척왜, 보국안민이라고."

여운형은 상의 쪽으로 손을 가져가 육혈포를 만지작거렸다.

"그러니까 자네 집안도 동학에 가담했었군."

"외가 쪽은 모두 가담했소. 나중에 관군들이 와서 동비(東匪)[10]의

---

10) 동학 비적의 줄임말.

소굴이라며 온 동네에 불을 질렀지. 어머니는 세간을 건진답시고 불 속으로 뛰어들었다가 영영 나오지 못했고.”

그 시기는 여운형에게도 큰 격변기였다.

동학 운동 후, 그의 목표는 과거에 합격하는 것이었다. 하지만 갑오년의 경장으로 과거가 폐지되면서 꿈은 물거품이 되었다. 한양에 올라와 배재학당에 들어갔는데, 그때가 광무 4년(1900년)이었다.

“부모를 잃고 머슴처럼 살았소. 그렇게 몇 년을 버티다 밤중에 돈을 조금 훔쳐 한양으로 도망쳤어.”

비슷한 시기, 여운형은 1년 만에 배재학당을 그만두고 흥화학교로 옮겼다.

몇 년 다니다 우무학교라고 통신국에서 세운 학교에 들어갔다. 졸업하면 통신원이 될 수 있었기 때문이다. 하지만 을사늑약으로 통신국을 일본이 차지하면서 모두 쫓겨났다.

그즈음 할아버지와 아내 그리고 어머니, 아버지가 차례대로 돌아가셨다. 돌이켜보면 그의 인생에서 가장 어려웠던 시기였다.

여운형은 낯선 자의 넋두리를 통해 자신의 과거를 떠올리고 있다는 게 한심스럽게도 보였지만, 그의 말을 끊지 않았다.

“이것저것 하면서 지내다 우연히 동학의 3대 교령 손병희의 측근인 이용구를 만났소. 당시 손병희는 일본에 망명 중이었는데, 측근인 이용구를 국내로 보내 활동을 하게 했지. 그가 세운 진보회에 들어가 이것저것 일을 좀 했습니다. 그러다 일본과 러시아의 전쟁이 끝나고 손병희가 귀국하면서 일본과 손잡은 이용구가 쫓겨나 시천교를 따로 세웠소.”

“자네는 어느 편에 가담했나?”

"어정쩡하게 굴었소. 진보회와 합병한 일진회 회원이면서 동학에
도 몸을 담았지. 그러다 일본 경찰 통역으로 일하게 되었지. 일본이
조선을 합병한 직후 경찰 보조원으로 들어갔고, 운 좋게도 정식 경
찰로 임명이 되었소."

그가 자신이 일본 경찰이라는 걸 환기시키자 여운형은 초조해졌다.

얼마나 지났는지, 지나간 시간을 가늠해보았다. 이제 회의는 막바
지에 이르렀을 것이다. 문 쪽을 쳐다보았다. 모든 회의가 완료되었
다며 문을 열고 들어오길 기다렸다.

"작년에 가족들이 모두 병으로 세상을 떠났소. 친구는 미두사업
에 실패해 스스로 목숨을 끊었고."

신철이 가족이 죽었다는 얘기를 하고는 갑자기 벌떡 일어났다.

당황한 여운형의 손이 육혈포를 꺼내기 위해 품속으로 들어갔다.

신철은 여운형에게 다가드는 게 아니라 그를 지나쳐 곧장 창가로
다가갔다. 커튼 사이로 바깥을 슬쩍 살펴봤다. 커튼을 움켜쥔 손이
가볍게 떨렸다.

바깥의 어둠을 바라보던 신철이 여운형에게로 고개를 돌렸다.

"아직 밤이 깊습니다."

"곧 새벽이 오겠지."

신철이 무겁게 고개를 끄덕거렸다.

"시간을 내주셔서 감사합니다."

신철이 커튼을 닫고 여운형에게 다가왔다.

손을 내밀자 여운형이 물끄러미 그 손을 내려다보았다. 손이 가
늘게 떨리고 있었다.

여운형은 직감적으로 알 수 있었다. 그의 목적이 무엇인지는 몰

라도 일본으로부터 받은 명령을 수행하지는 않을 거라는 걸.

그렇다면 그에게 남은 선택지는 하나뿐이었다.

"이제 어디로 가나?"

잠시 생각을 하는 것 같던 신철이 빙그레 웃었다.

"곧 알 수 있겠죠."

밖으로 나온 신철은 희미한 빛을 비추는 가로등을 잠깐 올려다봤다. 그리고 돌이 깔린 거리를 천천히 걸어갔다.

가는 내내 여운형과 나눴던 얘기들을 곱씹었다. 발자국이 어둠 속에 울려 퍼지는 가운데 그는 아까 나왔던 저택으로 향했다.

현관 앞에서 심호흡을 한 신철은 화분 아래 숨겨둔 권총을 꺼내 코트 속에 찔러 넣었다. 그리고는 현관문을 두드렸다.

쿵쿵거리는 발소리가 들리고 문이 열렸다.

하시모토가 신경질적으로 물었다.

"왜 시키는 대로 하지 않았지?"

"기회가 없었습니다. 하지만 중요한 정보를 알아냈습니다."

"뭔가?"

"직접 보고하겠습니다."

신철의 말에 하시모토가 2층을 힐끔 바라봤다.

"잠깐 기다려."

하시모토가 돌아선 순간 신철은 품에 넣어둔 권총을 꺼내 뒤통수를 내리쳤다. 그리고 쓰러진 하시모토의 목을 단숨에 부러트렸다.

시신을 질질 끌어 부엌 쪽에 눕힌 그는 계단을 소리 없이 밟고 2층으로 올라갔다.

벽에 탁자를 붙여놓고 저격 총을 겨누고 있던 그가 돌아봤다.

문을 닫은 신철이 모자를 벗어 문 옆의 탁자로 다가가자, 그가 고 저 없는 목소리로 말했다.

"왜 커튼을 걷지 않았나?"

"기회가 나야지."

"그럼 바로 나왔어야지. 이제 프랑스 경찰들이 순찰을 돌 시간이야."

"그래서 일부러 시간을 끌었습니다."

신철의 말에 이상한 느낌을 받은 그가 얼른 탁자에 놓은 권총을 집어 들었다.

신철 역시 모자를 탁자에 놓으면서 품에 있던 권총을 꺼낸 상태 였다.

그는 권총을 겨눈 신철에게 물었다.

"배신이냐?"

"꿈을 꾸는 중이야."

신철의 눈을 바라본 그가 방아쇠를 당겼다. 신철도 그를 겨눈 채 권총을 발사했다.

둔탁한 총성이 이제 막 밝아오는 상하이의 거리에 울려 퍼졌다.

회의는 4월 11일 오전 열 시가 되어서야 끝났다.

각 부 총장을 보좌할 차장의 선임이 끝나고 임시헌법의 몇 가지 문구를 고치는 작업을 했다. 그리고 임시의정원 기초의원으로 선정 된 신익희와 손정도 등이 꼼꼼하게 살펴본 다음 참석자들이 돌려보는 것으로 마무리가 되었다.

중간에 조계지를 순찰 중이던 프랑스 경찰이 총소리가 들렸다는 신고가 들어왔다면서 찾아왔다.

아연 긴장감이 돌았지만 프랑스 경찰은 아는 바 없다는 현순 목사의 얘기를 듣고는 아무 말 없이 돌아섰다.

마지막으로 열 개 조항으로 된 임시 헌장을 살펴봤다.

여운형은 몇 가지 조항이 마음에 들지 않았고, 무엇보다 일사분란하게 움직일 수 있는 당 체제가 아닌 분란의 여지가 많은 정부 체제를 선택했다는 게 꺼림칙했다. 하지만 의미 있는 순간이라는 사실만큼은 분명했다.

다들 같은 생각인지 회의 동안 얼굴을 붉히면서 격론을 벌였던 사이도 웃으면서 악수를 나눴다. 현순 목사가 현관문을 열며 말했다.

"이런 좋은 날 사진 한 방을 남겨놔야 하지 않겠습니까? 밖에 사진사가 왔으니 얼른 나오십시오."

현관 앞에 사진기가 세워져 있었고, 팔에 토시를 한 중국인 사진사가 조수와 함께 분주하게 움직였다.

이동녕을 중심으로 자리를 잡는 가운데 기초의원인 신익희가 말했다.

"일본 놈들이 오늘 일을 알면 기절초풍하겠군."

그러자 부의장인 손정도가 맞장구를 쳤다.

"태산이라도 너끈하게 움직일 힘이 생긴 거지."

다들 자리를 잡자 중국인 사진사가 카메라 뒤에 달린 천을 뒤집어썼다. 그리고 조수가 옆에서 마그네슘을 터트릴 준비를 했다.

중국인 사진사가 영어로 외쳤다.

"원! 투! 쓰리!"

마그네슘이 터지면서 새하얀 빛의 세상이 잠시 생겨났다가 사라졌다.

여운형은 그 짧은 순간 속에서 작년부터 숨 가쁘게 지나왔던 시간들을 가만히 돌아봤다. 그리고 앞으로 어떤 시간들이 다가올지 궁금해졌다.

참석자들은 희망찬 표정이 대부분이었지만, 여운형의 안색에는 그늘이 깃들었다. 회의 장소와 시간을 정확하게 알고 찾아온 신철을 떠올리면 마냥 기뻐할 수만은 없었다.

7장

대한민국임시정부 특사 여운형

1919년 4월 16일, 조선 경성

분위기는 더 없이 무거웠다. 커피를 가져온 비서도 주눅이 들어 곧장 문을 닫고 나가버렸다.

창으로 총독부 바깥 남산의 풍경을 내다보던 마루야마 경무총감이 고개를 돌렸다.

소파 맞은편에는 커피 잔을 홀짝이는 미즈노 렌타로 신임 정무총감이 있었다.

마루야마가 기어 들어가는 목소리로 말했다.

"상하이에서의 공작이 실패로 돌아갔습니다."

미즈노가 입가에 댄 커피 잔을 멈칫하더니, 천천히 탁자에 내려놓았다.

"그자는 완벽하다고 하지 않았나?"

아키타 현의 번사 출신인 미즈노 정무총감은 노골적으로 불편한 기색을 드러냈다.

내무성에서 일하던 시절 명성황후의 시해에도 관여한 적 있던 그는 큰 눈과 두툼한 코에 광대뼈가 튀어나와 더 없이 신경질적으로 보였다.

3·1 만세운동의 여파로 제2대 총독인 하세가와 요시미치와 정무총감 야마가타 이사부로가 경질된 후 사이토 마코토 총독과 함께 부임했는데, 남대문 역에서 불령선인이 던진 폭탄에 하마터면 죽을 뻔한 위기를 넘기기도 했다.

마루야마가 더욱 굳어진 표정으로 대답했다.

"지금까지 한 번도 실패하지 않았던 최고의 공작원이었습니다."

"그런데 어떻게 실패했다는 거야?"

마루야마는 긴장했는지 머리 속에 정리했던 상황을 설명하기 전에 혀로 입술을 축였다.

"관계자들이 모두 죽어 현재까지 정확하게 파악이 되지 않고 있습니다. 상하이 영사관에서 파견한 영사 경찰은 현관 안에서 목이 부러진 채 죽었고, 종로경찰서 소속 조선인 순사와 우리 공작원은 2층 방에서 서로에게 권총을 겨눈 채 쓰러져 있었다고 합니다. 두 명 모두 총상으로 사망했고 말입니다."

"조선인 순사가 변심을 했을지도 모르겠군."

미즈노가 퉁명스럽게 말하면서 다시 커피 잔을 들었다.

"그런 놈을 보냈다는 것부터가 요원 선발에 심각한 문제가 있다는 거고. 작은 실수라도 큰 대가를 치러야 한다는 걸 모르나!"

자칫 책임 문제가 거론될 것 같은 분위기로 흐르자 마루야마는 고개를 저었다.

"누군가 침입해 반격하기 위해 권총을 뽑았을 수도 있습니다. 일단은 장소가 프랑스 조계지라 우리 측과 관련성을 지우는 데 최선을 다하는 중입니다."

미즈노가 그만 듣고 싶다는 듯 손을 휘저었다.

"그것보다 총감의 다음 계획을 알고 싶군. 조선과 만주 일대에 세워졌던 임시정부들이 상하이에 있는 임시정부와 통합되거나 해산을 한 상황이야. 이제 그들이 제대로 자리를 잡고 활동하면 조선 통치에 두고두고 골칫거리가 될 가능성이 높아지고 있다 이 말이야."

마루야마가 서둘러 대답했다.

"일단 감시를 붙여놓고 다음 기회를 노리는 중입니다."

미즈노가 커피 잔을 다시 내려놓으며 추궁하듯 말했다.

"총감에게 분명히 해둘 게 있네. 그자 이름이 강우규였나? 남대문역에서 총독각하를 향해 폭탄 공격을 저지른 놈이!"

"정말 송구스럽게 생각합니다."

"폭발력이 약해 큰일은 면했지만, 중요한 건 경성 한복판인 남대문역에서 폭탄이 터졌다는 거야. 3월 만세폭동으로 대일본제국의 위신에 금이 간 상황에서 이런 일이 자꾸 벌어진다는 건 좋지 않아. 이번 상하이 공작도 그렇고."

"저도 실패로 돌아갈 줄은……."

"만약 우리 공작원의 정체가 발각되면, 총독각하의 체면에 엄청난 손상을 입히는 일이 될 거야."

"책임지고 막도록 하겠습니다. 막지 못하면 할복을 해서 책임을 지겠습니다."

"자네가 할복하면 그 다음은 내가 배를 갈라야 하네. 그리고 탈아 입구를 외치는 이 시대에 할복을 한다면 외국인들이 우릴 어찌 보 겠나!"

마루야마는 미즈노의 호통에 식은땀을 흘렸다. 만세폭동을 제대 로 막지 못한 책임이 자신에게도 적지 않아 그 처벌이 어느 정도 강 도로 떨어질지 아직 알 수 없는 상황이었다. 만약 이런 상황에서 미 즈노와 총독의 마음에 드는 대책을 내놓지 못한다면 처벌은 해임 수 준에서 그치지 않을 것이다. 그나마 다른 계획을 세워둔 상태였다.

"정무총감 각하께서 허락해주신다면 소개해드릴 사람이 있습니다."

마루야마가 밖에 대고 소리쳤다.

"들어오라고 해!"

잠시 후, 문이 열리고 들어선 자는 검정색 프록코트에 실크 모자 를 쓴 일본인이었다. 가는 콧수염에 매부리코의 그는 목에 십자가 를 걸고 있었다.

마루야마가 소개했다.

"회중기독교회 소속의 무라카미 유키치 목사입니다."

"목사?"

미즈노가 어리둥절해하자 목사가 나섰다.

"조선총독부의 골칫거리를 없앨 좋은 방법이 있습니다."

"기도라도 할 생각이면 차라리 교회보다는 신사가 낫지 않나."

모욕적인 말이었지만 목사는 크게 당황하지 않았다.

"저는 상하이의 일본 YMCA 총무인 후지타 목사와 가깝습니다. 그를 통해 여운형과 접촉할 수 있습니다."

옆에서 듣고 있던 마루야마가 거들었다.

"여운형은 독실한 기독교 신자에다 전도사 노릇도 해서 일본인이라도 기독교 신자나 목사에게는 많이 호의적입니다."

"만나서 저격이라도 할 생각인가?"

퉁명스러운 미즈노의 대꾸에 목사가 고개를 저었다.

"일본으로 초대해 제국의 위엄을 보여주고 물심양면으로 설득해 전향시키도록 할 계획입니다."

"어림도 없는 소리! 어찌 대일본제국이 그런 불령선인을 불러들일 수 있겠나!"

"사이토 총독께서 문화정치를 표방하지 않으셨습니까? 조만간 조선어 신문의 발행을 허락하는 등 여러 가지 유화정책을 펴신다고 들었습니다. 거기에 걸맞게 우리에게 맞선 자들에게 은혜를 베푸는 모양새를 보여주는 것도 나쁘지 않다는 게 저와 경무총감의 생각입니다."

마루야마가 거들었다.

"불령선인들이 상하이의 프랑스 조계지에 소위 임시정부를 세우고 밖으로 나오지 않고 있습니다. 이는 프랑스 측의 암묵적인 지원이 있다고 판단됩니다. 이런 상황에서 무리하게 공작을 펼칠 수는 없습니다. 오히려 전향 공작을 추진해볼 만합니다."

"그건 우리 생각이고, 그자가 부른다고 초청에 응한다는 보장도 없지 않은가?"

여전히 부정적이지만 조금 누그러진 듯하자 마루야마가 얼른 나섰다.

"돌아가는 상황을 보면 꼭 그렇지만도 않습니다."

미즈노가 고개를 슬며시 틀고 이어질 말을 기다렸다.

"상하이 영사관에서 수집한 정보들을 보면 여운형이 임시정부에 대한 불만이 많은 모양입니다."

"파리로 강화회의 대표를 보내고, 임시정부 창설에 주도적인 역할을 한 자가 아닌가. 그런데 불만이 생겨?"

마루야마가 눈짓을 하자 목사가 들고 온 신문을 건넸다.

"불령선인들이 만든 임시정부에서 발행하는 기관지입니다. 여기에 여운형의 인터뷰가 실려 있는데 다음과 같이 말했습니다. 혁명은 철저해야 하는데 황실을 우대한다는 것은 이를 역행하는 일이다. 황실이 독립운동에 투신한다면 용서하겠지만, 그렇지 않으면 특별히 우대할 필요가 없다는 것이 나의 생각이다."

마루야마도 나섰다.

"최근 여운형이 임시정부에서 맡은 직책에서 물러났다고 합니다. 물론 상하이 신문들과 인터뷰를 하거나 외국인들을 만나는 외부 활동은 계속하고 있지만, 눈에 띄게 열의가 사라졌다는 보고가 들어왔습니다."

"임시정부 창설에 큰 역할을 한 자가 대체 왜 밀려난 것인가?"

"정보에 의하면 국호 제정 문제와 황실 우대 문제로 극렬한 충돌을 벌였답니다. 여운형은 몰락한 양반 출신으로 황실에 극도의 증오심을 가지고 있는 것으로 파악되었습니다. 정부 조직 자체에 불만도 큰 것으로 보입니다."

"조선인들의 분열성이 여지없이 발휘되었군."

미즈노가 코웃음을 치자 마루야마가 맞장구를 쳤다.

"3월에 일어난 폭동 때문에 당장 독립이 되는 줄 알고 서둘러 임시정부라는 걸 만들었지만 내부적으로 심각한 갈등이 발생한 상황입니다. 지역별로 분열되어 있고, 방법론을 놓고도 의견 충돌이 심각하다고 들었습니다. 특히 집정관으로 미국에서 활동 중인 이승만이 뽑힌 것이 갈등의 원인이라고 합니다."

"그자를 지지하지 않은 자들이 많은 건가?"

"그렇습니다. 여운형을 위시해 이회영, 신채호 같은 강경론자들은 외교활동에 중점을 둔 이승만에 대한 반감이 극심하다고 합니다."

"그럼 그자가 지금 임시정부와 갈라섰다고 볼 수 있는 거고?"

미즈노가 확인하듯 묻자 마루야마가 애매하게 대답했다.

"임시정부와 불편함을 느끼고 있는 건 사실로 보입니다. 따라서 우리의 전향공작이 먹혀 들어갈 가능성이 아주 높은 상황입니다. 불령선인들이 세운 임시정부의 창설자 중 한 명을 불러들여 전향을 시키게 되면 우리에게 큰 이득이 되지 않겠습니까?"

설명을 듣고 말없이 생각에 잠겨 있던 미즈노가 마침내 고개를 끄덕거렸다.

"나쁜 계획은 아니군. 하지만 일단 여운형이라는 자가 받아들일지 의문이고, 총독각하께서 승낙하실지 모를 일이야."

"그 문제라면 걱정하지 마십시오."

불쑥 끼어든 목사가 말했다. 두 사람의 시선이 자신에게 쏠리자 그가 자신만만하게 말했다.

"우리 교파는 현재 집권하고 있는 입헌정우회[11] 내각과 밀접한 관계입니다. 정무총감께서 총독각하를 설득시켜 주신다면 우리가 정우회 쪽을 맡겠습니다."

그의 얘기에 뒤이어 마루야마가 나섰다.

---

11) 1900년 설립된 일본의 정당. 이토 히로부미가 세웠다.

"우리 정부가 공식 초청을 하는 것이니, 설사 실패한다고 해도 총독부는 아무런 책임을 지지 않아도 됩니다. 반면 성공한다면 그자가 조선에서 활동하게 될 것이니, 우리가 가장 큰 혜택을 받겠지요."

두 사람이 번갈아가면서 설득하자 미즈노가 다시 생각에 잠겼다가 입을 열었다.

"일단 총독각하께 보고하도록 하지. 본국에서 추진한다면 우리 총독부가 굳이 나서거나 움직일 이유는 없으니까 결과를 지켜보는 게 좋겠군."

"합당하신 말씀입니다."

마루야마가 과장되게 맞장구를 치자 미즈노가 노파심에서 물었다.

"그런데 임시정부의 산파 역할을 한 자가 이렇게 빨리 전향할 수 있을까?"

"그자의 측근인 장덕수에게 들은 바에 의하면 자존심이 강하고 고집이 센 자로 파악됩니다. 적당히 비위를 맞춰주고, 우리 일본의 위엄과 실체를 보여주면 의외로 쉽게 넘어올 수도 있습니다."

"그렇게 된다면 임시정부라는 단체의 분열상을 적나라하게 드러낼 수 있겠군."

그의 말에 나머지 두 사람이 희미하게 웃었다.

1919년 8월 19일, 중국 상하이

임시정부 선전 활동 차 강서성의 서양인 휴가지에 가 있던 여운형은 피치 목사에게 전보를 받았다.

전보 내용을 읽은 그는 곧장 열차를 타고 상하이로 돌아와 협화 서국이 있는 YMCA로 향했다.

그곳 3층 사무실에는 피치 목사와 함께 양복 차림의 일본인이 기다리고 있었다.

피치 목사가 일어나 그를 맞이했다.

"돌아와 반갑네. 이쪽은 일본 회중기독교회 소속의 무라카미 유키치 목사일세."

가는 콧수염에 매부리코를 한 무라카미가 의자에서 일어나 그에게 손을 내밀었다. 그리고 일본인치고는 꽤나 능숙한 영어로 자기소개를 했다.

"말씀 많이 들었습니다. 무라카미 유키치입니다."

"여운형이라고 합니다. 영어를 꽤 잘하시는군요."

"영국에서 몇 년 공부를 했지요."

두 사람이 인사를 하자 피치 목사는 일이 생겼다면서 자연스럽게 자리를 떴다.

문이 닫히는 걸 본 무라카미가 여운형에게 말했다.

"제가 당신을 찾아온 것은 아시아의 평화를 위한 길을 함께 걷기 위해서입니다."

"일본이 스스로 그 길을 걷는다면 참으로 좋은 일이지요."

여운형의 시큰둥한 대답을 들은 목사가 말했다.

"제가 일본 정부로 하여금 당신을 공식 초청하도록 하겠습니다."

"어림도 없는 소리군요."

"원래 전쟁을 할 때도 서로 사절을 보내 교류를 하곤 했습니다. 지금이라고 못할 이유가 없지요."

"혹시 전향을 원한다면 전혀 생각이 없다고 전해주십시오."

여운형이 딱 잘라 거절하자 목사가 고개를 저었다.

"공작이 아니라 글자 그대로 공식 초청을 하는 겁니다."

"그렇다면 더욱 이상하군요. 일본이 날 초청하려는 이유가 뭡니까?"

"얘기를 나눠보자는 것이지요. 최근 조선에서 불행한 일이 벌어지면서 양측의 갈등이 심해지고 있지 않습니까? 그러니까 같은 신을 믿는 우리가 나서서 화해를 시켜야지요."

"그렇다면 간단한 방법이 있습니다. 일본이 조선을 해방시키고, 잘못을 사과하면 화해가 이뤄질 겁니다."

여운형의 말에 그는 쓴웃음을 지었다.

"일본은 조선을 얻기 위해 많은 피를 흘렸습니다. 그래서 절대로 포기할 수 없다는 의견이 대세를 이루고 있지요."

"그렇다면 제가 일본에 가서 설득을 한다고 해도 조선을 포기하지는 않겠군요."

목사는 여운형의 반박에 고개를 저었다.

"그렇다고 해서 마냥 등을 돌리고 있을 수는 없습니다. 어떻게든 만나서 이야기를 나눠보면서 서로를 이해해야지요."

확신과 신념에 찬 말에 여운형은 아무 대꾸도 하지 않았다.

여운형의 태도가 조금 누그러진 것처럼 보였는지 목사가 말을 이었다.

"잘 생각해보시면 이게 엄청나게 큰 기회라는 걸 아실 겁니다. 조선의 독립운동가들 중 누구도 일본의 공식 초청을 받은 적이 없습니다. 가서 많은 사람들을 만날 수 있을 것이고, 신문기자들과 원 없이 인터뷰를 할 수도 있습니다."

여운형은 고개를 저었다.

"내가 가서 뭘 한다고 해도 언론에 보도가 되지 않는다면 사람들은 나에 대해 오해할 겁니다."

"신문기자와의 자유로운 인터뷰를 보장하고 보도 역시 일체 관여하지 않겠다는 약속을 받도록 하겠습니다."

"그렇게 해서 일본이 얻는 것은 무엇입니까?"

"당신은 파리 강화회의에 대표를 파견한 신한청년당과 만세운동의 여파로 생긴 임시정부의 탄생에 많은 공헌을 했습니다. 임시정부와 대한민국을 대표하는 상징적인 인물로 당신만 한 사람이 어디 있겠습니까?"

"결국 나를 불러 이런저런 설득과 협박으로 전향시키려는 거겠군요."

여운형이 의구심에 가득 찬 눈으로 물어보자 목사가 고개를 저었다.

"일본도 작년에 내각이 교체되면서 입헌정우회가 정권을 잡았습니다. 하라 타카시 신임 내무총리대신은 문화 정치를 표방하면서 분위기가 많이 달라졌지요. 다이쇼 데모크라시[12]의 시대 아니겠습니까?"

목사의 설득에 여운형이 짧게 대답했다.

"생각을 좀 해보고 연락드리겠습니다."

"제 연락처입니다."

목사가 건넨 명함을 챙긴 여운형은 먼저 밖으로 나왔다.

광장에 모여 있던 비둘기 떼들이 일제히 날아올랐다. 여운형은 혼란스런 심정으로 새들이 한꺼번에 비운 광장을 바라보았다.

---

12) 1910년대부터 20년대까지 이어진 일본의 민주주의 풍토. 민간인 총리가 선출되고 자유주의 사상가들이 활동하기 시작했다.

일본이 나름 유화정책을 펼 것은 예상했다. 조선에서 일어난 3·1 만세운동의 규모와 참가인원에 놀랐고, 폭력적으로 진압하면서 서구의 비난을 받았으므로 지배의 양상은 분명 폭압의 강도를 순화하는 쪽으로 달라질 것이었다. 그 연장선상에서 자신을 정식으로 초청하는 거라면 실은 예측을 넘어선 변화였다.

어쩌면 이 공식 초청이 가공할 소용돌이일지도 몰랐다. 일단 빠지면 헤어 나올 수 없는. 자칫 자신을 집어삼킬지도 모를 위력을 가지고 있는지도. 그러나 뛰어들어보고 싶은 마음이 없지 않았다. 그래야 그들이 구사하려는 통치의 정체를 알 수 있을 테니까. 어쩌면 그런 기회일지도 몰랐다.

머리 위를 빙빙 돌던 비둘기 떼가 다시 내려앉지 않고 어디론가 날아가는 것이 보였다. 생각에 잠긴 여운형은 비둘기가 사라진 하늘을 한참이나 바라봤다.

다음날, 여운형은 하비로의 노상카페에 모인 신한청년당 멤버들에게 무라카미 목사와 만난 사실을 털어놨다.

커피 잔을 내려놓으며 선우혁이 대뜸 말했다.

"말도 안 되는 얘기야."

"어째서 그렇게 생각하십니까?"

여운형의 반문에 선우혁이 눈살을 찌푸렸다.

"속셈이 뻔해. 자네를 데려가 온갖 수단 방법을 가리지 않고 전향시키려고 하겠지."

그의 옆자리에는 임시정부 국무위원이자, 이광수와 함께 기관지인 독립신문을 발행하던 조동호가 앉아 있었다. 신중한 표정으로 그가 입을 열었다.

"다른 건 몰라도 일본행은 사지로 걸어 들어가는 꼴입니다. 공식 초청을 했다고 해도 마음만 먹으면 형님을 죽이거나 체포하는 건 일도 아니지 않겠습니까?"

조동호에 이어 서병호까지 나서서 만류했다.

"아닌 말로 우리를 정부로 인정하지 않는 놈들이고, 자네가 어떤 봉변을 당한다고 해도 우리가 뭔가를 할 수 있는 상황이 아니잖아."

"신변 보장을 해달라는 조건을 걸 생각입니다. 그리고…… 장덕수를 데려 와야지요. 덕수가 아직 감옥에 갇혀 있습니다. 그를 데려올 수 있다면, 안 가는 게 오히려 손해가 될 겁니다."

장덕수의 이름이 나오자 다들 숙연해졌다. 그가 거론될 때마다 당원들은 부채감 같은 걸 느꼈다. 장덕수가 유배까지 간 감옥에서 얼마나 고생하고 있는지는 다들 잘 알고 있었다. 그가 과연 살아서 나올 수 있을지도 장담할 수 없는 상황인데, 그를 데려올 기회가 생긴 것이다.

여운형은 신한청년당 당원들을 바라보며 생각에 잠겼다.

십여 명에 불과했던 신한청년당 당원은 3·1 만세운동과 임시정부 창립 과정을 거치면서 삼십여 명 이상으로 불어났다. 하지만 여운형에게 투옥된 장덕수의 빈자리는 너무나 크게 느껴졌다.

여운형의 마음을 짐작한 이광수가 다시금 물었다.

"정녕 가시려는 겁니까?"

"임시정부 창립 이후 나는 할 수 있는 일들을 다 했네. 상하이 주재 프랑스 영사 윌튼을 만나 임시정부에 대해 소개했고, 중국 신문인 민국일보와 신보 기자들과 인터뷰를 했지. 상하이에서 발행되는 영자 신문인 차이나 프레스 기자와도 만나 조선의 독립운동에 대해서 자세히 설명하고, 도움을 요청했어. 심지어 외국인들이 가는 휴양지에 가서 전단을 뿌리기도 했지. 나는 할 수 있는 일을 다 했다고 자부해."

여운형은 먼저 이번 초청으로 혹시라도 흔들릴지 모를 당원들을 다독여야 했다. 또한 이번 초청 역시 그러한 외교의 연장선에 불과하다는 걸 강조하고 싶었다. 무엇보다 임시정부에는 누가 봐도 긍정적이라고 할 만한 변화가 필요했다.

임시정부는 그의 예상대로 출범 직후부터 삐걱거렸다. 머나먼 미국에서 외교로 독립을 달성하겠다는 이승만을 집정관으로 추대한 것이 문제의 시작이었다.

전쟁을 통해 독립을 쟁취해야 한다고 믿는 강경파들은 이승만을 집정관으로 인정하지 않은 것이다.

거기다 지역과 종교로 인한 갈등까지 생기면서 초창기의 열정적인 분위기는 많이 가라앉았다.

임시정부가 어떤 과정을 거쳐 탄생했는지 가장 잘 알고 있던 여운형은 늘 갑갑함을 느꼈다. 그건 여운형만이 느끼는 건 아니었다.

그의 말에 참석자들이 고개를 끄덕거리는 것으로 동조했다.

여운형이 커피 잔을 내려다보면서 말을 이었다.

"그들이야 제 나라 일이 아니니 손쉽게 좋은 말과 위로를 건네지만, 그게 전부지. 독립을 하려면 적국 일본과 어떤 식으로든 계속 부딪치고 싸워야 해."

"이번이 그럴 기회라는 얘긴가요?"

"공식 초청이니까 정관계의 고위관리들을 만날 수 있을 거야. 적지에서 그들을 설득한다는 것 자체가 전쟁이나 다름없지. 이런 기회가 흔하지 않아."

"정말 가실 생각이시군요?"

김철의 걱정스러운 말투에 여운형이 쓴웃음을 지었다.

"저들이 나를 왜 지목했는지는 알 것 같아. 그들이 가진 정보는 피상적일 수밖에 없어. 시시각각 변화하는 모든 것을 알아차리긴 어렵지. 지금 그들이 손에 붙들고 있는 정보는 내가 임시정부와 원만하지 않다는 것일 게야. 그 반대라면 날 부를 이유가 없지. 나와 임시정부에 대한 관계와는 별개로 나는 대한민국의 신민이야. 그것이야말로 불변하는 나의 정체지. 그러니 염려 말아."

이광수가 그의 말에 수긍하면서도 부정적인 견해를 드러냈다.

"일본은 조선을 차지하기 위해 막대한 인명피해와 비용을 치렀습니다. 그래서 정치인부터 인력거꾼들까지 모두 조선을 절대로 포기할 수 없다고 한 목소리를 냅니다. 과연 그들이 조선의 독립에 귀를 기울이겠습니까?"

"조선이 독립하는 길이 일본이 살 길이라고 얘기할 작정이야."

"일본은 조선을 만주와 중국으로 진출할 수 있는 발판으로 생각하고 있습니다."

이광수가 말도 안 된다며 반박했지만 여운형은 고개를 저었다.

"바로 그것 때문이지. 일본이 중국을 탐내는 것은 누구보다 중국 사람들이 잘 알고 있지. 그래서 일본이 21개조에 대한 요구를 했을 때 학생부터 막노동꾼까지 분개해서 들고 일어났던 것이고 말이야."

"그것도 그렇고, 3·1 만세운동의 여파로 일본을 배격하자는 5·4

운동이 시작되었으니까요."

여운형이 한가로운 거리로 고개를 돌렸다.

여긴 프랑스 조계지라 조용하지만, 지금도 상하이 시내는 시위대들로 가득 차 있을 것이다.

일본이 중국에게 21개조의 특권을 수락하라 강요했고, 중국 군벌 정부가 이를 들어줄 기미를 보이자 대대적인 시위가 연일 일어나고 있었다.

베이징에서 시작된 시위는 중국 전역으로 번져갔다. 군벌 정부는 학생들을 체포하면서 강경하게 진압하려고 했지만 오히려 민심을 자극하고 말았다.

상인들이 상점의 문을 닫았고, 공장도 가동을 멈췄다. 그리고 상인들과 노동자들이 거리로 나와 시위대에 합류했다. 일본 상품에 대한 불매운동이 벌어졌고, 일본인 상점들이 공격을 받고 불태워지기도 했다. 이런 급격한 변화가 보여주는 것은 명백했다.

여운형이 다시 이광수에게로 시선을 돌렸다.

"이민족 청나라의 오랜 지배에서 벗어나기 위해 신해혁명을 일으켰지만 위안스카이에 의해 무너진 후, 혼돈에 빠진 중국은 지금 새로운 길을 가고 있어."

"부러울 뿐입니다. 우리도 이렇게 민중들이 자발적으로 일어나 세상을 바꿀 수 있었는데 말이죠."

체념한 것 같은 이광수의 말에 여운형이 눈빛을 반짝거렸다.

"중국인들이 일본에게 분노한 것은 단순히 21개조를 강요하거나 청도의 독일 조차지를 차지하려고 했기 때문만은 아니야. 바로 조선을 식민지로 만들었다는 점이지. 만약 이대로 지켜만 본다면 우리도 조선처럼 일본의 식민지가 되고 말 것이라는 불안감과 두려움이 이들을 거리로 나오게 한 것이야."

"시위대가 조선처럼 되지 말자는 구호를 외치는 걸 들었습니다."

김철의 우울한 얘기에 여운형이 바로 대꾸했다.

"바로 그거야. 일본이 조선을 차지하고 있는 한 중국은 계속 의심하고 두려워하겠지. 그렇게 되면 영원히 반목과 갈등이 계속될 거야. 동양의 평화와 안녕을 위해서라도 일본은 조선을 포기하는 것이 맞아."

여운형의 논리정연한 말에 참석자들은 말없이 고개를 끄덕거렸다.

여운형이 덧붙였다.

"거기다 동양이 이렇게 분열하고 반목하면서 분쟁이 계속된다면 결국 서양의 세력들이 다시 쳐들어올 가능성이 높아. 일본이 비록 부강하다고는 하지만 서양의 세력과 비할 바는 아니지. 결국 조선과 중국은 물론 일본 역시 피해를 입게 될 거야. 그걸 피하기 위해서는 동양의 삼국이 서로 평화롭고 조화롭게 지내야 해. 그 전제가 바로 조선의 독립이지."

여운형의 얘기를 잠자코 듣고 있던 선우혁이 나섰다.

"일본 쪽도 문제지만 임시정부 쪽도 자네의 뜻을 오해할 수 있어."

"그건 그것대로 또 부딪쳐야겠지요."

"안팎으로 복잡하게 돌아가는 사정 잘 알잖아. 자칫하다가는 불거지는 문제들을 묻으려고 자네의 일본행을 물고 늘어질 수도 있단 말이야."

"뜻이 정해지면 저는 갑니다. 그게 가시밭길이라도."

"우린 장덕수를 잃었네. 자네까지 잃고 싶지는 않아."

"걱정 마십시오. 장덕수도 데려오겠습니다."

자신만만한 여운형의 눈빛을 마주한 동료들은 이제 더 이상 그를 말릴 수 없다는 표정들이었다.

다음날, 여운형은 무라카미에게 전화를 걸어 신변 보장과 자유롭게 언론을 접촉할 수 있는 자유, 장덕수의 석방과 동행 그리고 돌아올 때 조선을 경유할 것을 조건으로 걸었다.

며칠 후, 일본 내각의 척식부 장관 명의로 된 전보가 도착했다.

요구 조건을 모두 들어줄 것이라는 내용을 확인한 여운형은 주먹을 움켜쥐었다.

모두가 그의 일본행을 만류했다. 임시정부 쪽 요인들 중에는 다른 의도가 있는 게 아닌가 의심하는 이들도 있었다. 하지만 그는 일본에 조선 독립의 정당성을 설파하고 지식인들을 설득할 자신이 있었다.

어떻게든 기회로 만들어야 한다. 만세운동 이후 급격하게 침체되어 가는 분위기를 일으켜 세울 또 한 번의 기회! 그리고 장덕수까지…….

1919년 11월 18일, 일본 도쿄

일본 정부와의 협상은 순조롭게 진행되었다. 하지만 신한청년당 동료들의 예상대로 국무총리인 이동휘의 반대가 극심했다.

결국 여운형은 국무위원직과 외무위원장직을 사임해야만 했다.

그것도 모자라 이동휘는 국무총리 명의로 여운형의 일본행은 임시정부의 의향과 맞지 않는 것이라는 포고령을 발표했다.

여운형은 충분히 이해할 수 있었다. 어떤 일이 벌어질지 아무것도 장담할 수 없고, 어떤 결과가 나올지 누구도 예측할 수 없는 상황에서 임시정부로부터 여운형을 분리시키는 것은 최소한의 안전장치였다.

다행히 안창호 선생이 전폭적인 신뢰를 보내주어 마음의 부담을 덜 수 있었다.

여운형은 무거운 짐을 어깨에 메고 상하이의 부두에서 일본 우편선에 몸을 실었다.

여기에는 도쿄 2·8 독립선언의 주역 중 한 명인 최근우와 3·1 만세운동 때 학생 대표로 활약한 신상완이 동행했다. 그리고 무라카미가 보낸 후지타 목사가 안내인 역할을 맡았다.

나흘간의 항해 끝에 배가 일본의 시모노세키에 닿았다.

여운형이 탄 열차가 동경 역으로 들어서고 있었다.

장덕수를 본다는 생각에 여운형은 만감이 교차했다. 그를 떳떳하게 마주 볼 수 있을까. 무슨 말을 먼저 해야 할까.

만세운동 이후 감시가 더 삼엄해진 조선으로 들어갈 수 없었기에 여운형은 그동안 조선에서 상해로 망명한 이들을 통해서만 소식을 접할 수밖에 없었다.

그들이 전해준 소식은 생각보다 참혹한 것이었다. 만세운동으로 체포된 많은 이들이 감옥에서 끔찍한 고문을 당했다고 털어났다.

특히 3월 하순과 4월 초순 무렵, 일본의 무리한 진압으로 인명 피해가 늘어나면서 시위 역시 강경해졌다. 화성 일대에서는 순사가 죽고 주재소가 불타는 일도 벌어졌다. 일본의 탄압과 고문 역시 혹독해져 옥사하는 사람들도 늘어났다.

그렇게 죽은 사람들의 시신은 쥐도 새도 모르게 파묻히거나 화장터에서 한줌의 재로 변했다. 투옥된 사람들의 가족은 남편이, 아들이, 딸이 감옥에서 살아있는지조차 모르는 경우도 흔할 정도였다.

지옥 같은 공간에서 고문을 감내하며 버틴 시간을 헤아리면, 아직 살아있다는 것만으로도 천만다행한 일이었다. 만세운동의 주동자로 몰렸으니 그 고초는 몇 배나 더 심했을 터인데…….

열차가 서서히 멈추는 게 느껴지면서 여운형은 상념에서 깨어났다.

기적을 울리며 열차가 완전히 멈추자 객실 문이 열렸다.

가방을 꺼내다 말고 여운형의 몸이 그대로 굳었다.

너무나도 낯익은 사람이 복도에 서 있는 게 보였다.

갈색 양복에 검정색 코트를 걸친 말끔한 차림.

시커먼 얼굴과 부르튼 입술과는 너무도 대조적이었다.

여운형은 십 년은 더 시간이 흐른 것처럼 상해버린 그의 얼굴이 천천히 변하는 걸 지켜보았다.

거무죽죽한 얼굴에 먼저 누런 이가 드러나고 입가가 꿈틀거렸다. 눈가에 주름이 깊어지면서 눈물이 맺혔다. 여운형에게 그건 웃는 것이기도 하고 우는 것이기도 한 것처럼 보였다. 그리고 걸음을 떼는데 여운형은 차마 그의 다리를 보지 못했다.

한쪽 발을 뗄 때마다 그의 몸은 좌우로 심하게 기우뚱거렸다. 예상치 못한 신체의 불구였다.

더 빨리 걸음을 내딛으려 하지만 앞으로 쓰러질 것처럼 불안해 보였다.

그럼에도 여운형은 발이 떨어지지 않았다. 그가 스스로 자신 앞에 다가설 때까지 여운형은 기다렸다. 제 발로 당당하게 오고 싶었을 그 자존심을 지켜주는 게 달려가 그를 부축하는 것보다 지금 더 크게 느껴졌다.

코앞에 선 그가 말했다.

"도쿄에 오신 걸 환영합니다."

자신감에 넘치는 목소리를 듣고서야 비로소 장덕수라는 걸 실감했다. 도쿄에 오신 걸 환영합니다. 뜻밖의 인사말이 무엇을 의미하는지도 여운형은 알 수 있었다.

형님, 나는 지지 않았소.

여운형도 담담하게 말했다.

"오랜만이군."

"다시는 못 볼 줄 알았구만."

"그 동안 좀 바빴네."

장덕수가 기어이 울먹거리며 속엣말을 꺼냈다.

"형님이 세상을 바꾸셨소."

"우리가 바꾼 거지. 우리가."

"앞으로 더 변할 거요. 이제 시작이니까."

그제야 여운형이 장덕수를 와락 끌어안았다. 눈물이 쏟아졌기 때문이다. 그 눈물을 보이지 않으려 그는 떨리는 어깨에 더욱 힘을 주었다.

"그러니 앞으로는 헤어지지 마세."

열차 밖에서 여운형을 외치는 목소리가 들려오는 가운데 두 사람은 오랫동안 떨어질 줄 몰랐다.

이듬해 봄, 상하이 대한민국임시정부

봄이 찾아오자 임시정부 청사 주변도 화사해지기 시작했다.

외무부 차장 자격으로 국무회의에 참석했던 여운형은 좁은 계단을 내려오다 주머니에서 담배를 꺼냈다.

작년 연말 일본을 무사히 다녀오고 장덕수도 석방시켰다. 하지만 조선을 독립시킬 수 있는 길은 멀게만 보였다.

그 와중에 임시정부 내부는 독립운동의 방향 문제를 놓고 갈등이 일어나는 중이었다. 답답해진 여운형은 회의가 끝나자마자 밖으로 나온 것이다.

담배에 불을 붙이고 계단에 앉아 있는데, 그림자가 발치로 길게 드리워졌다.

고개를 들자 한복 차림의 40대 중반 가량의 남자가 서 있었다. 조선 사람 같았지만 커다란 덩치에 우락부락한 얼굴을 하고 있어 평범해 보이지는 않았다.

그는 담배를 손에 들고 있던 여운형에게 물었다.

"대한민국임시정부를 찾아왔소."

여운형은 고개를 돌려 계단 위쪽을 바라봤다.

"저기입니다."

"고맙소."

계단이 워낙 좁아 길을 비켜주기 위해 일어난 여운형은 호기심에 물었다.

"독립운동을 하러 오셨습니까?"

"맡고 싶은 직책이 있는데 남아 있는지 모르겠군."

"어떤 직책을 원하십니까?"

여운형의 물음에 그는 계단 위의 임시정부 청사를 힐끔 쳐다보고는 대답했다.

"임시정부의 문지기인데."

뜻밖의 대답을 들은 여운형이 담배를 비벼 끄고 물었다.

"성함을 여쭤 봐도 되겠습니까?"

몸을 돌린 그가 말했다.

"김구요. 호는 백범이고."

부록

—

우리가 더 알아야 할
상해임시정부

　3·1 만세운동이 한창일 무렵, 한성정부를 비롯해 국내외 많은 임시정부들이 생겨납니다. 그중 하나인 상해의 임시정부는 끝까지 일제에 저항한 임시정부이며, 군주정에서 민주공화정으로 넘어가는 연결고리 역할을 했다는 점에서 큰 의미가 있습니다.

　상해임시정부 이전에 우리는 조선이라는 군주정 국가의 지배를 받아왔습니다. 오직 군주의 결심과 의지만이 백성들의 운명을 결정했습니다. 반면, 상해임시정부는 임시헌장에서 대한민국은 민주공화정이라는 점을 공개적으로 선언합니다.

　이제 일본의 지배를 벗어나게 되면 국민은 개개인이 평등한 권리를 가지며, 스스로의 운명을 결정지을 수 있는 권리를 가질 수 있다는 점을 알린 것입니다.

　이 과정은 보통 혁명이나 내전 같은 과정을 거치면서 쟁취됩니다. 하지만 특이하게도 우리는 식민지배에서 벗어나려는 과정에서 벗어던지게 됩니다. 그것은 상해에 모인 독립운동가 대부분이 새롭게 탄생할 대한민국에서는 군주정 대신 민주공화정을 채택해야 한다는 공감대가 형성되었다고 봐야 할 것 같습니다. 비록 3·1 만세운동이 고종의 인산일에 시작되었고, 임시헌장에 황실을 우대한다는 조항이 들어가 있지만 말입니다.

결국 독립운동이라는 것은 일제의 지배뿐만 아니라 기존의 정치체제에서 벗어나 새로운 정치체제를 받아들이는 계기가 되었다고 해도 무리가 아닙니다.

물론 독립운동가들 중에는 황실을 복원하고 군주정 국가로 복귀해야 한다는 복벽주의자들도 존재했습니다. 하지만 시대의 흐름을 거스르지는 못했습니다. 오히려 이회영 같은 유학자들은 무정부주의자인 아나키스트로 변신하게 됩니다. 따라서 상해임시정부는 단순히 독립운동을 이끈 기관이 아니라 새로운 정치체제를 받아들이고 실험한 곳이라는 점을 잊어서는 안 될 것입니다.

그런 상해임시정부의 모태가 된 것은 여운형이 만든 신한청년당입니다. 상해에 거주하던 지식인과 독립운동가들이 세운 신한청년당은 1919년 파리에서 열린 강화회의에 대표인 김규식을 보내면서 주목을 받게 됩니다.

신한청년당 멤버들은 김규식을 파리로 보내고 국내외로 흩어져서 대규모 시위를 일으키도록 요청했고, 그 결과물이 바로 우리가 아는 3·1 만세운동입니다. 따라서 상해에 독립운동가들이 모여 임시정부를 구성할 때 상당수의 신한청년당 멤버들이 가담했습니다.

신한청년당은 1922년에 해산되지만 그 멤버들의 활약은 오랫동안 이어집니다. 대표적으로 신한청년당에서 파리로 파견한 김규식이 상해임시정부의 외무총장에 임명되었고, 여운형은 임시의정원 의원에 선출되었고, 외무차장직을 수행했던 적이 있습니다.

여운형과 함께 활동한 선우혁은 임시정부에서 교통차장에 임명되었고, 안창호의 흥사단에 가담했으며, 한국독립당의 창당에도 힘을 보탭니다.

신한청년당의 또 다른 멤버인 서병호 역시 임시의정원 의원으로 활약하면서 독립운동 자금을 모으고, 독립운동가의 가족들을 돕는 일에 앞장섰습니다.

김규식은 이후, 미국으로 가서 구미위원회의 위원장으로 독립운동을 이어가다 상해로 돌아와 교육 활동에 투신했는데, 1931년 만주사변이 터지자 다시 독립운동에 가담해 민족혁명당을 창당하고 임시정부의 부주석에 임명됩니다.

신한청년당 창당에 결정적인 역할을 했던 여운형은 독립운동을 이어가다가 1929년 영국의 협조를 얻은 일본경찰에게 체포당해 조선으로 송환됩니다. 징역형을 치르고 석방된 그는 언론계에서 일하다 조선중앙일보 사장으로 취임합니다. 하지만 1936년, 베를린 올림픽 마라톤에서 우승한 손기정 선수의 일장기 말소 사건으로 인해 신문이 폐간당하고 맙니다.

1945년, 광복이 되자 조선건국준비위원회를 만들고 위원장에 취임해서 통일 정부 수립에 노력하지만 1947년, 혜화동 로터리에서 암살당하고 맙니다.

1919년　4월 10일 - 임시정부 수립을 위한 임시의정원 개최
　　　　4월 11일 - 임시헌장 10개항 채택, 대한민국 국호 및 정부수립

　　　　8월 - 독립신문 창간
　　　　9월 - 이승만을 대통령으로 하는 초대 내각 발표

1920년　1월 - 군무부에서 모든 국민들이 독립전쟁에 참가할 것을 호소

1922년　10월 - 독립운동 지원을 위해 한국 노병회 창설

1923년　1월 - 상하이에서 임시정부의 갈등을 수습하기 위한 국민대표
　　　　　　회의 개최

1924년　9월 - 국무총리 이동녕이 대통령 직무를 대행

1925년　3월 - 임시 의정원에서 이승만 대통령의 면직을 결정
　　　　4월 - 대통령제 폐지를 골자로 하는 임시정부 헌법 개정안 공포
　　　　9월 - 이상룡, 국무령에 취임

1926년　12월 - 김구, 국무령에 취임
1930년　1월 - 한국독립당 창당

1931년　12월 - 한인애국당 창당

1932년　1월 8일 - 이봉창 의거
　　　　4월 29일 - 윤봉길 의거
　　　　5월 - 임시정부, 상하이에서 항주로 이동

1933년	5월 – 김구, 중국 국민당 지도자 장개석에게 낙양 군관학교에 한인 특별반 설립을 요청

1933년   5월 – 김구, 중국 국민당 지도자 장개석에게 낙양 군관학교에
          한인 특별반 설립을 요청

1935년   11월 – 임시정부, 항주에서 진강으로 이동, 김구를 중심으로 한
          국국민당 창당

1937년   8월 – 임시정부, 진강에서 장사로 이동

1938년   5월 – 남목청 사건 발생, 김구 중상
          7월 – 장사에서 광주로 이동
          10월 – 광주에서 유주로 이동

1939년   5월 – 유주에서 기강으로 이동

1940년   5월 – 민족주의 세력들이 통합하여 한국독립당 창당
          9월 – 대한민국 광복군 창설, 임시정부 기강에서 충칭으로 이동
          10월 – 국무령을 폐지하고 주석제를 채택한 임시정부 헌법 개
          정안 공표

1941년   11월 – 조소앙의 삼균주의를 중심으로 한 건국강령 발표
          12월 10일 – 진주만을 기습한 일본에게 선전포고

1942년   7월 – 김원봉이 이끄는 조선혁명군이 대한민국 광복군에 합류

1943년   7월 – 김구 주석이 중국 국민당 지도자 장개석을 만나 카이로
          회담에서 조선의 완전독립을 실행시켜줄 것을 요청
          8월 – 대한민국 광복군, 영국의 요청으로 인도와 버마전선으로
          선무공작 요원 파견

1944년   4월 – 좌우익을 통합한 연합 내각 구성

1945년   2월 – 독일에 선전포고

4월 - 중국 주둔 미국 OSS와 손잡고 본토 진공작전 추진 합의

5월 - 서안에 OSS가 훈련시킬 광복군 훈련기지 건설

8월 15일 - 일본의 무조건 항복으로 대한민국 광복

9월 3일 - 김구 주석, 환국 후 과도정부 수립을 중점으로 한 당
　　　　면 정책 14개조 발표

11월 23일 - 대한민국임시정부 요인 1진 환국

12월 1일 - 대한민국임시정부 개선대회 개최

12월 2일 - 대한민국임시정부 요인 2진 환국

1946년　　2월 1일 - 명동성당에서 과도정부 수립을 위한 비상 국민회의 개최

　　　　4월 19일 - 김구 주석, 38선을 넘어 북한행
　　　　　　　　남북 총선거를 개최하기 위해 노력

1948년　　8월 15일 - 정부 수립 후 대한민국임시정부 해산

작가의 말

대한민국의 정체성과 뿌리를 이야기할 때, 1919년 3월 1일 일어난 만세운동은 아주 중요한 위치를 차지합니다.

식민지 조선의 거의 모든 지역에서 대규모 참가자들이 일본 군경의 무력 진압을 두려워하지 않고 들고 일어나 만세를 불렀기 때문입니다. 그것은 약 10년간에 걸친 일본의 식민지배가 약속과는 달리 차별과 억압으로 가득 찼기 때문입니다. 그래서 파리 강화회의에서 조선의 독립이 언급될 수 있다는 희망이 생기자 너나 할 것 없이 뛰쳐나와 만세를 불렀습니다.

만세운동은 침체되어 있던 독립운동에 활기를 불어넣었습니다. 그래서 1919년 4월 10일과 11일에 걸쳐 상하이의 프랑스 조계 안에서 임시 의정원 회의가 개최됩니다. 그 결과, 우리가 아는 대한민국임시정부가 탄생합니다.

비록 영토와 국민을 가지지 못했지만 대한민국임시정부는 우리

근대사에서 가장 중요한 역사 가운데 하나입니다. 바로 임시헌장을 통해 대한민국은 민주공화정임을 밝혔기 때문입니다.

훗날 대한민국 헌법 제1조로 계승된 이 조항은 수백 년간 군주정이라는 정치 체제 아래 지내온 우리 민족에게는 혁명적인 변화입니다. 비록 분단과 전쟁이라는 아픔을 겪었지만 대한민국은 민주주의라는 길을 걷게 되었고, 온갖 시련 끝에 오늘날의 발전과 성공을 이뤘습니다.

저는 역사에 우연은 없다고 말하곤 합니다. 하지만 여운형이 1918년 겨울, 상하이에서 찰스 크레인의 연설을 듣지 못했다면, 김규식이 파리행을 승낙하지 않았다면, 여운형이 쩡슈메이에게 여객선 표를 얻지 못했다면, 도쿄에서 유학생들이 일으킨 2·8 독립선언이 실패로 돌아갔다면, 3·1 만세운동을 준비하는 과정에서 일본 경찰에게 발각되었다면 어떻게 되었을까 하는 상상을 해보곤 합니다.

웬만한 소설을 뺨치는 긴장과 위기 속에서 작은 희망은 촛불이 되고, 횃불로 커지면서 마침내 역사로 새겨지게 됩니다. 그리고 백년이 지났습니다.

우리가 해야 할 일은 기억, 정확하게 기억하기입니다. 그것만이 하나밖에 없는 목숨을 기꺼이 바쳐 빼앗긴 조국을 되찾고자 했던 수많은 독립운동가들의 영혼을 위로해줄 수 있기 때문입니다.

그동안 많은 글을 써왔지만 이번 소설만큼 소심스러웠던 적은 없었습니다. 자칫 흥미를 끌기 위해 잘못되고 왜곡된 사실을 적지 않을까 우려했기 때문입니다.

수많은 자료를 보면서 글을 썼지만 이 안에는 독립운동을 위해 헌신했던 사람들을 모두 담지는 못했습니다. 부디 이 책으로 끝내지 말고 책 밖에 있는 더 많은 독립운동가들의 삶을 기억해주셨으면 하는 바람과 함께 글을 마무리합니다.

본 소설은 역사적 사실을 바탕으로 하였지만 소설적 재미와 극적 구성을 위해 사실과 다른 몇 가지가 있습니다. 스포일러가 될 수 있기 때문에 가급적 소설을 읽은 후에 봐주시기 바랍니다.

종로경찰서 소속 고등계 형사 신철이 실제 인물인지는 확인할 수 없습니다. 그리고 그가 장덕수를 체포하고 여운형과 만났다는 것 역시 사실이 아닙니다.

3·1 만세운동 발생과 확산에는 여러 요인이 있습니다. 찰스 크레인이나 여운형이 이끄는 신한청년당의 노력으로만 일어난 것은 아닙니다.

백범 김구가 임시정부가 있는 상하이로 찾아온 것은 1920년 초가 아니라 1919년 4월 임시정부 수립 직후입니다.

기미독립선언서를 작성한 최남선은 옥고를 치른 후 잡지와 신문을 발간하는 등 활발하게 활동했지만, 1930년대 후반부터 친일행각을 벌였고, 광복 후 친일 반민족행위자로 지정되었습니다.
2·8 독립선언서를 작성하고 상하이로 망명했던 춘원 이광수 역시 몇 년 후, 조선으로 돌아와 언론인과 문인으로 활동하다 친일 행각을 벌이면서 변절하였습니다.
보성학교 교장으로 3·1 만세운동에 참여했던 최린도 훗날 변절을 해서 친일 반민족행위자로 지정되었습니다.
여운형의 오른팔로 활동했던 장덕수 역시 1936년 미국에서 귀국한 이후 변절해 친일단체의 간부를 지내면서 일본의 침략을 옹호하는 연설을 하는 등 친일행각을 벌입니다. 광복 후 1947년 암살됩니다.

1919년 초, 여운형이 블라디보스토크로 가서 체코 군단 사령관인 라돌라 가이다 장군과 만난 것은 사실이지만 무기 구입 협상을 했다는 사실은 밝혀지지 않았습니다.

참고문헌

도서

윤대원 | 상해시기 대한민국 임시정부 연구 | 서울대학교 출판부 | 2006

김희곤 | 대한민국 임시정부 연구 | 지식산업사 | 2004

대한민국 임시정부 기념사업회, 대한민국 임시정부 기념관 건립추진위원회 | 사진으로 보는 대한민국 임시정부 1919~1945 | 한울 | 2017

윤병석 | 3·1 운동사와 대한민국 임시정부 광복선언 | 국학자료원 | 2016

김삼웅 | 몽양 여운형 평전 (진보적 민족주의자) | 채륜 | 2015

강덕상 저, 김광열 역 | 여운형과 상해 임시정부 | 선인 | 2017

이정식 | 여운형 (시대와 사상을 초월한 융화주의자) | 서울대학교 출판부 | 2008

여운형 | 조선독립의 당위성 (외) 여운형 편 | 종합출판 범우 | 2008

이준식, 한국독립운동사연구소 | 김규식 (민족의 독립과 통합에 바친 삶) | 역사공간 | 2014

김기승, 한국독립운동사연구소 | 조소앙 (대한민국임시정부의 이론가) | 역사공간 | 2015

논문

이재호 | 대한민국 임시의정원 연구 | 단국대학교 박사학위 논문 | 2012

정병준 | 1919년, 파리로 가는 김규식 | 한국독립운동사 연구 60호 | 2017

윤경로 | 김규식의 신앙과 학문 그리고 항일민족운동 | 한국기독교와 역사 34호 | 2011

최선웅 | 장덕수의 사회적 자유주의 사상과 정치활동 | 고려대학교 박사학위 논문 | 2014

심재욱 | 설산 장덕수(1894년~1947년)의 정치활동과 국가인식 | 동국대학교 박사학위 논문 | 2007

양영석 | 대한민국 임시의정원 연구, 1919-1925 | 한국독립운동사 연구 1호 | 1987

최혜경 | 대한민국 임시의정원의 성립과 조완구의 의정활동 | 경주사학 20호 | 2001

구인규 | 몽양 여운형 연구 : 중국에서의 독립운동을 중심으로 | 성신여자대학교 석사학위 논문 | 2001

오향미 | 대한민국임시정부의 입헌주의 : '헌법국가'로서의 정당성 확보와 딜레마 | 국제정치논총 49권 1호 | 2009

전상숙 | 파리강화회의와 약소민족의 독립문제 | 한국 근현대사 연구 50권 50호 | 2009

최덕규 | 파리강화회의(1919)와 김규식의 한국독립외교 : 고종황제의 자주독립외교의 계보를 중심으로 | 서양사학 연구 35권 35호 | 2015

신효승 | 일제의 '제암리 학살사건'과 미국 선교사 기록의 형성 과정 | 학림 41권 | 2018

김기승 | 현상윤과 3·1운동 | 공자학 18호 | 2008

기타

독립기념관 홈페이지 : http://www.i815.or.kr/kr
네이버 뉴스 라이브러리 : newslibrary.naver.com